英国王妃の事件ファイル⑯

貧乏お嬢さま、花の都へ

リース・ボウエン　田辺千幸 訳

Peril in Paris

by Rhys Bowen

コージーブックス

PERIL IN PARIS
(A Royal Spyness Mystery #16)
by
Rhys Bowen

この本を、史上最高の隣人であるキム・プレスに捧げます。彼女は素晴らしくおいしいパンとスコーンを焼くだけでなく、飼っている蜂の蜂蜜を届けてくれ、わたしの本も愛してくれます！

歴史についての覚書

ジョージーがアルコールを口にするたび、不快感を覚えた方もいらっしゃるでしょう。しかし当時は、眉をひそめるようなことではありませんでした。その危険性についての研究がなされていなかったのです。それどころか妊娠している女性は、元気づけるためにブランデーとホットミルクを摂ることを推奨されていたくらいです。わたしも、母乳がよく出るようにビールをたくさん飲みなさいと義理の母に言われました。

第二次世界大戦中に妊娠していた実母は、爆撃のあいだ気分を落ち着かせるために、煙草を吸うよう医者から勧められていたそうです！

謝辞

いつものごとく、一連の本の執筆をこれほど楽しいものにしてくれたミッシェル・ヴェガとバークレー社の彼女の素晴らしいチーム、さらにはメグ・ルーリーとクリスティーナ・ホグレブ、そしてジェーン・ロットロセン・エージェンシーの素晴らしいチームに感謝します。

最初の読者にさせられた夫のジョンと娘たちへの感謝は、もちろん忘れていません。

貧乏お嬢さま、花の都へ

主要登場人物

ジョージアナ（ジョージー）・オマーラ……………………ラノク公爵令嬢
ダーシー・オマーラ……………………………………………………アイルランド貴族の息子。ジョージーの夫
クイーニー……………………………………………………………………ジョージーの料理人
ベリンダ・ウォーバートン＝ストーク……………………ジョージーの親友。シャネルのデザイナー助手
デイヴィッド…………………………………………………………………英国国王エドワード八世
ココ・シャネル……………………………………………………………デザイナー
ハリー・バーンステーブル………………………………………アメリカ人の作家。ベリンダの隣人
ルイ・フィリップ・ド・モンテーニュ……………………フランス人の伯爵。ベリンダに夢中
ガートルード・スタイン……………………………………………フランス人のパトロン
アーニー………………………………………………………………………アメリカ人の作家
ミセス・ロッテンバーガー…………………………………………アメリカ人のお金持ち女性
マッジ…………………………………………………………………………ミセス・ロッテンバーガーの付添人
フラウ・ゲーリング……………………………………………………ナチス高官の妻
フラウ・ゴールドバーグ……………………………………………ドイツの科学者の妻。フラウ・ゲーリングの幼馴染み
フラウ・ブリューラー…………………………………………………フラウ・ゲーリングらと同じドイツ代表団のひとり

1

一九三六年　三月二五日
アインスレー　サセックス

　わたしたちの森にもようやく春がきた。生け垣のあちこちでサクラソウが咲いている。若葉が萌（も）える木々の上では鳥たちがうるさいくらいに鳴いている。じめじめした長い冬のあとだから、まるで繭（まゆ）から出てきた気分だ。

「ようやく春よ！」
　寝室の厚いカーテンを開けて窓の外を眺めながら、わたしはだれに言うともなく声をあげた。朝露が日光を受けてきらめき、牧草地にはウサギの群れ、遠くには一匹だけ鹿がいるのが見える。開いている窓からは（寝室の窓はいつも開けたままだ――外がどれほど寒くても開けておくというのが、上流階級のルールだ）クロウタドリの心地よい歌声や、耳障りなミヤマガラスと競うツグミなど、けたたましいほどの鳥の鳴き声が入ってくる。わたしは希望と期待が胸いっぱいに広がるのを感じた。新しい命がそこらじゅうで芽吹いていて、七月にはわたし自身も新しい命を迎える。そう、ダーシーとわたしの赤ちゃんが生まれるのだ！

この数ヵ月は気持ちが落ち込んでいた。年が明けてまもなく国王陛下が逝去され、いまは国全体が喪に服している。親戚のデイヴィッドが英国国王エドワード八世になったなんて、とても信じられなかった。実のところ彼は、もっともありそうもない（彼の母親は、〝ふさわしくない〟と言うだろう）国王だが、国民は歓迎しているようだ。確かに彼は魅力に満ちた人だ。ただ、懸命に働いたり、義務を果たしたりといったことをあまり好まない。いますべきことをするのではなく、そういったことから逃れてヨットや郊外の家で楽しく過ごすほうに流れがちだった。国王になったことで目が覚めて、その地位の重さを理解してくれればいいのだけれど。

それにもちろん、シンプソン夫人の問題がある。おかしな話だが、英国の普通の人々は彼女のことをなにも知らない――報道しないように、英国のメディアが紳士協定を結んでいるからだ。デイヴィッドが彼女と結婚したがっているのは間違いない。彼女に夢中なのだ。だが国王は英国国教会の長であり、教会は離婚を禁じていたから、それが可能だとはわたしには思えなかった。今回の申し立てが通れば、シンプソン夫人は二度の離婚歴があることになるのだ。デイヴィッドが彼女を表に出すことなく、愛人にしておくことは可能だ。歴代の英国国王はそれが認められてきたし、彼の祖父であるエドワード七世には大勢の愛人がいた。だがシンプソン夫人が日陰の身に甘んじるタイプでないことはよくわかっている。彼女はスポットライトを浴びるのが大好きだったし、必ずデイヴィッドと結婚すると心に決めているのだろうと思う。のみならず、これまでの彼女を見るかぎり、王妃になるつもりでいることは間違いなかった。ああ、困った。それほど遠くない未来に、とんでもない事態が起きるのではないかとわたしは恐れていた。メアリ王妃はお気の毒に、さぞ気を揉んでおられるだろう。そう考えたところで、ぞっとするような思いが脳裏をよぎった――わお、元気づけるために訪ねてきてほしいなんて、王妃陛下が言ってこなければいいんだけれど。

サンドリンガムでクリスマスを過ごし、王家の人々にまつわる問題をいやというほど見てきたあと、わたしはおとなしく過ごしていた。旅をすることも、パーティーに出かけることもなく、もちろん王家の人々を訪ねたりもしなかった。ちびオマーラがお腹にいるからというのが、その理由だ。実際、つい最近までわたしの妊婦生活は悲惨だった。数ヵ月ものあいだ、吐き気が止まらなかった。つわりはモーニング・シックネスと呼ばれているけれど、吐き気は朝となく昼となく襲ってきた。ひと口でも合わないものを食べると、即座に一番近いトイレに駆けこまなくてはならなかった。そんなわけで、わたしはしばらくのあいだ、クリームクラッカーとコンソメスープしか食べられなかった。家政婦のミセス・ホルブルックは、少しでも食べさせようとした。けれど、我が家の料理人がだれあろう、かつてのわたしのメイドであるあのクイーニーであることは、あなたも知っているはずだ。そう、歩く大惨事と呼ばれたあのメイドだ。料理人としての彼女はそれほど悪くはないのだけれど、レパートリーは自分が食べ慣れた料理に限られている。吐き気がひどいときに、ステーキ・アンド・キドニー・プディングや、ゆでたキャベツ、スポティッド・ディックは喉を通らない。

　ダーシーはわたしのことをとても気遣っていて、まるで繊細な磁器でできているみたいに扱ってくれて、面倒を見てくれる看護婦を雇ったらどうかと言ってきた。世界じゅうの女性が子供を産んでいるし、出産のときまでそれぞれの分野で働いているのだとわたしは指摘したけれど、彼がそこまで気遣ってくれるのはうれしかった。本当のことを言うと、こんなに吐いてばかりでは赤ちゃんに悪い影響があるのではないかと、ひそかに心配していたのだ。けれど二週間ほど前の朝、目が覚めてみると、急に具合がよくなっていた。一番近いトイレに駆け込む必要はなくなった。雨も降りやんだ。新鮮な空気のなか、子犬たちを連れて散歩に出かけることができるようになった。突如として、健康で元気に満ち溢れているような気分だった。お腹もいくらかふっくらし始めている。

　またなにかをしようという気持ちになっていた——ただ、することがないだけだ。アインスレーの毎日はなんの問題もなく過ぎていた（厨房のクイーニーがしでかす大失敗を除けばだけれど）。ダーシーは仕事がものすごく忙しくなっていて、その内容を説明できない任務のためにあわてて出かけていくことが時々あった。そしてゆうべのディナーの席で、祖父がしばらく自宅に帰ろうと思うと言い出した。祖父はクリスマスからずっとアインスレーに滞在していて、わたしは彼がいてくれることをとても心強く感じていた。そんなわけだったから、そろそろ家に帰るべきだと思うという祖父の言葉はショックだった。

「でも、おじいちゃん、ここを自分の家だと思ってほしいのに。おじいちゃんが家にひとりでいて、買い物や料理を自分でしなきゃいけないなんて考えたくないの。ここでわたしと一緒にいてほしいのよ」

「わかっているとも」祖父はわたしの手を軽く叩きながら言った。「わしが感謝していないなんて、思わんでくれよ。ここがいやなわけじゃないが、あれこれ身の回りの世話をしてもらって、自分はなにもしないのは、どうにも落ち着かんのだよ。わしはおまえの貴族の友人たちのように、なにもしないようには生まれついていないんだ。なにかしている必要があるんだよ」

「それじゃあ、ここでなにかすることがあったらどう？」

「たとえば？　クロケットの試合の審判をするとか？」祖父はそう言って首を振った。

「何羽か鶏を飼って、その世話をおじいちゃんに任せるのは？」

祖父はくすくす笑った。「わしが鶏のなにを知っているというんだ？　わしは生まれてこのかたずっと、ロンドンで暮らしてきた。鶏につつき殺されるのがオチだろうな。それに、エセックスの我が家がずっと空のままなのが気になるし、昔ながらのお隣さんとのお喋りも恋しいんだよ」

祖父の言うことは理解できた。ここは場違いだと感じているのだ。給仕されるのも嫌がる。田舎のお屋敷で暮らすのは、祖父にとっては外国にいるようなものなのだろう。祖父は一階と二階にふた部屋ずつしかないロンドンの質素な連棟住宅で育ち、引退するまで地元の警察官として勤めあげた（混乱している人たちがいるかもしれないので説明しておくと、わたしの父親はヴィクトリア女王の娘とグレン・キャリーおよびラノク公爵の孫息子で、母親は――本人は忘れたふりをしているが――貧しい生まれの有名な女優だ)。

祖父が帰ってしまうのは残念だけれど、わたしのために残ってほしいとは頼めなかった。祖父がいなくなれば、寂しくなるのはわかっていた。実を言えば、わたしにはこの近くに本当の友だちと呼べる人はいない。お茶やディナーに招待されたり、わたしたちは馬を持っていないけれど――どちらにしろ、わたしは妊娠中だ――地元で行われる狩りを見に行ったりして、隣人のほとんどとはすでに顔を合わせている。皆いい人だけれど、わたしはだれともあまり親しくはなっていなかった。彼らは交流することにとても熱心で、いつも一緒に行動している。その活動は、キジ撃ちや狩り、あるいは乗馬クラブを作ったり、ボーイスカウトの会合を計画したりといった、いまのわたしには参加できない戸外で行うものばかりだった。わたしが親しくしている友人たちは遠くにいる。ザマンスカ王女――大好きなゾゾは二秒以上ひとところにいたためしがない。それどころか、彼女のかわいらしいふたり乗りの飛行機でオーストラリアまで飛んでいき、記録を打ち立ててしまうかもしれないような人だ。

学生時代からの親友ベリンダは、お金はあるけれどすることがない毎日に飽きて(祖母から遺産を相続したのだ)パリに戻り、だれあろうシャネルの下で高級ファッションの勉強を続けている。パリでの暮らしについて書かれた手紙が時折送られてくるが、それなりにうまくやっているらしい。わたしのライフスタイルからはかけ離れた華やかなパーティーやナイトクラブの話は、まるでファンタジー小説を読んでいるような気がした。誤解しないでほしい。彼女をうらやんでいるわけじゃない。わたしは英国郊外で暮らす妻として、そして未来の母親としての新しい生活に心から満足している。ただなにか足りない気がしていた……それがなんなのか、自分でもよくわからない。なにか刺激的なことかもしれない。この数年ばかり、刺激的なことはあまりにたくさん起きていたし、どれもが歓迎できることばかりではなかったけれど。

そんなわけで、わたし以外はみんなが忙しくしていた。わたしの唯一の仕事は、クリスマスプレゼントとしてもらった二匹の元気いっぱいの子犬をしつけることだ。一匹は黒、もう一匹は黄色のラブラドールで、オスとメスなのだけれど、どちらも同じくらいかわいくて、恐ろしいくらいにやんちゃだ。二匹にふさわしい名前をつけるのは、なかなかに難しかった。カスターとポラックスとか、アーサーとグィネヴィアといった、威厳のある名前をいくつか考えてはみたものの、この子たちはどうひっくり返ってもそんなふうには見えないし、そもそも威厳のある生き物のように振る舞ってくれない。ダーシーが最初に提案したのは、ヴィクトリアとアルバートだった。

「犬にわたしの曾祖父母の名前をつけるわけにはいかないわよ」わたしは言った。

「そうか、それならジンとトニックは？」

「真面目に考えて」軽く彼の手を叩いた。

ダーシーは笑った。「わかっているよ。バブルとスクイーク」

「ダーシー、村の草地で〝チューーチュー！〟なんて呼ぶのはごめんだから」

「それじゃあ、きみが考えるといい」ダーシーは気を悪くしたふりをした。

「わたしたちの赤ちゃんの名前をつけるのが、こんなに大変じゃないといいんだけれど」

「心配ないよ。名前ならもう考えてある」

「そうなの？」

「そうさ。マーマデューク・アーチボルド。昔の家名なんだ。縮めて、マームって呼ぼう。王妃陛下みたいに」

「ダーシー、それは……」言いかけたところでダーシーの表情に気づき、ぷっと噴き出しながら彼を叩いた。

「わたしをからかっちゃだめなのよ。いまは、微妙なときなんだから」

ダーシーは両手でわたしを抱き寄せた。「きみがまた笑っているのを見られてうれしいよ。ここのところずっと元気がなかったからね」

「具合が悪いのって大嫌いよ」

「だがそれも乗り越えた。具合が悪かったことも、きっとすぐに忘れられるよ」

「だといいけれど」わたしは、長い散歩から帰ってきて暖炉の前にごろりと横になっている子犬たちを見ながら言った。

「クリスマスっぽい名前にするべきだと思うの。だってこの子たちは、わたしたちが互いに贈りあったクリスマスのプレゼントなんだもの」

「マリアとジョセフ？」

ダーシーがまた冗談を言ったので、わたしはじろりとにらみつけた。

「聖ニコラスにちなんでニックはどうだい？　でも、メスのほうが困るね」わたしは、威厳のかけらもない格好で寝そべっているオスの黒い子犬を眺めた。とてもひょうきんな子だ。やんちゃだけれどあまりにかわいらしいので、なにをしてもだれもが許してしまうのだ。

「そうなの。ホリーとジョリーはどう？」

「きみがいいなら、ぼくはかまわないよ」

「気に入らないの？」

「アイルランドの王族っぽいものを考えていた。クイーン・マブ。ブライアン・ボル。それとも、きみの祖先のスコットランドの王族はどうかな。ロバート・ブルースとか？」

「犬にブライアンはどうかしら。ブルースだってそうよ。わたしは村の草地で、〝ブルース、どこなの？　いますぐ戻っていらっしゃい〟なんて叫びたくないわ」

ダーシーはにやりと笑った。「冗談だよ。ホリーとジョリーでいいんじゃないかな。そうしたら、ぼくたちの子供はゴリーにしよう。きみのお気に入りの言葉みたいだから」

「違うって！」わたしは思わず声をあげた。「そうなの？」

彼はうなずいた。「よく言っているよ」

「いやだ。やめようとしたのに。でも、緊張するとつい言っちゃうの」

ダーシーはわたしの背中にまわした手に力をこめた。「変わらなくていい。そのままのきみが好きなんだ」そう言ってわたしの鼻にキスをした。

それ以来、犬たちはだいたいにおいて、ＶＮＰｓ（とてもやんちゃな子犬たち《Very naughty puppies》）と呼ばれている。最初のうちは屋敷内を好きなように走らせていたのだけれど、じきに使用人たちは床の水たまりを掃除することに、わたしたちはソックスや靴やサンドイッチといったものを彼らの届かないところに移動させることに、うんざりしてしまった。幸いなことに、二匹は長い散歩をしたり、ウサギを追いかけたり、転げまわったりするのが好きで、いつも楽しい時間を過ごしているので、そのあとしばらくは疲れておとなしくしていてくれる。

わたしは服従することを教えようとしていた。なかなかに大変だ。二匹はばかじゃない。来いとお座りと待ては覚えたし、尻尾を振ってかわいい顔をすることもできるのだが、それもなにかやんちゃなことをしたくなるまでのことだ。そうなると、どれほど声をかけても、従わせることはできない。結局、わたしたちが目を光らせていないときは、階下の使用人たちの居住スペースに置いておくことにした。そこは床が石造りだったし、簡単に外に出ることができるからだ。近くには食べ物がたくさんあって、テーブルからなにかが落ちてくることもたびたびあったから、子犬たちも素晴らしいアイディアだと思っているようだ。彼らはいま生後四ヵ月なので、これからもう少し分別がついてくれることを願っている。ああ、人間の赤ちゃんを育てるのは、これより簡単だといいのだけれど。少なくとも、わたしの靴を片方くわえたまま、あたりを走り回ったりはしないだろう。

子犬のしつけだけでなく、わたしは出産を控えた母親がするべきことをしようとした。赤ちゃんが身に着けるもの一式を作るのだ。断っておくけれど、わたしは裁縫や編み物は最低限のことしかできない。学校の裁縫の授業は落第した。白のブラウスを縫わなければならなかったのだけれど、わたしが作りあげたものは片方の袖が逆向きになっていて、どういうわけか全体が妙な灰色に染まっていた。それでも赤ちゃん用の毛布をかぎ針で編み始めたのだけれど、段ごとの最初にひと目増やすのを忘れていたので、編み進めるうちにどんどん細くなっていき、気づいたときには三角形になっていた。かわいそうな赤ちゃんが頼りにできる人間がわたし以外にもいるのは、幸いだった。ゾゾは三つ子に着せられるくらいの服を持ってやってくるだろうし、母もきっと祖母という新しい役割を楽しんでくれるだろう（いまもまだ三五歳だと自称している母が、祖母であることをどうやって認めるのかは謎だ）。

月曜日に、ベリンダからまた手紙が届いた。ここ数ヵ月では珍しく、ダーシーとわたしは一緒に朝食をとっているところだった。従僕のフィップスが銀のお盆に手紙をのせて運んできたとき、彼はクーパーのオックスフォード・マーマレードをせっせとトーストに塗っていたし、わたしはニシンを食べていた。

「奥さまには海外から手紙が届いています」彼はそう言いながら手紙を差し出した。

「まあ、ベリンダからだわ」わたしは笑顔になった。ダーシーは自分宛ての数通の手紙を受け取り、そのうちの一通を開いていたから、わたしはその場でベリンダからの手紙を読み始めた。

愛しいジョージー

具合はどう？　よくなっているといいんだけれど。つわりって最悪よね。わたしのつわりはそれほどひどくはなかったけれど、ぞっとするような記憶が蘇るわ。いずれは終わるものだから、あなたも辛い時期が過ぎていることを祈っている。

パリでの暮らしはますます忙しくなっているの。数週間後に始まるファッションショーに備えて、フル稼働中よ。わたしはマダム・シャネルのデザイナー助手のはずなんだけれど、いまは全員が駆り出されていて、わたしもほかの人たちと一緒に縫ったり、アイロンがけしたり、モデルになったりしている。本当に素晴らしいコレクションなの（もちろん、秋向けよ）。シャネルのデザインはそれはそれは見事よ——とてもシンプルなスタイルなのに、優雅なの。それにね、聞いてくれる？　わたしのデザインを一着、コレクションに加えてくれたのよ。夜会服のアンサンブル。背中が大きく開いていて、下は黒と白のシルクのズボン。もうすごくうれしくて、自分の幸運が信じられないくらいよ。

それを着たモデルがランウェイを歩くところをあなたに見てほしいわ。あなたに会えなくて寂しい。ここに知り合いは大勢いるけれど、あなたみたいな本当の友だちはいないんだもの。一緒に笑ったり、秘密を分け合ったりする親友は。あなたはわたしの最大の秘密を知っているものね。

セーヌ川近くのサン・ジェルマンにあるわたしのマンションを気に入ってくれると思うわ。建物の隙間から川が見えるし、寝室の窓から身を乗り出したらエッフェル塔も見える。錬鉄の小さなバルコニーがある、お洒落な部屋よ。一階にいるあの変なおばあさんが管理人じゃなければ、完璧だったんだけれど。ただの管理人じゃなくて、ここの持ち主なのかと思うくらいよ。だれかがやってこようものなら、小さな部屋から飛び出してきて、なにを買ってきたのか、だれと一緒なのかを探り出すの。憎たらしい猫を飼っていて、その子も同じように飛び出してきて、足首にかみつくのよ。彼女はいつも中庭を掃除していて、ずっと同じ音が聞こえている――シュッ、シュッ、シュッ。砂利が残っているのが不思議なくらい。だれも見ていないときは、きっとその箒で空を飛んでいるんだわ。

でも、ほかの住人たちはいい人よ。とりわけ、最上階の彼は。屋根裏部屋に住んでいるの。作家だし、すごくロマンチックじゃない？　ハリー・バーンステーブルっていうアメリカ人なの。学者肌で、くたびれた感じで、悩み事を抱えているように見えるところが魅力的。それにものすごく知的なのよ。彼の友だちの作家や画家の人たちとも会ったけれど、なにを話しているのか半分もわからなかったわ。でも彼は、わたしが部屋を設えるとき、居心地よくなるように手伝ってくれたの。蚤の市（言葉のイメージほど悪いものじゃないし、家具や絵をびっくりするくらい安く買えるの。すごく面白いのよ）

のことにすごくわしいの。おかげでわたしの部屋はとても洗練されたものになったし、大きな羽毛のベッドもあるの——ふたりでも充分なくらい大きいのよ。そんな機会があればだけれどね。

ハリーとはまだそんな関係じゃないけれど、どうなるかはわからないものね。本当に彼が好きなのかどうかはよくわからない。ちょっと年を取りすぎているし、ちょっとくたびれすぎているんだもの。そうそう、そういえばとんでもなく優雅なルイ・フィリップ・ド・モンテーニュっていう貴族の男性がいて、わたしに興味があるみたいなの。フランス人の男性っていかしているわよね？　ルイ・フィリップに惹かれているかどうかはわからないけれど、昔ながらのやり方で言い寄られるのはなかなかいいものだわ。彼ったら、毎日花やチョコレートやシャンパンを贈ってくるのよ。わたしがフランスの伯爵夫人になるなんて、想像できる？　だれも先のことなんて……

「ベリンダからいい知らせ？」ダーシーが訊いた。「読みながら笑っていたね」

わたしは手紙を置いた。「ベリンダがどういう人かは知っているでしょう？　いつだって最低ひとりはまわりに男の人がいるんだから。今回はふたりね。屋根裏部屋で暮らすアメリカ人の売れない作家と、シャンパンとチョコレートを贈ってくるフランス人の貴族ですって」

ダーシーは笑いながら首を振った。「彼女は危険な生き方をするのが好きらしいね。もうそういうことはすっかりやめて、落ち着いてくれればいいと思うよ。コーンウォールでようやく、ジェイゴっていうふさわしい相手に会えたんだと思っていた」

「わたしもよ。ふたりはお似合いに見えた。ベリンダが上流階級の生まれなのに自分は漁師の息子だからって、彼が身を引いたんじゃないといいんだけれど。彼女はそんなことを気にしないもの」

「男はそういうことに敏感だからね」ダーシーはマーマレードを塗ったトーストをひと口かじった。「男は大黒柱になりたがるんだよ。正直に言うと、ぼくが新妻のために買った家じゃなくて、きみの名付け親が提供してくれた家で暮らすことを受け入れるのは、簡単じゃなかった」

「ばかなことを言わないで。わたしたちはふたりとも同じくらい貧乏なんだし、サー・ヒューバートが手を差し伸べてくれなかったら、狭くてわびしいロンドンのアパートに住まなきゃならなかったのよ」

ダーシーは顔をしかめた。「だがぼくは貧乏でいたいわけじゃない。自分の家族には心地いい暮らしをさせたいんだ」

「心地よく暮らしているわよ」

「ぼくがしたことじゃない」ダーシーはため息をついた。「ぼくも地に足をつけて、ちゃんとした仕事につく潮時なんだと思うよ、ジョージアナ」

彼が正式な名前でわたしを呼んだので、改めて彼を見た。手に手を重ねる。

「でも、あなたは自分の仕事が好きでしょう？　それがなんなのか、わたしはよく知らないけれど、あなたが危険や冒険を愛していることは知っている。デスクワークでは惨めな気持ちになるだけよ。わたしたちはそんな人生を送るようには育てられていない」

ダーシーはわたしの顔を見つめた。「ジョージー、ほとんどの人間には自分が選んだ人生を送るような贅沢は許されていないんだよ。養わなければならない家族がいるから、毎日銀行や商店やオフィスに出かけていく。ぼくだけそうしない理由があるかい？　ぼくは家族を支えたい。ぼくたちの子供が寄宿舎に入るような年になったらどうする？　その費用はだれが払うんだ？　娘ができて、社交界にデビューするときが来たら？　相当な物入りだろう？」

「ずいぶん先の話ね。もっと前向きに考えましょうよ。生まれるのは息子ばかり六人で、だれもデビューさせる必要がないかもしれないわよ」

ダーシーは笑って応じた。「七人にしておこう。そうすれば息子たちだけで七人制ラグビーのチームができる」

「あら」わたしは言った。「いまはすっかり気分がよくなっているけれど、これがひと月前だったら、子供はひとりで充分って言っていたでしょうね」

ダーシーはぎゅっとわたしの手を握った。「大変だったね。その埋め合わせをしてあげたいんだ」彼はなにか考えているみたいに、言葉を切った。「考えていたんだが、パリに行かないか？」

わたしはまじまじと彼を見つめた。あんぐりと口が開いていたかもしれない。「パリ？」

ようやくのことでそう言った。「パリに行こうって誘っているの？」

ダーシーは驚いたわたしの顔を見て、にやにやしながらうなずいた。

「ふむ、どうする？」ダーシーはもう一度訊いた。「旅行に行けそうかい？　しばらくは旅もできなくなるだろうからね」

「行けそうかですって？」わたしは満面に笑みを浮かべて言った。「ダーシー、外モンゴルに向かうキャラバンじゃないのよ。船で海峡を渡って、それから列車に乗るだけ。全然負担になんてならないわ。それにパリよ！　もちろん行きたいに決まっている。ただ……」数分前の会話が蘇ってきて、言葉に詰まった。「そんなお金がどこにあるの？」

「そのことか」彼の目に慎重な表情が浮かんだのがわかった。「ぼくたちが払う必要はないんだ。実はちょっとした仕事でパリに行かなきゃならなくなったんで、きみも一緒に行きたいんじゃないかと思ってね……」

「あなたのちょっとした仕事には、いつだって危険がついてまわるじゃないの」わたしは言った。「ケニヤの新婚旅行はどうだった？　どうやって旅費を賄(まかな)ったんだろうって思っていたけれど、実のところあなたはナチスの扇動者を暴くために、あそこに行かされたんだったわね」

「今回は」ダーシーはゆっくりと切り出した。「現地までは一緒に行くが、向こうに着いたらぼくが……仕事をしているあいだ、きみはベリンダのところにいるといい。彼女に招待されたんだろう？」

「何度もね。ベリンダと一緒に過ごすのは楽しいでしょうね。それに、ファッションショーを見るのも、彼女の知的な友人たちに会うのも」

「それじゃあ、決まりだ」ダーシーはほっとしたように見えた。「きっと、なにもかもが申し分なくうまくいくよ」

それはどういう意味だろうと、わたしは不思議に思った。

2

三月三〇日　月曜日
アインスレー

パリに行くなんて信じられない。春のパリ。なんだか夢が現実になったみたいだ。

パリに行くのは初めてじゃない。スイスの花嫁学校への行き帰りに何度か通ったことがあるけれど、パリ北駅とリヨン駅のあいだをタクシーで移動する際に窓から垣間見るだけだった。到着するのはいつも夜の列車だったから、最初のうちはぼうっとしているのだが、路上のカフェに座っていたり、公園を散歩していたりするお洒落な人たちをタクシーの窓から眺めるうちに、いつしか羨望のまなざしになっているのが常だった。肩からスカーフを垂らしたり、細くて黒い煙草を指のあいだにはさんだりしている女性たちは、だれもが世慣れて自信に満ちているように見えた。狭い脇道を通り過ぎるときには、モンマルトルの丘にそびえるありえないくらい白く輝くサクレ・クール寺院を見あげ、そこからリヨン駅へと進んでいくにつれ、大きな広場の先にセーヌ川が見えてくる。わたしはタクシーから身を乗り出して、こう叫びたかった。「学校なんてどうでもいい。ここで暮らしたい」

もちろん、しつけのいい娘だったわたしは（ベリンダに会うまでは）、決められたとおりにスイス行きの列車に乗り、学校へと向かった。そしていま、ようやく夢がかなおうとしている。ダーシーと一緒にパリに行く機会ができたので、数日滞在させてもらいたいとベリンダに手紙を書くと、すぐに返事が来た。

ジョージー、会えるなんてうれしい！　好きなだけいてちょうだい。ただ、秋のコレクションを発表する時期に重なっていて、わたしは馬車馬みたいに働かされるだろうから、あまり一緒には遊べないかもしれない。それどころか、手伝ってもらうためにあなたを引っ張り出すかもしれないわ（あなたはいまそんな状態だからモデルを頼むわけじゃなくて、上流階級の人たちとお喋りをしてもらうとかそういうこと）。でも、あなたとダーシーがものすごく社交的だったりするんじゃなければ、夜は一緒に過ごせるから。ハリーはとても面白い人たちを知っているのよ。芸術家に作家――みんなすごく知的で情熱的なの。

いつ来るのか教えてね、準備をしておくから。実を言うと、メイドがいないから、いつもは近くのカフェで食事をすることが多いの。パリの食べ物はどこで食べても、ほっぺたが落ちるくらいおいしいのよ。でも妊婦さんが好きそうなものを考えておくわね。

週末に到着するなら、わたしはたいてい家にいるから。
楽しくなるわね。昔みたい。

いっぱいの愛をこめて
あなたの友人　ベリンダ

パリに行くことを伝えたくてゾゾにも電話をかけたけれど、また小さな自家用機で出かけていって、どこにいるのかはだれも知らないのだとメイドに聞かされた。彼女がいないことがわかると、筋違いだとわかっていながら、わたしはいつもがっかりする。パリになにを持っていけばいいのか、ほかの人たちはどんなものを着ているのかを確かめたかった。着古した服ばかりのわびしいタンスの中身で勝負できるはずもないことは、わかっていたけれど。ゾゾと母からお洒落な服をもらってはいるものの、残念ながらこのお腹では入らない。いまのわたしのお腹は妊娠しているように見えるほど大きくはないが、最後の食事でプディングをお代わりしすぎたように見えるという、微妙な段階だった。

というわけで、着る服が問題になることは間違いなかった。パリではベリンダと、そのうえあのココ・シャネルその人と会うのだから、田舎から来た時代遅れのずんぐりした女に見えては困る。タンスの中身を確認したわたしはがっかりした。母からもらった丈の長いカシミアのカーディガンは丸くなったお腹を隠してくれるだろうし、ウエストを大きな安全ピンで留めればタータンチェックのスカートをはけるだろう。けれど夜は？　背中が大きく開いた深い青色のキュロットドレスは着られない。イブニングドレスもだめだ。絶望的だと思ったけれど、そういう装いが必要な夜に招待されることはないはずだと考え直した。もしあったとしても、ベリンダの友人たちはディナースーツではなく、肘当てのついたジャケットにベレー帽を身に着けているような自由奔放な人たちらしいから、わたしもすんなりなじむかもしれない。

いい知らせは、メイドを連れていかなくてもすむことだ。使用人はいないと、いつだったかベリンダが言っていた記憶があった。掃除をしてくれる女性がいたかもしれないが、住み込みのメイドはいない。だから持っていく服は、自分で着たり脱いだりできる服でなくてはいけない。わたしのいまのレディスメイドのメイジーはかわいらしい地元の娘で、熱心に働いてくれるし、服の扱いも丁寧だが、近くに住む母親が病気なのでそばを離れたがらない。代わりに連れていけるのはクイーニーだが、考えるまでもない。メイドは連れていかない。

わたしは、どの服を持っていくのかをメイジーに伝えた。ベッドの上に並べてみると、悲しいくらいにわびしかった。シンプルな黒のドレスもなければ、長いシルクのスカーフも仕立てのいいスーツもない。いまのわたしは仕立てのいいスーツは着られないけれど。用意した服は、犬を連れてヘザーのなかを歩いたりするような、郊外の家で過ごす週末にはふさわしいけれど、パリにはどうだろう？　ベリンダが気の毒がって、素敵な服を仕立ててくれるかもしれない。希望を捨ててはいけない。

メイジーが荷造りを始めたところで、あたかも象の群れがこちらに突進してくるような音が聞こえてきた。そんな大きな動物を飼っている覚えはないからいったいなんの音だろうと考えていると、クイーニーが部屋に駆けこんできた。走ってきたせいで顔は真っ赤で、エプロンが半分ほどけている。

「いったいどうしたの、クイーニー?」わたしは訊いた。

「どういうことなんです? お嬢さんがパリに行くってたったいま聞いたんですよ」(本来ならわたしを〝お嬢さま〟と呼ぶべきなのに、クイーニーは何度言ってもそれができなくて、ずっと〝お嬢さん〟と呼んできた。わたしは結婚したのだから、いまは〝奥さま〟と呼ばなければならないことはわかっているはずだ。それ以上は望むべくもないだろう)

「そうよ。ミスター・オマーラとわたしはしばらくパリに行くの。だからあなたはそのあいだ、料理をしなくてすむのよ。その時間を使って、腕を磨いたらどうかしら? 新しい料理を覚えるとか?」わたしはにこやかに微笑みかけたが、クイーニーはまだこちらをにらみ続けている。

「レディがパリに行くときは、メイドを連れていくもんです。違いますか? それなのにお嬢さんはあたしに訊こうともしなかった。彼女を連れていくわけじゃないですよね?」クイーニーはすくみあがっているメイジーを示した。「彼女は外国のことなんてなんにも知らないんですよ。ブライトンより遠くに行ったこともないんだから。でもあたしはお嬢さんと一緒に大陸のあちこちに行きましたよね? フレンチ・リビエラやなんとかっていうところにあるあのお城とか……」クイーニーはまだカンカンだ。「彼女はパニックを起こすだけですよ。外国の男が荷物をかっさらっていったりしたら、取り乱して、家に帰りたいってわめくに決まっているんですから」

「クイーニー」わたしはようやく口をはさんだ。「メイジーは一緒に行かないから。今回滞在するミス・ベリンダの家には使用人の部屋がないから、メイドは連れていかないの。でももし連れていくとしたら、そしてメイジーにその気があれば、彼女を連れていくでしょうね。わたしのレディスメイドは彼女で、あなたは料理人なんだから」

クイーニーはむっつりした表情になった。「あたしが料理人だってことはわかってますよ。でも最初のレディスメイドはあたしでしたよね？　お嬢さんが危なかったとき、助けたのはあたしでしたよね？」

「そのとおりよ。あなたはとても勇敢だったし、そのことは感謝しているわ。でもあなたは料理人としてここで高く評価されているの。あなたなしではこの家はまわらないわ」

彼女の表情が和らいだのがわかった。

「ですよね」うなずきながら言う。「そのとおりですよ。あたしはここで必要とされている。あたしがいなきゃ、みんな飢えちまいますからね」クイーニーはエプロンを撫でおろした。「そういうことなら、わかりました。でも持っていく服の準備は手伝わなくていいですか？荷造りとか？」

「ありがとう、クイーニー。大丈夫よ」わたしはあわてて答えた。目的地に着いてみたら、靴が片方しか入っていなかったとか、一番上等のドレスが乗馬靴に巻きつけられていたといったことが、これまで何度もあったのだ。「その代わりに、おいしい昼食を用意してくれないかしら？」

「合点です、お嬢さん」クイーニーはそう言い残して、部屋を出ていった。

わたしはほっとしてため息をついた。家を切り盛りするのは、やっぱりまだ難しい。本当なら出過ぎた真似をしているとクイーニーを叱って、だれを連れていくのかは女主人であるわたしが決めると言うべきなのはわかっていた。さらに、今度わたしの部屋にいきなり入ってくることがあれば、その場でクビだと言わなければならなかったことも。それがお屋敷の本当の女主人がするべきことだ。けれどわたしはいまでもことを荒立てるのは苦手で、みんなが幸せでいてほしいと思っていた。

「ああ、奥さま、本当にすみません」クイーニーがいなくなるやいなや、メイジーが言った。「わたしが奥さまのメイドになったせいで、クイーニーはすごく嫉妬しているんです。ずっと厨房にいて、あまり奥さまと会えないせいだと思います」メイジーは不安そうな顔になった。「わたしはちゃんと仕事ができていますよね？　服の手入れも身の回りのお世話もできていますよね？」

わたしは笑顔で応じた。「あなたは素晴らしくよくやってくれているわよ、メイジー。これ以上は望めないわ」ベルベットの服に間違ったアイロンがけをしたり、イブニングドレスに穴を開けたり、結婚式の日に靴を片方失くしたりしないメイドがいて安心していると、もう少しで付け加えそうになった。実際のところ、かつては惨事の連続だった。けれど、ほかの使用人たちにクイーニーを攻撃する材料を与えたくはない。そこでわたしは言った。「あなたのお母さんが元気になったら、一緒に行ってもらうわよ」

「海の向こうにですか？　ほかの国に？　外国に？」

「ええ、そうよ。いつか、行かなければならないときが来たら」

「だめです、奥さま。わたしはとても外国になんて行けません。そこの人たちはおかしな言葉を話すんですよね？　それに人のお尻をつねるんだってクイーニーが言っていました」

わたしは笑うまいとした。

「じきに赤ちゃんが生まれて家から出られなくなるから、当分、そんな機会は来ないと思うわよ、メイジー」

ぱっと彼女の顔が輝いた。「本当にうれしいです、奥さま。早く赤ちゃんのお世話がしたくてたまりません。かわいいでしょうね」

うなずいた。「ええ、かわいいでしょうね」

「子守はいつ雇うんですか？　地元の人ですか？」

わお。次の難問は使用人だ。わたしはまだちゃんとした料理人を雇えていない。クイーニーの気持ちを傷つけたくないからだ。だが子守を雇うことを考えると……。帝国の未来の指導者になるべく、幼い少年を育てる有能で厳しい子守。ぞっとした。本当は自分の手で子供を育てたいのだけれど、わたしのような階級の人間は子守を雇うものだということになっている。わたしを育ててくれた子守は普通とは違い、優しくて、温かくて、愛情にあふれていた。地元スコットランドの女性で、幼いわたしを膝にのせ、歌を歌ってくれた。彼女のような人を見つけなければ！

四月一八日　土曜日
パリに向かう

　本当にパリに向かっているなんて信じられない。あいにく、出発にうってつけの日ではなかった！


　幸先のいいスタートとは言えなかった。四月らしくにわか雨ならわかるけれど、本格的な嵐のなかを出発する羽目になった。その朝わたしは、窓を打つ雨と暖炉を吹き抜ける風の音で目を覚ました。

「あまりいい天気ではなさそうだ」カーテンを開けたダーシーが口にしたのは、いつものごとく控えめな言葉だった。

「あまりいい天気じゃない？」屋根からスレートが吹き飛ばされるガラガラという音を聞きながら、わたしは言った。「外では風がうなっているわよ。こんな日に船は海峡を渡れると思う？」

「昼までには天気も回復するかもしれない。それに、天気にかかわらず、船は出るはずだ。それほどの距離ではないしね」

そう言われても、安心はできなかった。

「出発を延期したらどうかしら？」わたしは提案した。

ダーシーは首を振った。「いや、だめだ。そういうわけにはいかない」

「出席しなきゃいけない会合でもあるの？」

「そんなところだ」ダーシーはそれ以上なにも言うことなく、バスルームへと向かった。

不安に胸がきゅっとなった。自分の仕事についてダーシーはなにも話してくれないけれど、たいていは英国政府のためのなにかの秘密任務であることはわかっている。言い換えれば、わたしの夫はスパイなのだろうということだ。今回の任務は危険なものかもしれないという思いが胸をよぎった。彼が仕方なく携わっている内勤の仕事が、不意にとてつもなく魅力的なもののように思えた。

フィップスが車で駅まで連れていってくれた。本当はニューヘブンに向かい、そこからディエップ行きのフェリーに乗るつもりだったのだが、航海時間が長くなるから今日のような天気では気が進まない。そこでロンドンまで行き、ドーバーからカレー、そしてパリへと向かうゴールデン・アロー号に乗ることにした。雨に濡れたケントの田園風景が窓の外を流れていく旅の前半は快適だった。けれどドーバーの港に着き、列車を降りてポーターを見つけ、蒸気船カンタベリー号に乗りこむときになっても、天気は一向に回復していなかった。乗船したときにはわたしたちはびしょ濡れで、強風にあおられたこともあってヘロヘロだった。

「ぼくの経験からすると、こんな日に海峡を渡るときにするべきことはひとつだけだ」

「しっかりつかまるところを見つけるとか、横になっているとか？」わたしは訊いた。

「いいや。まっすぐバーに行って、ブランデーをたっぷり入れたジンジャーエールを飲むんだ。魔法のようによく効くよ」

彼は驚くほどがらんとしている暖かなバーにわたしを連れていき、ブランデーと共に隅のほうのテーブルに腰を落ち着けた。半信半疑でひと口飲んだわたしは、ダーシーの言うとおりだと認めることになった。お腹が気持ちよく温まった。昼食前にお酒を飲むことには慣れていなかったし、そのうえ空腹だったから、船が出航するころにはふわふわと気持ちよくなっていた。

「ほらね、悪くないだろう？」船が大きく傾いたので、わたしはなにも答えられなかった。その後はカレーに到着するまでずっと、持ちあげられたり、振り落とされたり、転がされたりし続けた。グラスがテーブルから落ちる。椅子が床の上をすべる。船がきしむ音に加えて、なにかが砕ける音や落ちる音、そしてどこからかうめき声が聞こえてきた。わたしたちのスーツケースもごろごろと転がっているか、もしくは甲板でずぶ濡れになっているのだろうと思った。バーにいたほかの客たちは顔を青くして出ていき、わたしたち以外はほとんどだれもいなくなった。ダーシーですら、いつになく口数が少ない。妙なことに、この三ヵ月間ひどい吐き気に悩まされていたわたしは、まったくなんともなかった。

「なにか食べるものはあるかしら？」わたしは訊いた。

ダーシーは、頭がおかしくなった人を見るような目でわたしを見た。

「なにか食べたいの？」

「実を言うと、そうなの。朝食をとってから、ずいぶん時間がたっているもの」

「ポテトチップスとか？」

「ベーコンサンドイッチはないかしら？　ミートパイは？」

ダーシーは信じられないというように首を振ったが、それでもところどころで柱につかまりながらよろよろとカウンターに歩み寄り、ソーセージロールを持って戻ってきた。

「いまはこれだけしかないそうだ。料理人が料理できるような状態じゃないらしい」

わたしはパクパクとおいしくいただき、ちょうど食べ終わったところで激しい揺れが収まったことに気づいた。

「港に入ったみたいだね」ダーシーが言った。

わたしたちは乗艇甲板にあがり、デッキチェアやベンチにぐったりと横たわっている人々の横を通り過ぎた。だれもが、瀕死状態のように見える。うめき声をあげている人もいた。床には吐瀉物が残り、ひどいにおいがしていたので、わたしはハンカチで鼻を押さえたまま、甲板に出た。雨はまだ降り続いている。風も強いままだったが、嵐というほどではなくなっていた。それどころか爽快に感じられて、わたしはスコットランドで過ごした子供時代を思い出した。

港沿いにはパステル色の家が並んでいて、波止場はもう目の前だった。わたしたちは乗客たちの流れにのって、渡り板を渡った。待ち受けていた列車に荷物が運ばれ、通路を進んで座席を探した。自分たちのコンパートメントにたどり着き、ダーシーがドアを開けた。そこへ、トリルビー帽をかぶり、レインコートの襟を立てた男性が近づいてきた。

「失礼」彼はダーシーの脇を通り過ぎながら言った。「船で渡るにはひどい日ですね」

「ふさわしい日とは言えませんが、まあ、なんとか乗り越えましたよね」

わたしが先にコンパートメントに入れるように、ダーシーは横に移動した。探偵の真似事を少しばかりしたことのあるわたしは、あることに気づいていた。その男性とダーシーの関係。礼儀正しくよそよそしい態度を装っているが、ふたりは知り合いだという確信がわたしにはあった。わたしたち以外にバーにいた唯一の客は、彼だった？　奥の隅で新聞に隠れるようにして座っていた男性がひとりいた。わたしは記憶を探った。彼の手がダーシーの手をかすめた？　なにかを渡したの？

わたしはいぶかしげな表情をダーシーに向けたが、励ますような笑みが返ってきただけだった。

「きみがあの航海をなんの問題もなく乗り切ったのが信じられないよ。実を言うと、ぼくですら少し気分が悪くなったくらいだ。普段は船には強いのに。あの船はダンテの第七の地獄みたいだったね」

「本当にひどかったわね。わたしは――」わたしは驚いて言葉を切り、お腹に手を当てた。

「どうした？」ダーシーはすぐに気づいた。「具合でも悪い？」

わたしは笑顔で首を振った。「全然。赤ちゃんが蹴っただけ。これまでもむにゅむにゅするのは感じていたけれど、こんなのは初めてよ。ほら、触ってみて」わたしは彼の手を取って、お腹に当てた。赤ちゃんは望みどおりに、もう一度蹴ってくれた。ダーシーとわたしの目が合った。彼はどこかおののいているようにも見えた。

「きっとラグビー選手になるんだろうな」ダーシーは笑顔で言った。

「あまり高望みはしないほうがいいわ。運動が得意な女の子かもしれない」

「それもいいね。ああ、待ちきれないよ」

「あら、わたしは待てるわ。その前にパリを楽しみたいもの」

「きみがパリで楽しい時間を過ごしてくれるといいんだけれどね。思い切り楽しむんだよ。次に一緒に旅ができるのは、しばらく先になるだろうからね」

笛が鳴った。列車はがたんと揺れて、走りだした。

「ダーシー……」列車は、カレーの荒廃した裏通りを進んでいく。「今回のあなたの仕事だけれど、危険なことはないわよね？」

「心配しなくていい。全部うまくいっているから」

欲しかった答えではないけれど、それ以上のものが得られないことはわかっていた。

「食堂車で遅めの昼食にするかい？　それともあのソーセージロールでお腹がいっぱいにな

った？　コーヒーとサンドイッチが運ばれてくるとは思うけれど」

「まだお腹が空いているの。食べに行きましょう」

一時間後、フランス料理の奇跡――わたしはふわふわのエビ入りオムレツとデザートに栗のメレンゲ菓子、ダーシーはレアステーキのフライドポテト添えと食後にチーズ――を堪能したわたしたちはコンパートメントに戻ってきた。わたしは、クイーニー以外の人が作った料理を食べる幸せな日々を思い浮かべた。しばらくうとうとして、目が覚めたときには空は晴れあがっていた。陽気そうな白い雲の合間から日が射している。列車の両側には、道路沿いのポプラ並木、ペンキのはげかけた茶色いよろい戸の農家、草をはむ丸々太ったクリーム色の牛たちといった、平坦なフランスの田園風景が広がっていた。

やがて列車はパリ郊外から町なかへと入っていった――街角のカフェ、窓のよろい戸、ここが外国だと教えてくれる壁の見慣れない標識。ある壁には〝良い　酔い　ほろ酔い〟という文字とボトルの絵が描かれたポスターが貼られていた。わたしはエッフェル塔が見えはしないかと窓の外に目を凝らした。鉄道橋を渡ったところで、遠くの建物の上から顔をのぞかせているのが見えた。不意に胸が高鳴った。パリに来たのだ。ベリンダの家に滞在して、一緒にいろいろなものを見て、楽しいことをたくさんしよう。昔みたいに。やがて列車は速度を落とし、パリ北駅に入って、滑らかに止まった。車両のドアが開くと、喧騒が飛び込んできた。エンジンから蒸気が吐き出される音、口笛、ポーターを呼ぶ声。ダーシーがポーターをつかまえてくれ、わたしたちが乗ったタクシーは、パリの通りを走りだした。午後五時半になっていたから、すでにワインを片手にオープンカフェに座っている人たちがいた。

「今夜はぼくとホテルに泊まるのがいいと思う」ダーシーが言った。「きみは長旅で疲れているだろうからね。ベリンダの家には、明日の朝に行けばいい。それでいいかな？」

「もちろんよ。あなたの言うとおりだわ。初日の夜から、ベリンダはわたしをナイトクラブに連れ出すでしょうからね」

タクシーは、錬鉄のバルコニーとよろい戸のついた窓がある、いかにもパリらしい落ち着いた黄色の石造りの建物が並ぶ広々としてまっすぐな大通りを進んだ。やがて横道に入り、目立たない建物の前で止まった。

「ホテル・サヴィルでいいんですよね、ムッシュー？」タクシー運転手はどこか驚いているような口ぶりだった。

「ウイ」ダーシーは答え、わたしが降りるのに手を貸してくれた。

本当のことを言うと、わたしも少し驚いていたし、がっかりもしていた。リッツに泊まると思っていたわけではないけれど、ダーシーはフランスでペンションと呼ばれる小さなホテルではなく、ちゃんとしたホテルを選ぶだろうと思っていたのだ。支払いはほかのだれかがしてくれることだし。目の前にある建物は、とにかく目立たなかった。ホテルかもしれないと思わせてくれるのは、〝ホテル・サヴィル〟と記されたガラスのドアだけだ。わたしは横道に降り立ち、においを嗅いだ――かすかな下水の臭い、フランス煙草の独特の香り、ニンニクを使った食欲をそそるにおい。

「ここなの？」がっかりした口調にならないようにしたつもりだ。

「さあ、入ろうか」ダーシーはわたしをいざなうようにして数段の階段をあがり、ドアをくぐった。入ってすぐのところは、清潔ではあるもののまったくお洒落ではない小さなロビーだ。ダーシーはカウンターに歩み寄り、その向こう側にいる黒い服の女性と短いやりとりをした。フランス人の女性はどうしていつも黒い服を着るんだろう？　そのせいで、怖く見える。

「エ・マ・ファム」と彼が言ったのが聞こえた。〝それからわたしの妻〟と。彼女はわたしを見てうなずいた。

「ボンジュール、マダム」彼女は挨拶をしてから、楽しい滞在になりますようにと言い添えた。わたしは戸惑った。ダーシーが仕事をしているあいだ、わたしはベリンダの家にいることになっていたはずだ。けれどダーシーは、わたしが彼と一緒にここに滞在すると彼女に伝えたらしい。彼が受け取った鍵には大きな木片がついていて、わたしはそれを面白いと思った。彼のあとについて狭い階段をあがり、通りに面した部屋に入った。そこもまた簡素ではあったけれど、清潔だった。ダーシーはベッドのスプリングを確かめ、笑顔でうなずいた。

「うん、充分だ。これでいい」

わたしはベッドに腰をおろした。「ダーシー、わたしは明日、ベリンダの家に行くのよね？さっきの女の人には、まるでわたしがずっとここにいるみたいなことを言ったでしょう？」

「うん、まあね」彼はどこかきまりが悪そうだった。「妻と一緒に休暇でここに来たと思ってもらうほうが、なにかと都合がいいんだ。ここにいるあいだ、きみはパリに大勢いる友だちに会いに行くと彼女には伝えておくよ」

「わかった」わたしは少し落ち着かない気持ちになった。どんなことであれ、ごまかすのは嫌いだ。

「朝になったら、きみをベリンダのところに送っていくよ」

「わかった。ここから遠いの？」

「それほど遠くない。あの大通りを進むと、セーヌ川に出る。そこを渡って、シテ島を抜ければ、川沿いの通りのそれほど遠くないところに彼女の家があるはずだ。明日はタクシーを使うけれど、それ以降は歩く気分じゃなければ地下鉄に乗ればいい」彼は言葉を切り、腕時計を見た。「少し休んだらどうだい？　ぼくは公衆電話を見つけて、電話をしてくるよ。それからどこかに食事に行こう。パリでの最初の夜を楽しむんだ。いいね？」

わたしはうなずき、彼が部屋を出て行くのを待って横になった。窓が少し開いていたので、町の物音が聞こえてくる――車のクラクション、怒鳴り声、アコーディオンが奏でる音楽。心が浮き立っていて、とても眠れそうになかった。そこで窓のそばの肘掛け椅子に座り、日記を書き始めた。すると、聞き覚えのある声が耳に入ってきた。窓に近づいて外を見た。すぐ下の歩道にダーシーがいて、男の人と話をしている。顔は見えなかった。トリルビー帽をかぶっていて、列車ですれ違った男性のように見えなくもない。どちらにしろ、ふたりは英語で話していた。わたしはカーテンの陰に隠れながら、できるかぎり身を乗り出した。ふたりは低い声で話をしていたから、簡単には聞き取れない。

「彼女はやってくれるのか？」男性が訊いた。

「頼んでいない。巻き込みたくないんだ」ダーシーが答えた。

「やってくれれば、すべてが簡単に収まる。彼女は信頼できるんだろう？　だれかに話したりしないだろう？」

「もちろん信頼できる。ただ……どういうことになるか、わからないだろう？　彼らに尾行されるかもしれない。ぼくは彼女を危険にさらしたくない」

「生きるか死ぬかの問題なんだぞ。合意したはずだ」

バスと一緒に荷馬車がガラガラと音を立てながら通りすぎていった。わたしはふたりの会話を聞き逃すまいとしてさらに身を乗り出し、バランスを崩して、あやうく下の道路に落ちそうになり、かろうじてカーテンにしがみついた。布が裂ける不気味な音を聞きながら、なんとか体勢を立て直した。カーテンが丈夫だったのが幸いだった。ダーシーが一瞬顔をあげたところを見ると、小さく悲鳴をあげたらしい。けれどわたしは心臓をばくばく言わせながらも、すでにカーテンの背後に隠れていた。

そのちょっとした出来事のせいで、ふたりの会話の最後のほうを聞き逃した。次に耳を澄ましたときには、男がこう言うのが聞こえた。

「それじゃあ、ベルリンにはなんて言えばいい？」

「来週までは来ないはずだろう？」ダーシーが訊いた。「あと数日ある」

身勝手な通行人に貨物自動車がクラクションを鳴らしたせいで、男の言葉は聞き取れなかった。

「とにかく、まずは落ち着こう。最終プランを立てるのはそれからだ」

「これの重要性はきみにもわかっているはずだ」男が言った。「月曜日に会おう。いつものところで」

彼は帽子を小さく持ちあげて挨拶をすると、歩き去った。ダーシーはその場に立ったまま彼を見つめていたが、やがて向きを変えて反対の方向に歩きだした。ひどく心を乱されるふたりの会話だった。〝彼女〟というのがだれで、〝彼ら〟にどうして尾行されるかもしれないのか、〝彼ら〟が何者なのか、どうして生きるか死ぬかの問題なのか、わたしにはなにひとつわからない。それにベルリン？　恐怖に全身がぞくりとするのを感じた。夫がスパイだという結論にはもうずっと前に達していたけれど、でもそれは英国政府のためなのだと思っていた。けれど、敵の側のスパイだったらどうする？　ヒトラーを助けるために働いていたんだとしたら？　ダーシーが、家族のためにもっと稼がなければいけないと考えているのはわかっている。高額の報酬を提示されていたとしたら？　わたしは気分が悪くなって、ベッドに座りこんだ。盗み聞きなんてしなければよかった。彼を問いただすことはできない。ダーシーにとってはなにもかもありふれたことなのかもしれないけれど、彼が生きるか死ぬかの問題に関わっていることを知って、わたしはひどく動揺していた。

四月一八日　土曜日
サヴィル・ホテル

わたしたちはパリにいて、裏通りにある小さくて妙なホテルに滞在している。明日になればわたしはベリンダのところに行き、ダーシーは〝ちょっとした仕事〟に取りかかることになる。ああ、どうしよう。聞かなければよかった。彼が危険な目に遭うなんて考えたくない。彼がなにに巻き込まれようとしているのかを考えたくない。

ダーシーはなかなか戻ってこなかった。ようやく戻ってきたときには、なにもなかったかのように明るく落ち着いた様子だった。

「電話できたの？」わたしはなに食わぬ顔で訊いた。

「できたよ。あまり邪魔されずに話ができるような公衆電話を見つけるまで、ずいぶんと歩かなきゃいけなかった。きみはゆっくりできたの？」

「興奮しすぎて休めなかったわ。それにお腹がすいて、夕食が待ちきれない」

「きみは母親になりつつあるわけだ」ダーシーが笑いながら言った。「いつもお腹をすかしている」

「三ヵ月も吐き続けだったんだもの。その埋め合わせをしないと。一時はやせてしまったの

よ。覚えているでしょう？　お医者さまが心配していた。取り戻さなきゃいけないわ」

「わかった。でも、パリの夕食の時間は遅いんだ。とりあえずどこかのカフェで軽く飲んで、

それから食事ができる店を探そう。どうだい？」

「いいわね」わたしは応じた。わたしたちは身支度を整え、セーヌ川の方向へと歩きだした。

川までやってきたところで、わたしは息を呑んだ。シテ島にそびえるのは中世の砦のような

パリ司法宮の建物だ。傾きかけた日の光が、川と小塔をピンク色に染めていた。それはただ

そこにあって、現実とは思えないほど魅惑的だった。

「きみが歩けるなら、向こう側まで行ってもいいよ」建物にはあまり心を動かされないダー

シーが言った。「そっちは学生街なんだ。もっと陽気で、いいカフェがたくさんある」

「もちろん歩ける」わたしは言った。「ベリンダが仕事をしているあいだ、町の隅々まで探

検するつもりでいるんだから」

「やりすぎないでほしいな」ダーシーは心配そうな顔になった。「体のことがあるんだから」

「ダーシー、いまはもう元気なの。なんだってやりたい気分よ」

「それはよかった」ダーシーは言った。わたしは不意に彼と謎の男との会話を思い出した。

そのことを話すべき？　盗み聞きしたと打ち明ける？　話したければ、彼のほうから話してくれるだろうと考え直した。わたしが知っていることは、少ないほうがいいのかもしれない。なにか筋の通る理由があるはずだ。彼はわたしの夫なんだから。信じなくてはいけない。

オープンカフェのひとつでデュボネ（食前酒として飲まれる混成酒）を飲むことにした。穏やかな夕方だった。ほかのテーブルは話をしたり、身振り手振りで議論したり、笑ったりしているにぎやかな学生たちのグループで占められていた。こういう場面の一部になれたはずの時期がわたしの人生にはなかったことを思って、ちくりと胸が痛んだ。わたしが受けた国外での唯一の教育はスイスの花嫁学校でのもので、若いレディであるわたしたちは一般の人たちとつきあってはいけないと教えこまれた。もちろんベリンダはそれを一切、無視した。彼女は寄宿舎の窓から抜け出しては、地元の居酒屋でスキーのインストラクターたちと会っていた。わたしも一緒に行きたかったけれど、その勇気がなかった。

太陽が沈んで、川から冷たい風が吹き始めると、わたしたちは食事ができる店を探すことにした。近くにあった小さなレストランにコースメニューがあった――手頃な価格の三品のコースだ。料理は素晴らしかった。ハーブで風味をつけたムール貝のワイン煮、外がカリカリでなかがピンク色の鴨の胸肉、そしてクレーム・ブリュレ。カラフェ半分のワインを空け、わたしたちはほろ酔いでホテルへと戻った。わたしはパリの景色や物音、橋の下を静かに流れるセーヌ川の黒い水を心から楽しんでいた。恋人たちがからまり合うようにして歩いていく。夢に見ていたロマンチックなパリそのものだった。

「明日にはきみはベリンダのところだね」着替えをしながらダーシーが言った。

「ここにはどれくらいいることになるの？」わたしは尋ねた。

「長くても、仕事は二週間ほどで終わるはずだ。ぼくは急いで出発しなければならなくなるかもしれないが、きみは好きなだけここにいて、それからひとりで帰ってくればいい」

再び不安に全身がぞくりとした。急いで出発する？　迫り来る危険から彼が逃げている様を想像した。ベルリンに行くの？

「次はいつ会えるの？」自分の声が震えているのがわかった。

「時々は戻ってくるさ。ぼくに連絡を取りたければ、ホテルのフロントにメッセージを残してくれればいい。でもぼくのことは心配してほしくないんだ。きみにはベリンダと楽しい時間を過ごしてほしいんだよ。春のパリだ。楽しまないと」

「そうね」

その夜、ダーシーはすぐに眠りに落ちたが、わたしは横になったまま、あれこれと考えていた。ダーシーは、自分の仕事をたいして心配していないようだけれど、わたしは〝ベルリン〟という言葉が気になって仕方がなかった。それにトリルビー帽のあの男性。彼の英語は上手すぎはしなかった？　外国語のかすかななまりはなかっただろうか？　ドイツ語のなまりは？　いったいベルリンがダーシーにどんな影響力を持っているのだろう、どんな報酬を用意しているのだろうとわたしは考えた。けれどすぐに、彼は真に忠実な人だと思い直した。どれほどの報酬を差し出されようと、自分の国やわたしを傷つけるようなことは絶対にしない。仮になにかドイツの陰謀に関わることになったとしても、そこにはなにか隠された動機があるに違いない。いまはただ、わたしに打ち明けてくれればいいのにと思うだけだった。やがてわたしも寝入ったが、銃を手にしたナチスの軍服姿の男たちに追いかけられる夢を見た。

鐘の音で目を覚ました。英国で耳にする、ひとつの鐘の音に次の音が続いていくような、充分に練習を重ねたものではなかった。重要な教会の堂々とした鐘の音と競うように響く甲高い音は耳障りでしかない。ようやく、今日は日曜日だと気づいた。ダーシーが隣で眠りながらなにごとかをつぶやいたかと思うと、ごろりと仰向けになって目を開けた。

「あのいまいましい騒ぎはなんだ？」

「教会の鐘よ。今日は日曜日」わたしは答えた。

「ああ、そうか」彼はわたしを見て微笑んだ。「よく眠れた？　このベッドはなかなか快適じゃないかい？」

「いいベッドね。ベリンダのところでは、わたしはどこで寝ることになるのかしら。予備の寝室があるとは言っていなかったわ。ソファで眠ることにならなければいいんだけれど」

「居心地が悪ければ、いつでもここに戻ってくればいいさ」ダーシーはわたしの肩を撫でた。

「寂しくなるよ」

「わたしも。でもあなたの言うとおり、ほんの数本、道路が離れたところにいるだけだものね」

「そうさ。すぐそこだよ。でもこれほど近くはないけれどね」ダーシーはわたしを引き寄せると、首に鼻をこすりつけたので、わたしはくすぐったくてくすくす笑った。それからしばらくのあいだ、笑い声は途絶えた。

その後、顔を洗って着替えたわたしたちは階下におり、簡単な朝食が用意されている中庭に面したささやかな食堂に向かった。そこもまたお洒落とは言えないものの、テーブルには格子柄の感じのいいクロスがかけられ、その上に水仙をいけた花瓶が置かれていた。わたしは焼き立てのロールパンやクロワッサンを期待していたのだが、そこにあったのは硬くなったバゲットとジャムだけだった。

「日曜日だからね」ダーシーが釈明した。「日曜日にはパンを焼かないんだ」

わたしたちはコーヒーを飲み、ジャムを塗ったパンを食べた。それからダーシーがわたしのスーツケースを階下まで運び、タクシーに乗った。再びセーヌ川を渡り、耳をつんざくような教会の鐘の音のなか、シテ島に入った。大勢の人々が左側にある建物へと向かっている。その行き先を視線でたどると、想像していたとおりのノートルダム寺院がちらりと見えた。湧き立つ思いが再び胸のなかでふくらんだ。ずっと夢見ていた場所を残らず見るのだ。楽しい時間を過ごそう。夫がなにをしていようと。

タクシーは、鉄製のかわいらしい小さな橋を通ってセーヌ川の残りの半分を渡り、土手に沿ってしばらく走ってから横道に入り、いかにもパリらしい建物の前で止まった。クリーム色のあの石で作られていて、当然のことながら煙のせいで少し汚れている。どの階にも錬鉄製のバルコニーと焦げ茶色のよろい戸がついていた。玄関の片側に呼び鈴がずらりと並んでいたが、ベリンダの部屋がどの階にあるのか知らなかったので、わたしは困ってしまった。アメリカ人が彼女の部屋の上にある屋根裏に住んでいると聞いていたから、最上階でないことは確かだ。わたしは四階の呼び鈴を押し、彼女が出てくることを願った。しばらくするとブザーの音がして、玄関のドアがカチリと開いた。

「さあ、行っておいで」ダーシーが言った。「悪いけれど、ぼくは入らないよ。やらなきゃいけないことがあるんだ」

「わかったわ。女同士のくだらないお喋りを何時間も聞かされるのはごめんなのね」

「きみたちがくだらないお喋りをしているなんて言うつもりはないよ」彼はあわてて言った。「ほら、もう行って楽しい時間を過ごすといい。スーツケースを持ってあがってもらうように、ベリンダに頼むんだよ。きみはなにも持ってはいけないんだから」ダーシーは階段をあがり、わたしの大きなスーツケースを玄関ホールに滑りこませた。それからわたしの頬に軽くキスをすると、まるで友人たちと飲みに行くときのように楽しげに手を振りながら去っていった。ベルリンに関わることなど、なにもしていないかのように。

5

四月一九日　日曜日
セーヌ川の左岸にあるパリのベリンダの部屋

ベリンダと一緒に楽しい時間を過ごし、パリを堪能するのだと自分に言い聞かせている。どちらも楽しみだけれど、ダーシーと彼がしていることについての不安がなければよかったのに。

ダーシーはセーヌ川のほうへと歩き去っていった。わたしは彼を見送ってから、薄暗い玄関ホールに足を踏み入れた。明かりと言えばはるか上にある緑色の天窓から入ってくる光だけだったので、まるで水槽のなかにいるような気分だった。吹き抜けを囲むようにして大理石の階段があった。床はチェッカー盤のような黒と白の正方形の大理石だ。床の中央には錬鉄製の檻（おり）があって、なんとも異様な光景だった。じっとそれを見つめていると、きしむような音が聞こえてきた。その音がどんどん大きくなっていき、檻のなかで動くものが見え、わたしはようやくそれがエレベーターだと気づいた。なかの箱がゆっくりとおりてきて、ガチャンという音と共に震えながら止まった。内側のドアがスライドして開き、外側のドアがこちら側に押し開けられた。

わたしは笑みを浮かべ、両手を広げて、ベリンダと抱き合う準備を整えた。けれど現れたのは、ひげを生やした男性だった。たったいま風呂から出てきたばかりのように、濡れた髪はクシャクシャで、ストライプ柄のパジャマを着ている。

「やあ」彼は興味深そうにわたしを見た。

「あら」わたしは一歩あとずさった。「わたしの友人かと思ったんです。モナミ」フランス語を話さなければいけないと気づいて、言い直した。顔が赤くなるのがわかった。「ごめんなさい。マドモアゼル・ベリンダ・ウォーバートン＝ストークに会いにきたんです。この建物でいいんですよね？」

「もちろんさ」彼はアメリカなまりの英語で言った。「上にいるよ。きみはジョージーだね？」

「ええ、そうです」

「ハリーだ」彼は手を差し出した。「ハリー・バーンステーブル。ベリンダはシャワーを浴びているんで、きみの荷物を運ぶのにおれをよこしたんだよ。もうそろそろ出ているころだ」彼はあたりを見まわした。「ひとり？」

こんな暗い玄関ホールで、パジャマ姿の見知らぬ男性にひとりでいることを告げてもいいものかどうか、わたしはためらった。「夫が送ってくれたのだけれど、先に帰ったんです」

「そうか。それじゃあ、行こうか」彼はわたしのふたつの鞄を手に取ると、エレベーターに乗るようにわたしを促した。二、三人しか乗れないくらいの、小さな箱だ。もしわたしが閉所恐怖症だったなら、絶対にドアを閉めさせなかっただろう。それでも、わたしの心臓は激しく打っていた。パジャマ姿の見知らぬ男性と檻のなかに入るなんて、そうあることじゃないでしょう?

ハリーはわたしの顔に浮かんだ不安そうな表情に気づいたらしい。

「この古くさい機械仕掛けがいまにもばらばらになりそうに見えたとしても、心配はいらないよ。こいつは一九〇〇年からずっとこんな風だったに違いないが、まだしっかりしているんだ」ガシャンとドアが閉まった。彼がボタンを押した。ウィーンという音のあとに、きしむ音やこすれるような音が続き、エレベーターはゆっくりと上昇し始めた。

わたしはひどく戸惑っていた。以前のベリンダのライフスタイルは、言ってみれば波乱に満ちたものだった。華やかだった。けれどいまは改心したのだと思っていた。つい最近まで、ジェイゴというコーンウォールの男性に夢中になっていたはずだ。わたしは、ハリー・バーンステーブルがいる部屋に滞在することになるんだろうか? バスルームに行くときには、パジャマ姿の彼と顔を合わせなければいけない? 非難も詮索もしていないことをわかってもらいつつ、もっとくわしいことを聞きだそうとしたそのとき、彼が言った。

「こんな格好で悪いね。ベリンダに煙草をもらおうと思って、おりて来たんだ。切らしてしまったんだが、角の煙草屋まで行くためにわざわざ着替えたくなくてね。おれは最上階に住んでいるんだよ」

「屋根裏部屋の作家さんですね」わたしは言った。「ベリンダから聞いています」

「未来の作家さ。ずっと書き続けているし、そうなりたいと思っているが、いまのところ、これといった結果は出していない。パリについて書いたいくつかの記事。二本の追悼記事。ここで過ごした歳月の成果と呼べるような代物じゃない。おれはヘミングウェイでもなければ、フィッツジェラルドでもないという結論に達したよ。ふたりともこの町にいたんだよ。ガートルードのところで、どちらにも会ったことがある。ずいぶんとうぬぼれた男だった――ヘミングウェイのことさ。おれたちが敬意を払うものだと思いこんでいるような態度だった。どうも戻ってくるらしい。スペインに向かう途中で、ここに寄ると聞いた。勃発したばかりの内戦について書くんだろう。危険が大好きなんだよ、我らがアーネストは」

彼が喋っているあいだにエレベーターはゆっくりとのぼっていき、薄暗い踊り場が次々と通り過ぎていった。フランス煙草や、ひきたてのコーヒーや、パンを焼くにおいが漂ってくる。ラジオの音楽や子供の声が聞こえた。エレベーターはがたがたと揺れながら止まり、ハリーが内側のスライドドアを開け、次に外側のドアを押し開けて、わたしが降りるまで押さえていてくれた。

「右側のドアだ」彼が言った。「入るといいよ。開いているから。彼女はまだ着替え中かもしれない」

わたしはドアノブを回し、狭い廊下を進んだ。前方の開いたままのドアから明かりが射しこんでいて、その先は明るくて素敵な部屋だった。フランス窓の向こうにはバルコニーがある。家具はお洒落でありながら、使い心地がよさそうだ。錦織の肘掛け椅子、大きなソファ、低いテーブル、隅には書き物机。炉棚の上ではオルモル時計がカチカチと時を刻んでいた。

「座って」ハリーが言った。「きみが来たことを伝えてくるよ」

彼は部屋を出ていった。話し声が聞こえ、やがて彼が戻ってきた。

「彼女はすぐに来る。コーヒーをいれているよ」彼は親しげにわたしに笑いかけると、向かいの椅子に腰をおろした。わたしは初めて明るいところで彼を見ることができた。こめかみあたりに白髪がある濃い色の髪、やはり白いものが混じったもじゃもじゃのひげは手入れする必要がある。けれど魅力的だった。年を推測するのは難しい。四〇代だろうか……。

「あなたは上の階に住んでいるんですね」沈黙が気まずくなってきたので、わたしはパジャマに気を取られないようにしながら言った。

「この部屋ほど立派じゃないんだ。ごく基本的なものしかないし、冬は凍えるほど寒い。でもおれには充分だ。それに窓から身を乗り出せば、セーヌ川がよく見えるんだよ」

「パリには長いんですか、ミスター・バーンステーブル？」

「ハリーと呼んでくれないか。おれはアメリカ人だ。堅苦しいのはやめよう」彼は言った。「それから、答えはイエスだ。もう何年も前からここにいる。第一次世界大戦のあとで来て、そのまま残った」

「軍の一員として来たのかしら？」

彼はうなずいた。「そうだ。おれは軍にいた。思い出したくはないよ。地獄だった。地獄のほうがましかもしれない。あっちは暑いだろうから。記憶にあるのは、凍えるほど寒かったことだ。濡れた軍靴のなかでふやける足。ネズミ。泥まみれで死んでいく仲間たち」また その場に戻ったかのように、彼は身震いした。

「書くこと以外にはなにをしているの？」わたしはあわてて話題を変えた。

「できることならなんでもさ」彼はまたにやりと笑った。「わがままなフランス人の子供たちに英語を教える。〈ニューヨーク・ヘラルド〉紙に追悼記事を書く。じっとりして寒いところにいるのを嫌がる老人の代わりに、川沿いで露店を出すこともある。なんとかやっているよ。いつだってなにかしら仕事はあるからね」彼は言葉を切った。「ほかになにもないときは、〈ハリーズ〉でバーテンダーをしている」

「〈ハリーズ〉？　それはなに？」

彼はほかの星から来た生き物を見るような目でわたしを見た。「〈ハリーズ・ニューヨーク・バー〉は世界的に有名なんだよ。パリで最初のカクテルバーで、ブラッディ・メアリーを考え出した店だ。ヘミングウェイがよく来ていた。今週は顔を見せるかもしれないな。きみを連れていかないとね」

「えーと、知らない（ストレンジ）男の人とバーに行くなんて夫が許さないと思うわ」

「おれは変な（ストレンジ）男じゃないさ」ハリーは笑った。「いたって普通の親切な男だよ」

「アメリカに帰りたいとは思わないの？　家族に会いたいとか？」

「家族とはもう連絡を取っていない」それ以上追及するなと彼の表情が語っていた。「きみの家族はどうなんだい？　きみは偉い人だってベリンダから聞いているよ。国王陛下の親戚なんだろう？」

「ええ、そのとおり」わたしは言った。「でもその恩恵を受けられるほど、王位継承順が上ではないの。お金も家も、なにひとつ受け取ってはいないわ。でも幸いなことに、わたしには登山や探検が好きな名付け親がいて、彼は滅多に帰ってこないから、立派な田舎の邸宅を使わせてくれているの。わたしたちは結婚したばかりで、夏には赤ちゃんが生まれるからありがたいわ」

「それは、おめでとう」彼が言った。「ということは、きみのことは〝妃殿下〟とか、そんなふうに呼ばなきゃいけないのかな？」

「あなたがハリーなら、わたしはジョージーよ」わたしは笑顔で応じた。

「いいね」彼もにっこりと笑った。世界大戦以来パリにいるのだとしたら、彼は三〇代半ばから後半だということにわたしは気づいた。額にはしわができているが、笑顔の彼には少年っぽい魅力があって若く見えた。ベリンダが惹かれてもおかしくないかもしれない。そんな思いが脳裏をよぎったちょうどそのとき、黒い羽根飾りのついた黒いシルクのガウンを着て、頭にタオルを巻いたベリンダが部屋に入ってきた。そんな格好にもかかわらず、ありえないくらいあでやかに見えた。

「ジョージー！　出迎えられなくて、本当にごめんなさいね。ゆうべはパーティーに出ていて、帰ってきたのが明け方近かったのよ。そのうえ、目覚まし時計をセットするのを忘れていたの。ハリーがおりてきてドアをノックしなかったら、まだ眠っていたところよ。でもこうしてここにいるんだし、あなたも本当に来たんだわ！」ベリンダは両手を広げて、近づいてきた。わたしは彼女をハグしようとして立ちあがった。けれど彼女は直前で立ち止まり、しげしげとわたしを見つめた。「まあまあ！　すごくきれいになったじゃないの」そう言うと、わたしの腹部を軽く叩いた。どうしてみんな妊婦のお腹を叩こうとするんだろう？

「きれいかどうかはわからないけれど」わたしは彼女をハグしながら言った。「でも、ふくらんできているのは確かね。服はどれも入らなくて、このスカートは大きな安全ピンで留めているのよ。家に帰ったら地元の仕立屋でテントみたいな服を作ってもらうわ」

「ダーリン、テントみたいな服で外には出られないわよ。わたしが問題点を隠せるお洒落なものをデザインしてあげるから」ベリンダは耳に心地いいハスキーな声で笑った。「マタニティードレスをデザインしたことはないから、きっと楽しいわね。でももちろん、コレクションが終わってからよ。準備をするのに、来週はとんでもなく忙しくなるはずだから。シャネルがわたしのデザインのひとつを使ってくれたって話したでしょう？　すごくわくわくする……」

　息継ぎをするためにベリンダが言葉を切ったところで、ハリーが立ちあがった。

「ベリンダ、おれはもう行くよ。パジャマ姿で現れたせいで、きみの友だちを充分驚かせただろうし、今日はジャックじいさんの代わりに露店をやらなきゃいけないんだ」彼はわたしに手を差し出した。「会えてよかった、ジョージー。また顔を合わせることになると思うよ。たびたびベリンダに煙草やパンをせびりに来ているからね。彼女がここに引っ越してきたのは、本当に幸運だった。おかげで、飢える心配がなくなった」彼はにやりと笑って言った。

「それじゃあ、また。ここにいるあいだに、ジョージーはガートルードのサロンに行きたがるんじゃないかな」

「そうでしょうね」ベリンダが応じた。「面白い人たちの集まりだもの」

「楽しむんだよ。お嬢さんがた。いい子にして」ハリーは投げキスをして、部屋を出ていった。

四月一九日　日曜日
パリ　オルセー通りからすぐのところにあるベリンダのマンション

パジャマ姿の男性と会ったあとは、だいたいのことは普通になって、楽しくなった。これからベリンダと楽しい時間を過ごすのよ。たとえなにが起きようとも。


「彼って、すごくかわいい人なのよ」ハリーが出ていったあとで、ベリンダが言った。

わたしは興味津々で彼女を見た。

「それに、当たり前みたいにパジャマであなたの部屋に来るのね？」

ベリンダは声をあげて笑った。「確かに少しばかり型破りよね。でも、パリの芸術家気取りの人たちは、あんな風なのよ。すべてにおいて自由でおおらかなの」

「ジェイゴはもう過去の人なの？」去年わたしたちはジェイゴと出会い、ベリンダは彼に夢中になった。

「ジョージーったら。ハリーとはそんなんじゃないの。彼と一緒にいるのは楽しいし、彼には面白い知り合いが大勢いるけれど、恋人としては考えられない。ぴりぴりしていて神経質なんだもの。それにお金もない。とにかくそれが問題よ。お金を持っているのがわたしのほうっていう関係は無理」ベリンダはわたしと並んでソファに座った。「ジェイゴのことだけれど――よくわからない。彼に惹かれたのは本当よ。わたしたち、すごくうまくいっていたと思う。でも、彼が尻込みしているのが感じられたの。やっぱりお金のことなんでしょうね。わたしにはお金がたくさんある。彼にはない。いい関係を築くのにいい条件とは言えない。それに、階級のこともあるし。問題にするべきじゃないのに、やっぱり問題になるのよ」

「わかるわ」わたしは言った。「おじいちゃんといると、いつもそのことを感じる。わたしの家にいると、おじいちゃんはくつろげないの。どうしていいかわからないみたいで。居間に座ってお茶を給仕してもらうと落ち着かない気持ちになるんですって。でも、使用人みたいなことをするわけにもいかない。ばかばかしいと思うけれど、でもそれが現実なのよ」

「パリではそうじゃない」ベリンダが言った。「少なくとも、ハリーがつきあっているような芸術家タイプの人たちは。実のところ、アメリカにいる彼の家族はかなり地位のある人たちみたいなのよ。でも彼は絶対に家族の話をしない。ずっと前に仲たがいしたみたいね。身分と言えば、フランス人の伯爵の話をしたかしら？」

「一度、手紙に書いていたわよ。いまもまだ花を贈ってくるの？」

「定期的にね。今日も来るかもしれないから、会えるわよ。驚くほどハンサムで、恐ろしいくらい礼儀正しいの。三五歳なのに結婚していないのが不思議だけれど……でもきっと、ドラゴンみたいな母親がいるのね。とにかくわたしは、害のない娯楽だと思っているわ」ベリンダはそう言って笑った。「ドラゴンと言えば、玄関ホールでここのドラゴンに会った？」

「ドラゴン？」わたしは面食らった。

「管理人よ。だれかが通るたびに、小部屋から飛び出してくるの。それに延々とモップをかけているから、床はスケートリンクみたいにつるつるなのよ」

「わたしが来たときにはいなかったわよ」

「ああ、いないはずだわ。今日は日曜だもの。毎週日曜日には礼拝に出て、そのあとは妹とランチをしているから。明日になれば、彼女と彼女の猫に会えるわよ。足元には気をつけてね」

「警告してくれてありがとう。あなたが仕事をしているあいだ、わたしはひとりで遊んでいなきゃいけないのよね？」

「今週はそうなるわね。それに来週は、シャネルの秋のコレクションが発表になるし」

わたしは眉間にしわを寄せた。「手紙でもそう言っていたけれど、春のコレクションの間違いでしょう？」

ベリンダは笑って答えた。「もちろん違うわ。みんなが秋になにを着るのかを買い手に見せるためのものなのよ。ランウェイがあって、大勢のカメラマンが集まる本物のファッションショーよ。本当に面白いんだから。一度は見るべきよ。お金持ちの女の人たちが、欲しいドレスを巡って争っているのを見るのはすごく愉快なの。競争だってシャネルは言っている。だれだって、人と同じドレスを着るわけにはいかないもの。お金持ちの女の人って……」ベリンダはしかめ面をした。「本当に面倒なのよ。どうにかして、ショーに先駆けてコレクションを見ようとするんだから。ココがどんなふうにそれをあしらうのか、あなたに見せたいわ。お金にも身分にも、少しもおじけづいたりしないのよ。才気あふれる人よ。会えばわかるわ」

「前に言いそびれたけれど、実を言うと、会ったことがあるのよ」わたしは言った。「南フランスに母と滞在していたとき、ココもヴェラ・ベイトと一緒に来ていて、わたしはファッションショーで無理やりモデルをさせられたの。当然ながら、悲惨なことになったわ」

「まあ、かわいそうなジョージー。なにがあったの？」

「とんでもなく高いハイヒールで転んで、ランウェイから転げ落ちたの」そのときつけていたメアリ王妃のネックレスを、その後の騒ぎのあいだに盗まれたことは言わなかった。恥ずかしい記憶のひとつだ。ハンサムなフランス人男性のことも思い出し……あわててその記憶に蓋をした。

「それで、今日はなにをしたい？」ベリンダが訊いた。「いいお天気だわ。ルクセンブルクでピクニックをしてもいいし……」

「ルクセンブルク？　それって、ベルギーの向こうの何千キロも離れたところにあるんじゃないの？」

ベリンダは笑った。「ああ、ごめんなさい。うっかりしていたわ。リュクサンブール公園のことよ。近くにある公園なの。春はすごくきれいなのよ。セーヌ川のほとりでピクニックをしてもいいし、モンマルトルに行くのもいいわね」

「どれもすごく楽しそうだけれど、わたしはエッフェル塔が見たくてたまらない。何度かパリには来ているけれど、一度もちゃんと見ていないんだもの」

「それなら、シャン・ド・マルスでピクニックね」

わたしは頭のなかで翻訳した。「戦場？」

ベリンダは笑顔で説明した。「エッフェル塔近くの公園の名前よ。景色がすごくいいの。昨日のうちに、食べるものはいっぱい準備しておいたのよ——コールド・チキンを半分、パテ、チーズ、オリーブ、それにロールパンはまだ硬くなっていないはず」

「すごいごちそうね」

「だって、親友が訪ねてくるなんて滅多にないことだもの。さあ、あなたの部屋に案内するわ」

ベリンダは、マンションの片側にある小さな寝室にわたしをいざなった。豪勢な雰囲気の居間とは異なり、シングルベッドと小さな衣装ダンスと整理ダンスがあるだけの〝質素〟という言葉がふさわしい部屋だった。

「わびしい部屋だっていうのはわかっているんだけれど、本来は物置になるはずだったの。ここはひとり用のマンションなのよ。でもあなたはここで寝るだけだし、中庭に面していてとても静かよ。あのいらつく女が朝の八時から掃き掃除を始めなければね」ベリンダは再び移動した。「バスルームはここ。湯沸かし器がたくさんお湯を沸かしてくれるから、いつでも好きなときにお風呂に入ってね」

次にベリンダは彼女の寝室とこぢんまりしたキッチンを見せてくれた。

「意外だわ、ベリンダ」わたしは言った。「メイドがいないのね。だれがお料理をするの？服の手入れはだれが？」

ベリンダは両手を振った。「簡単よ。メインになる食事はシャネルのところでとるの。フランスでは、ちゃんとした食事はお昼にするのよ。夜はだいたいバゲットとパテかチーズ、もしくは近くのカフェでなにか食べるわ。わたしはあまり家にいないしね。たいていハリーが、詩の朗読会や美術展やなにかに連れ出してくれるから、そこで食事と飲み物が出るの。楽しい人生よ」

「あなたはいつまでここにいるつもりなの？」わたしは訊いた。「自分の店を持って、自分の服を作りたかったんじゃなかった？」

「急ぐ必要はないもの。なにもかもが勉強だし、デザインも上達しているわ。お金が必要だということもない。実を言うと、顧客とのやりとりをあまりしたくないのよ。裕福な人たちは最悪だってココは言っている。あの人たちってお金を払いたがらないから、取り立てるためには脅迫まがいのことをしなきゃならないの。ココはそういうことが得意なのよ。わたしはそこまで冷酷になれる自信がないわ」

「彼女は確かに現実離れした人よね」わたしはうなずいた。「あれだけ抵抗したのに、わたしにモデルをさせることに成功したんだから」

ベリンダは笑った。「でも今回は大丈夫よ。彼女がマタニティ・コレクションを準備するつもりでなければね」

「再会するのが楽しみだわ。あなたが働いているところも見てみたい。いつか連れて行ってもらえる？」

「もちろんよ。ただし、今週はわたしたちみんな、あたふたと走り回っていると思うけれど、驚かないでね。でも、次の週末のショーには来るといいわ」

わたしはベリンダが髪を乾かして着替えているあいだに、できるかぎり荷物をほどいて片付けた。それからコーヒーを飲み（ベリンダは、蒸気を噴き出してコーヒーをいれる素晴らしい機械を持っていた）、最後に会ってからのことを語り合った。

「それで、ダーシーはパリでなにをしているの？」ベリンダが訊いた。「あなたが来るって聞いて、ロマンチックな旅なのかと思ったのよ。赤ちゃんが生まれる前の最後のふたりだけの時間なのかなって」

わたしは首を振った。「まさか。ダーシーのことは知っているでしょう？　いつだってなにかしなきゃいけないことがあって、でもそのことはだれにも言えないのよ」

「わたしたちがコーンウォールにいたときに、だれかに変装して現れたみたいに」

「そういうこと。でも、今回はもっと危険なものみたいな気がするの。だけど……」トリルビー帽の男と、あの不吉な言葉〝ベルリンにはなんて言えばいい？〟のことを彼女に打ち明けてしまいたかった。でもできなかった。ダーシーはわたしの夫だ。彼は善人だ。絶対に……。

「だけど、なに？」

「ダーシーに訊いても、教えてはくれないと思う。楽しそうだし、くつろいでいるように見えるけれど、彼はああいう人だから」

「彼も腰を落ち着けて、どこかで安定した仕事につく潮時よね」

「ダーシーもそう言っている。でも彼は、九時五時の仕事は好きじゃないのよ、ベリンダ。わたしは彼に幸せでいてほしいの」

「そして生きていてほしい」ベリンダは言い添えた。

わお。それを言ってほしくはなかった。

四月一九日　日曜日

　エッフェル塔の横にあるシャン・ド・マルスに行く。そこで豪華なピクニックをするのだ。わくわくしている。楽しい時間を過ごして、ダーシーのことは心配しないようにしようと思う。

　ベリンダが食料の入ったバスケットと敷物と陽射しがまぶしすぎた場合に備えてパラソルを準備してくれたので、昼食前にわたしたちは出発した。エレベーターは文句を言いながらがたがたと一階に到着し、建物の外に出ると、ちょうどだれかが呼び鈴を押そうとしているところだった。

「ルイ・フィリップ！」ベリンダが声をあげた。「なんてうれしい驚きかしら」フランス語で言い添える。

　春の花の大きな花束のせいで、男性の濃い色の髪とダークスーツの一部しか見えない。ミモザの香りがわたしのところまで漂ってきた。男性はベリンダの顔が見えるように花束をさげた。憂いがあってフランス人っぽくて、とてもハンサムな顔が現れた。髪はひと筋の乱れもなく緩やかなウェーブを描き、茶色の瞳はベリンダに会えた喜びに輝いている。

「母から逃げ出してすぐにここに来たんだ」彼は言った。「一緒に礼拝に行っていたんだよ」彼の顔が曇った。「でもきみは出かけるんだね？　どこかに行くの？」

「ピクニックに行くだけよ」ベリンダが答えた。「こちらは友だちのジョージー。英国から着いたばかりなの」

「ジョージー？」彼は疑わしげにわたしを見た。

ベリンダはため息をついた。「正式に紹介したほうがよさそうね。レディ・ジョージアナ・ラノク・オマーラ、ルイ・フィリップ・ド・モンテーニュ伯爵を紹介するわ。ジョージーは英国国王の親戚なのよ」

彼の表情が変わった。花束を持っていた手を片方離し、わたしに差し出した。

「初めまして(アンシャンテ)、マイ・レディ」その先は英語だった。「わたしの町にようこそ。楽しい時間を過ごせるといいですね。しばらく滞在するんですか？」

「ええ、夫がここで仕事があるので、一緒に来たんです」

「仕事？」彼はけげんそうな顔になった。「あなたの夫は貴族じゃないんですか？」

「貴族だけれど、政府のためにいろいろと任務を引き受けているんです」

「ああ、外交官ですね。なるほど」

この話題にはこれ以上触れないほうがよさそうだ。

「あなたも一緒にピクニックに行く？」ベリンダが訊いた。

「そのピーク・ニークはどこでするの？」

「シャン・ド・マルス。ジョージーはまだエッフェル塔をちゃんと見たことがないのよ」

「だが今日は日曜日だ。人でいっぱいだよ。サッカーをする人や泣きわめく子供や犬。とても不快だ」

「どこかに空いているところがあるわよ」ベリンダが言った。「無理にとは言わないわ」

「わたしはきみと一緒にいたい。だから、そのためにはピーク・ニークを我慢しよう」

ベリンダは花束を受け取った。「花をありがとう。急いで上に戻って、これを水に入れてくるわ。すごくきれいね。それにとてもいいにおい。あなたは天使のような人ね」

彼はうっとりしたまなざしでベリンダを見つめている。ああ、ベリンダ、気をつけないと。わたしたちは、会ったばかりの人間が交わすような世間話をしながら待った。ええ、いいお天気ですね。ええ、パリはとても美しい町だと思います。わたしはエレベーターが早くおりてくることを祈った。

「わたしの車がある」戻ってきたベリンダにルイ・フィリップが言った。「それで行こう」

「歩いて行けるわ。気持ちのいい日だし、川沿いだもの」

「ノン、ノン。遠すぎるよ。それにバスケットは重い」彼はピクニック・バスケットを手に取ると、近くに止めてあった濃いえび茶色の大きなシトロエンに向かって歩きだした。いかにも礼儀正しくわたしを後部座席に案内し、膝掛けで膝を包んでから、助手席にベリンダを座らせた。車が走りだすと、わたしは彼が車で行こうと言い張ってくれたことに感謝した。ものすごく遠いというわけでないが、それなりに距離があったし、しっかりしたウォーキングシューズを履いていなかったからだ。波止場近くで、凝った装飾がほどこされた大きな建物の前を通り過ぎ、鉄道の駅だとベリンダが教えてくれた。駅を作るには妙な場所だと思えたが、フランス人のことなんてだれに理解できる？　弧を描く川に沿って進んでいくと、見えてきた――威厳たっぷりのエッフェル塔だ。わたしは息を呑んだ。信じられないくらい高くて美しい。思わず声が出ていたのだと思う。

「確かに見事よね」ベリンダが言った。

「壊されるところだったって知っていますか？」ルイ・フィリップがわたしを振り返った。「あの塔は博覧会のために作られたもので、終わったら壊されることになっていたんです。だれもがあれを、鉄の怪物だと考えていた。だが生き延びたんです」

車がさらに近づくと、上まで見るためには首をそらさなければならなくなった。車を止めたあとも、わたしは信じられないくらい高い建造物を見あげていた。これを怪物だなんて思った人がよくもいたものだ。

わたしたちは公園のなかに入った。

「どこに座るつもりだい？」ルイ・フィリップが訊いた。

「ここならうってつけだわ」ベリンダが敷物を広げようとした。

「芝生の上に座るつもり？」ぞっとしたようなルイ・フィリップの口ぶりだった。「湿っているじゃないか。凍えてしまう」

「ばか言わないの。何日も雨なんて降っていないわ」ベリンダが言った。「それにこの敷物は厚みがあるの。ほら、座って」

「だがズボンに芝生の染みがついてしまう。折り目もだめになる。それにきみのドレス——膝が見えてしまうじゃないか」

「野暮なことを言うのはやめてちょうだい」

「どういう意味だい？　野暮？」

「頭が硬い（スティック・イン・ザ・マッド）っていうこと」

「泥（マッド）がどこにあるんだ？」彼は心配そうにあたりを見まわした。「わたしは小枝（スティック）なんて持っていないぞ」

わたしたちがくすくす笑うのを聞いて、ルイ・フィリップは傷ついたような顔になったので、英語の言い回しなのだとベリンダが説明した。

「まったくばかげているよ、英語の言い回しというのは」彼はつぶやいた。

彼をなだめるために、ベリンダはベンチがある公園の向こう側でピクニックをしようと提案した。そこなら、彼は染みひとつないズボンを台無しにせずにすむし、わたしたちは彼の足元に敷物を広げられる。ルイ・フィリップは、愛すべきふたりの若い女性が自分の足元に座るという考えが気に入ったらしく、うなずいた。そういうわけで、ピクニックは楽しく始まり、ルイ・フィリップは自分が贈ったシャンパンをベリンダが持ってきたことを喜んだ。

「きみはおいしいものがわかってきているね。ところでわたしは、もう少しでここに来た目的を忘れるところだった——もちろん、きみに会うという以外にだよ。伯爵夫人である母が、水曜日の自宅での晩餐会にきみを招待したいんだそうだ」

「あら」わたしは常々ベリンダを洗練された女性だと感じているが、彼女のその口調はどちらかと言えばわたしに似ていた。「うれしいわ、ルイ・フィリップ。でもレディ・ジョージアナがわたしの家に滞在しているのよ」

「母は喜んできみの貴族の友人をもてなすよ」彼は言った。「歓迎しますよ、マイ・レディ。母はいつも素晴らしいごちそうを用意します。失望はさせませんよ」

「ご親切にありがとうございます」わたしは応じた。

「ご主人はどうですか？　一緒に来られますか？　どうぞ遠慮なさらずに」

「残念ですが、彼は忙しいと思います。でもご親切に誘ってくださったことは伝えます」

ピクニックのあと片付けをしていると、ルイ・フィリップがわたしの腕に触れて訊いた。

「塔にのぼってみたいですか？　上からの眺めは素晴らしいですよ」

わたしは半信半疑で塔を見あげた。いまはいつもより体重が増えている。「階段がものすごくたくさんあるんですよね？」

「いやいや」彼は首を振った。「アサンスールがありますよ。エレベーターが」

「まあ。それなら、ぜひあがってみたいです」

「あなたたちふたりで行ってくるといいわ」ベリンダが手を振りながら言った。「わたしはここで荷物を見張っているから」

「本当にいいの？」ルイ・フィリップは、まるでこれから南極に行こうとしているみたいな顔になった。「それじゃあ、またあとで、ダーリン」彼はベリンダに投げキスをした。

なんとも芝居がかった別れの場面だったので、わたしは頬が緩みそうになるのをこらえた。わたしたちは塔に向かって歩き、入場料を払い、エレベーターを待つ列に加わった。ひとつめのエレベーターに乗り、広々とした展望台にあがった。ぐるりとひとまわりして、四方の眺めを楽しんだ。ルイ・フィリップはすぐれたガイドだった。川の向こう側にあるトロカデロ広場の庭園や噴水、この高さからだと小さくてたいしたことのないように見える凱旋門。彼はいろいろな庭園や公園の名前をあげ、圧倒的な広さの森をあれがブローニュの森だと告げ、町の反対側の丘にそびえるきらきら光る白いドームの建物は、わたしですら知っているサクレ・クール寺院だと教えてくれた。どれも息を吞むような美しさで、ずっと夢見ていた建造物が本当に実在していることを知り、自分がまさにその場にいるということに、わたしは感動していた。

日曜日の午後を楽しむレジャー用ボートがたくさん行きかっている、眼下のセーヌ川に視線を向けた。波止場で大きな地図をじっと見つめている頭の禿げた男性に目が留まった。彼は通りすがりの男性に近づき、地図を示した。男性は足を止め、親切に道を教えた。地図を持った男は礼を言い、歩き去った。もうひとりの男はしばらくそのうしろ姿を眺めていたが、やがて背を向けた。

この高さからでは顔は判別できないが、道を教えた男がダーシーだという確信がわたしにはあった。歩き方も、人の話を聞くときにわずかに首を傾げる癖も知っている。彼はただ観光客に親切にしただけ？　それとも、なにか別の意味があった？　わたしは見たことを正確に思い出そうとした。禿げた男性は地図を示していただけだった？　それともそのときなにかを渡した？　小さな紙切れを？　わたしの疑問に答えるかのように、波止場のコーヒーの屋台の前に立っていたふたりの男が暗がりから現れ、地図を持った男のあとを追っていった。

四月二〇日　月曜日
シャネルのサロン　パリ　カンボン通り三一番地

すごく妙な経験だった。パリにいることに浮き立ち、ベリンダと一緒にいる時間を楽しんでいたかと思ったら、ダーシーについての不安を思い出してしまった。彼が時々ああいうことをしているのは知っているけれど、ドイツの陰謀に関わったりするはずがない。なにか理にかなった説明があるはずだ。見なければよかった。

ルイ・フィリップがエッフェル塔の一番上まで連れていってくれて、パリ全体を見渡しているあいだも、あのつかの間の光景が脳裏を離れることはなかった。一方にはモンマルトルの丘に立つサクレ・クール寺院の光り輝く白いドームがあり、反対方向にはノートルダム寺院のふたつの塔が見える。パリではあの寺院より高い建物は作らないようにしているのだと彼は言った。いい話だ。彼らはいまもなにを大切にすべきかを知っている。

エレベーターでおりるあいだ、わたしはあまり口数が多くなかったが、ルイ・フィリップは、小さな檻がかなりの速度で移動するのを怖がっていると考えてくれるだろうと思った。ベリンダのところに戻ったときは、明るく愛想よく振る舞おうとした。ピクニック・バスケットを車に置いてからセーヌ川沿いを歩き、気持ちのいい気候と見事な噴水がある対岸の別の公園の景色を楽しんだ。

「残念だが、わたしはもう行かなくてはならない」ベリンダのマンションまでわたしたちを送り届けたルイ・フィリップが言った。「母が主任司祭をディナーに招いているんだ。わたしも出席することになっている」彼は恥ずかしそうに肩をすくめた。「司祭を拒否することはできないからね。でも水曜日には会えるよね？　素晴らしいディナーになるよ。それまで、きみのことをいつでも考えている。わたしのかわいいベリンダ」

建物の入り口で彼はわたしと握手を交わし、ベリンダの頬に軽くキスをした。わたしがいなければ、もっとちゃんとしたキスができたのにと彼の目が語っていた。

「お邪魔だったなら、ごめんなさいね」マンションのなかへと入りながら、わたしは言った。

「彼はあなたとふたりきりになりたかったみたいだもの」

「ばかなこと言わないで。彼に希望を与えるべきかどうか、迷っているのよ。ものすごくお金持ちだし、伯爵という身分もあるけれど、彼の母親が問題になるのは目に見えているもの。そう思わない？」

「間違いないわね。それに、ズボンの折り目で文句を言いそうだし」

ベリンダは声をあげて笑った。「本当よ。彼、英国の田舎のお屋敷ではとてもやっていけそうにないわね。みんなツイードを適当に着て、狩りや釣りに行って、泥まみれで帰ってくるんだもの」

「わたしたちみんなが、泥のなかの小枝（スティック・イン・ザ・マッド）というわけね」わたしが言い、ふたりで笑った。

笑い声が聞こえたのか、いきなり左側にあるドアが開いたかと思うと、だれかが現れた。薄暗かったので顔立ちまではわからなかったが、黒い服を着た大柄な女性だということは見て取れた。

「ああ、あんただったんだね、マドモアゼル」彼女はそう言って、わたしたちをねめつけた。じろじろとわたしを眺めている。「で、この人は？」

「英国から来たわたしの友人よ」ベリンダが答えた。「英国の貴族」

「まあ」彼女が感心したのがわかった。「貴族？　ボンジュール、マイ・レディ」膝を曲げてお辞儀をしようとした。

「ボンジュール、マダム」わたしは応じた。

「フランス語を話すんですね！」それが驚くべき特技であるかのように、彼女は声をあげた。

「ええ。英国の貴族はフランス語を話せなくてはいけないんです。それが世界の共通語ですから」

彼女は喜んだ。「わたしの町での滞在が楽しいものになることを願っています」そう言い残すと、自分の聖域に戻っていった。

部屋へとあがっていくあいだ、ベリンダはにやにやしていた。

「あなたにはいい印象を持ったみたいね。わたしを訪ねてきた人たちはたいてい、いまにも恐ろしいことが起きるに違いないっていう気にさせられるのよ。ほんの少しでもルールからはみ出すわけにはいかないって」

「ただの管理人だって言ったわよね？」わたしは尋ねた。

「そうよ。あの振る舞いを見たら、ここの持ち主だって思うでしょうけれどね」ベリンダが部屋のドアを開け、わたしたちはなかに入った。「それで、このあとはなにをしたい？」

「少し休みたい。かなり歩いたもの」

「そうよね。ゆっくりして。それからお茶にして、そのあとディナーに行きましょう」

わたしたちはまたおいしい食事を楽しみながら夜を過ごし、わたしはすっかりくつろいだ気分になった。狭いベッドでぐっすり眠り、射しこんできた太陽の光で目を覚ました。起き出してみると、ベリンダはすでに着替えまですませていた。

「早めに出なきゃいけないのよ」彼女が言った。「遅れると、ココの機嫌が悪くなるの。でもあなたはゆっくりしてね。のんびりお風呂に入るといいわ。キッチンにクロワッサンと、ソースパンにまだ温かいコーヒーがあるから。あとで来てね。シャネルに引き合わせるから」

わたしは礼を言い、ベリンダは出かけていった。窓のそばに座り、クロワッサンを食べながら通りを行きかう人たちを眺めた。カンボン通りを見つけるべく、ベリンダが置いていってくれたガイドブックを手に、一一時ごろにマンションをあとにした。ガイドブックのうしろについている地図を参考にしながらセーヌ川を渡ると、前方にコンコルド広場が見えてきた。絵葉書で見たことがあったからすぐにわかった。ひっきりなしに行きかう車を避けて広場の端をぐるりとまわり、チュイルリー庭園に違いない公園の脇を進み、美しい回廊のあるリヴォリ通りにやってきた。しばし足を止めて、魅惑的なショーウィンドーや小さなカフェを眺め、そこから少し進むと、公園とほぼ直角にカンボン通りが延びていた。とてもいい場所だ。パリのもっともお洒落な地域の中心部にある。それも当然だろう。ココ・シャネルには最高のものこそふさわしい。

ホテルや銀行やいくつもの店を通り過ぎ、人目を引く三一番地の正面入り口にやってきた。ショーウィンドーには、カーディガンとハンドバッグとスカーフと香水がそれぞれひとつずつ、展示されているだけだった。価格は表示されていない。値段を訊かなければならない人間は、シャネルで買い物はできないということだ！　店を目の前にしたところで、生まれながらの内気さが顔を出した。ものすごく忙しいこの時期に、本当に立ち寄ってもいいのだろうか？　ガラスのドア越しに、ふかふかの絨毯や柔らかい照明や一階のブティックの前面がガラス張りのケースが見えた。生まれてこのかた、ほぼおさがりばかりを着ているわたしのような人間にとっては、とても恐ろしい光景だ。わたしのみすぼらしい格好をひと目見ただけで、店員は場違いな客だと判断するに違いなかった。

いまこそ、特権を振りかざすときだとわたしは心に決めた。大きく深呼吸をすると、ガラスのドアをくぐった。

「マダム？」無表情な店員が近づいてきた。

彼女がそれ以上なにか言うより早く、わたしはここに来るあいだ練習していたフランス語の台詞を口にした。「わたしはレディ・ジョージアナ・ラノク。ミス・ベリンダ・ウォーバートン＝ストークに会いに来たの。そして、マダム・シャネルと旧交を温めるために」

彼女が応じる間もなく、ブティックの向こうからうれしそうな声があがった。

「ジョージー、ダーリン。なんてうれしい驚きかしら！」親しい友人であるゾゾ――ザマンスカ王女――が駆け寄ってきた。「ここでなにをしているの？」

「ダーシーと一緒に来たんです」わたしは答えた。「ここで仕事があるらしくて。あなたがパリにいるなんて知らなかった。てっきり世界中を飛び回っているんだと思っていたわ」

ゾゾは苦々しい表情になった。「そのつもりだったのに、エンジンが砂嵐に耐えられないかもしれないって整備士に言われたの。でもわたしの小さな飛行機はどこかに行きたくてたまらなかったのよ。だから〝かまうもんですか。迷ったときはパリに行って、ショッピングをするのよ〟って、自分に言ったの。そういうわけで、ここにいるのよ」

ゾゾは波打つ豊かな黒髪に縁どられた少しも年を取ることのない顔で、にこやかに笑った。首には小さなミンクのストールを巻いている。例によって、ありえないくらいに優雅だ。店員たちが、礼儀を守って離れたところからわたしたちを眺めていることに気づいた。わたしの仲の
「マダム・エ・ユヌ・グランデ・アミ・ド・モワ」ゾゾが彼女たちに言った。わたしの仲の

いい友人なの。店員たちは笑顔でうなずいた。ひとりが急いでわたしに椅子を運んできた。ゾゾの視線が、わたしのカーディガンの内側のふくらみに向けられた。

「もちろんあなたは立っていてはいけないわ」

「あら、全然問題なんてないんです。こんなに元気だったことはないくらい」わたしは言った。「ただ、服がどれも着られなくなっただけ」

そんなことを言うべきではなかったのだ。即座に彼女が応じた。「それなら、いますぐにあなたが着られるものを見つけなきゃいけないわね」あたりを見まわし始める。

「だめよ、そんなつもりじゃなかったの」わたしはあわてて言った。「絶対にだめよ、ゾゾ。お願いだから買い物を続けて。わたしはベリンダに会ってきますから」

「それなら、ディナーを一緒にどう？　わたしはリッツに泊まっているのよ。角を曲がったところ。あなたは遠いところにいるの？」

「対岸だけれど、それほど遠くない」

「よかった。それじゃあ、リッツでディナーにしましょう。料理はそれほど悪くないのよ」

控えめに言っているだけなのだろうと思い、わたしは笑顔を作ろうとした。ベリンダのところに滞在しているのだと説明しようとしたところで、彼女が先に口を開いた。

「もちろん、ダーシーも連れてきてね。またあの子に会いたくてたまらないわ」

頬が赤くなるのがわかった。「実を言うと、ダーシーは忙しいので、わたしはベリンダの家に泊まっているんです。彼女はここで働いているんですよ、シャネルのところで。新しいコレクションを手伝っているんです。ここには彼女に会いにきたの」自分でも、とりとめのないことを言っているとわかっていた。

ゾゾは顔をしかめた。「パリで夫と一緒にロマンチックな一週間を過ごせるチャンスなのに、ベリンダのところに泊まっているの？　あなたたち、なにかあったの？」彼女は一度、言葉を切った。「それとも、赤ちゃんがいるからあなたをそっとしているとか？」

「ダーシーはほかにしなければならないことがあって、妻を連れていくのは難しいんです。それにわたしはまたベリンダに会いたかったし」

「そうでしょうね」ゾゾはうなずいたが、納得はしていないようだ。「それなら、ベリンダと一緒に来てね。ぜひとも」

「素敵だわ」わたしは言った。「何時に？」

「八時でどう？　楽しみだわ。積もる話が山ほどあるわね。料理人は見つけたの？　わたしが紹介したのは、とてもいい派遣所なのよ」

「長い話なんです。あとでゆっくり話しますね。あなたは買い物に戻ってください」

「そうするわ。試着できるように、ありとあらゆる服を用意してくれているのよ。でも、もちろんいまは買いすぎないようにするつもり。来週には、秋のコレクションが発表されるんだもの。早く新しいものが見たくてたまらないわ。ここだけの話だけれど、スキャパレリも見に行くわ。最近の彼女はすごく大胆なのよ。突飛だって言ってもいいくらい。わたしはあっと言わせるのは好きだけれど、やり過ぎるのはごめんだわ。人魚の尻尾がついたイブニングドレスを着る勇気が、わたしにあるかしらね?」ゾゾは幼い少女のようにくすくす笑った。

わたしたちは頬にキスを交わして別れ、わたしは鏡がずらりと並んだ、曲線を描く見事な階段に案内された。あがった先は広々とした部屋で、中央にランウェイが設えられ、まわりには金メッキと白いサテンの椅子が並べられていた。だれもいなかったので、アシスタントが上を見あげて言った。「マダムは作業場にいるみたいです。いらっしゃったことを伝えてきましょうか?」

「いえ、大丈夫です。自分で行きますから」

わたしは同じくらい豪華なふたつめの階段をあがった。鏡に映る自分の姿が見えた。ああ、なんて野暮ったいんだろう——風に乱れた髪、形の崩れたスカート、お化粧もしていない顔。もう少しできびすを返し、再び階段をおりるところだったが、下に行けばゾゾと顔を合わせることになり、彼女にお尻を叩かれるだけだとわかっていた。パリに行って、新しいコレクションを見学し、流行を肌で知るのはさぞ楽しいだろうと考えていたことを思い出した。けれど田舎の家で赤ちゃんと暮らすわたしのライフスタイルに、最新の流行は必要ないのだ。

作業場にたどり着く前から、様々な音が聞こえていた。ミシンの稼働音、なにかを指示する声、怒鳴り声……やがてわたしは、あちらこちらにミシンが並び、突き当たりにいくつもの三面鏡が置かれ、いたるところに布の束が山積みにされ、裁断台にも布が広げられている広々とした場所に出た。黒髪をきっちりしたお団子にまとめた女性たちが大勢、作業に没頭していた。部屋を見まわしたものの、ベリンダの姿は見当たらない。忙しそうに働いているどのお針子に声をかければいいだろうと考えていると、シャネルその人が現れた。

「クローデット。スパンコール。いいんじゃない？」彼女はそう声をかけたところで、わたしに気づいた。

「ここでなにをしているの？」つかつかとこちらに近づいてきた。「出て。出て。部外者は一切禁止。だれがここに入れたの？　いますぐクビにする。ほら、帰って、帰って」

四月二〇日　月曜日
シャネルの店　カンボン通り三一番地

わたしは朝から圧倒されていた。ゾゾに会ったかと思うと、今度は激怒したココ・シャネルだ。わお！　心臓がまだ激しく打っている。

マダム・シャネルは、鳩を追い払おうとするかのように両手をパタパタさせながらわたしに迫ってきた。きびすを返して逃げ出そうか、ここにいる理由を説明しようか決めかねているうちに、わたしから八〇センチほどのところで彼女は足を止めた。わたしは叩かれるか、突き飛ばされるか、はたまた首を絞められることを覚悟したが、唐突に彼女の表情が変わった。

「モン・デュー！　ラノク家の子じゃないの。パーティーの娘。クレアの娘。ジョージーだったわね？」

「ウイ」わたしはかろうじてそう答えた。

「ごめんなさいね。てっきり侵入者だと思ったの。来週の発表の前に、わたしの新しいコレクションを探りに来たんだとばかり。そういうのが大勢いるのよ。新聞記者はスクープを狙うし、金持ちの女性たちは一番いいものを欲しがるし、わたしがどんな素晴らしいものを作ったのかを知りたがるほかのデザイナーたちのスパイもいる。スキャパレリとかね。彼女は手段を選ばない。今年の彼女のデザインを見た？　カーニバルにしか着られないものばかり」ココは息継ぎのためにそこで言葉を切ると、驚いたことに一歩前に出てわたしを抱き寄せ、両方の頬にキスをした。

「許してくれるわね？　あなたが来るかもしれないって、あなたの友だちが言っていた。いらっしゃい。上にいるから」彼女はわたしの手を引いて、それほど豪華ではないもうひとつの階段をあがった。ベリンダがテーブルの前に座り、表のようなものを見つめていた。顔をあげてわたしに気づくと、笑顔になった。

「いらっしゃい、ジョージー。問題なくたどり着けた？」

「ここのオーナーに八つ裂きにされたこと以外はね」まぶしいほどの笑顔をわたしに向けながら、ココがフランス語で言った。黒のカシミアのセーターにいつもの真珠のネックレスというシンプルな装いだが、もう若くないというのに目をみはるほど美しい。「また侵入者が来たのかと勘違いしたのよ」

「今日も来たんですか？」ベリンダが訊いた。

「いまのところはまだよ。でも一日は始まったばかりだしね」

ベリンダはうなずいた。「どれほど図々しい人がいるのか、信じられないと思うわ。一見、ちゃんとした女性なのよ。お金持ちの女性。マダムがどうやってそういう人たちを追い払うのか、ぜひ見るべきね」ベリンダは雇い主を見ながら、くすくす笑った。「戦闘中の彼女を見ているのは、すごく楽しいから」

「これまでにわたしを負かした女性はいないって言ってもいいでしょうね」ココは満足そうに小さく笑った。「そういう意味では、男性もね」彼女はベリンダの肩越しに手元をのぞきこんだ。座席表を作っていたのだとわかった。

「とても重要な仕事なのよ」ココが言った。「わたしのショーには、ヨーロッパの王族の人たちが来る。敵同士が近い席にならないように、王家の人たちの席に優劣がつかないようにするのが肝心なの。でないと、服を買ってくれないから」

「侵入してきた人はどうするんですか？」わたしは訊いた。

ココは低いハスキーな声で笑った。「うしろに座らせる。トイレの横にね——まだチケットがあればだけれど」

奥の壁際に薄紙で半分覆われた服のラックがあることに気づいた。ショーに出す新しいデザインに違いない。ひと目見たくてたまらなかったけれど、ココはなにも言わなかったから、わたしもあえて頼まなかった。そうする代わりにベリンダの向かいに腰をおろし、彼女の作業が終わるのを辛抱強く待った。ココは個人の居住スペースに姿を消した。やがてベリンダがため息をつきながら、顔をあげた。「これがせいいっぱいだわ。いいことを教えてあげる。あなたの親しい友人のシンプソン夫人が最初のショーに来ることになっているのよ」

「嘘でしょう。うんざりするわ。どうしてわたしは彼女と会わずにいられないわけ？」

「彼女があなたの親戚とつながっているからじゃない？　じきに彼の妻になるかもしれない」

「ありえない。そんなことになるはずがないわ。それって、憲法の危機よ。君主制の崩壊につながるかもしれない」

ベリンダはうなずいた。「興味深い時代が来そうね。聞いたところによれば、彼女は自分のやりたいようにやるらしいから、王妃になるつもりだと思うわ」

わたしは笑った。「ばか言わないでよ。英国民がウォリス王妃を認めると思う？　二度の離婚歴があるウォリス王妃。絶対にありえない」笑い声が途切れた。「わお。そんなことにならないことを願うわ。メアリ王妃が死んでしまう。ずっと前からそうなることを恐れていたのに」

「ショーで彼女を始末すればいいかもしれないわね。布の束で窒息させるの」ベリンダが言った。

「ベリンダ、あなたってとんでもないわね」わたしはまた笑った。

黒のセーターとスカートの上に男っぽいツイードのジャケットを羽織ったココ・シャネルが部屋から出てきた。「ランチに行きましょう、わたしのかわいい子たち（メ・プティットゥ）」

「いえ、遠慮しておきます」わたしは言った。「お忙しいのはわかっていますから。わたしはもう帰りますので、どうぞ作業を続けてください」

「ばか言わないの。だれだって食事はしなきゃならないのよ。とんでもなく忙しい日であってもね。ほら、ベリンダ、コートを取っていらっしゃい。リッツに行きましょう」

一日に二度もリッツに誘われるなんて、わたしには滅多にないことだ。というより、初めてだった。ふたりに比べて自分がどれほど野暮ったく見えるのかを、わたしは意識せずにはいられなかった。

「でもわたしはリッツに行けるような格好じゃありません」わたしは言った。

ココはじろじろとわたしを眺めた。「確かにそうね。英国の田舎を犬を連れて歩きまわるような格好だわ。でもあなたは変わり者の貴族だから、彼らも大目に——」彼女は言葉を切った。「そうだわ、ちょっと待っていて」

まもなく彼女は白いフォックスのストールを持って戻ってくると、わたしの肩にかけた。「ちゃんとした毛皮を身に着けていれば、人を殺しても逃げられるのよ」そう言ってくすくす笑った。

いま自分の肩にかかっているのが驚くほど柔らかくてとても高価な白い毛皮で、きっとそこにスープをこぼしてしまうことがわかっていたから、わたしは遠慮しようとした。断りたいという思いと場違いに見えることへの恐れが、心のなかで激しく争った。後者が勝った。隣にいるお洒落なふたりの女性に恥をかかせたくはない。ココは最後の指示を与えながら、各階をおりていく。そのあとを追ってサロンまでおりたところで、大きな声が下から聞こえてきた。

「マダム。そこから先には入れません。前にもそう言ったはずです」フランス人が英語で声を張りあげている。

「わたしがだれなのか、シャネルは知っているの？　お金ならあるのよ」間違いなくアメリカ人だ。「それにわたしは、待つのが嫌いなの」

「あれがだれだか、知っているわよね？」ココがつぶやいた。「あのどうしようもないミセス・ロッテンバーガー。このあいだも来た。覚えているでしょう？」

ベリンダがうなずいた。

「もうたくさん」ココは上着のしわを伸ばすと、階段をおりていく。ベリンダとわたしはわくわくしながら、隠れて待った。

「またいらしていただけるなんて光栄です、マダム」ココの声が聞こえてきた。「ですが、ショーの当日までだれも上の階にはあがれないことは、先日はっきり申し上げたと思いますが。日曜日までは、だれであってもわたしのコレクションを見ることはできません。たとえヨーロッパの王族が大挙して押しかけてきたとしてもです。お待ちいただけるなら、アシスタントがハンドバッグかスカーフをお見せしますが、いかがでしょう？」

「話にならないわね」怒りに満ちたアメリカ人の声だ。「あなたたちフランス人は、アメリカのお金が欲しくないわけ？」

「マダム、お金でなにもかも買えるわけではないことを理解できるくらい、ヨーロッパには長くいらっしゃいますよね？　ボンジュール、わたしのショーのいずれかでお会いしましょう」

階段をおりていくと、大柄な女性が満帆の風を受けた船のように勢いよく出ていくところだった。黒っぽいミンクのコートを着て、羽根飾りがたくさんついたけばけばしい帽子をかぶっているが、どうにもバランスが悪い。質素なレインコートを着て大きな傘を持った小柄な人物が彼女のあとを追っていった。娘だろうか？　おそらくメイドだろう。

「また戦いに勝ったわね」ココが振り返って言った。「元気づけにシャンパンが必要だと思うわ」

わたしたちはカンボン通りを進んだ。だれもがココを知っているようだ。ヴァンドーム広場の片側全部を占める壮大なバター色の建物に向かって歩いているあいだ、礼儀正しくお辞儀をしたり、ボンジュールと声をかけてくる人たちが大勢いた。ココはそこが自分の持ち物であるかのように、堂々とした足取りでホテルに入っていく。わたしたちはそのあとをついていった。

ダイニングルームへと進んでいくあいだも、ドアマンやほかの従業員たちが彼女の名を呼びながら挨拶をしてきた。

「わたしはここが大好きなの」隣に大きな花のディスプレイがあるテーブルについたところで、ココが言った。「すごく洗練されていて、すごく心地いい。店の上で暮らすのをやめて、ここのスイートに泊まろうかって考えているくらい。すごく贅沢じゃない？」

　彼女が貧しい生まれだということは知っていたから、わたしはその言葉を面白いと思った。いろいろな意味で、同じくらい身分の低い家に生まれたにもかかわらず、いまは行く先々で公爵未亡人として扱われることを求めるわたしの母親とよく似ている。公爵からポロ選手まで、幅広く男性と関係があることを含め、ふたりには共通点がたくさんあった。さらに言えば、ふたりはどちらも逆境にとても強い。言うまでもないことだが、ふたりは友人同士でもあった。

「あなたのお母さまは元気？」わたしの心を読んだかのように、ココが訊いた。「また会うのを楽しみにしているのよ。長いこと、会っていないわ」

「クリスマス以来、わたしも会っていないんです。でも、赤ちゃんが生まれたら、会いにくると思います。おばあちゃんになりたくてたまらないんですよ。母親にはなりたくなかったくせに、変ですよね」

「人はみんな、年と共に穏やかになるのよ。それで、そのスカートが全然あなたの体に合っていない理由がわかった。赤ちゃんがいるのね。素晴らしいじゃないの。でも、その服はあなたに似合っていない」

「自宅のほうで、マタニティドレスを作ってもらっているんですけれど、テントみたいな服で歩くのはまだ少し早いような気がしていて」

　ココは絶望したような目でわたしを見ながら、首を振った。

「お嬢さん、だれだってテントみたいな服で歩くべきじゃないの。妊娠している女性にも体はあるんだから。わたしがデザインしてあげる」ココはそこまで言ったところで、興奮したように手を振った。「いっそのこと、コレクションに間に合うようになにか作るのはどうかしら。あなたにモデルをしてもらうの。素晴らしいアイディアだわ。若い女性が、花咲く季節(ブロッサム)に輝く(ブロッサム)のよ」

「マダム、だめです!」わたしは反論しようとした。「前にわたしがモデルをしたときのことを忘れていませんよね? とんでもない惨事になったんですよ」

「でもあれはあなたのせいじゃなかった。あなたのネックレスを盗むために、だれかがランウェイであなたを転ばせたんだから。今回は盗むネックレスはないから、あなたに危険はない。だから——ノーという答えは認めないわよ。わたしはあなたのために素晴らしく素敵なドレスをデザインして、あなたはモデルになったあとはドレスを自分のものにできる。完璧じゃない?」

ああ、どうしよう。村のミセス・タブスが型紙から作るどんなものより、シャネルのドレスが欲しかったけれど、ヨーロッパの王族の人たちに加えてシンプソン夫人までが見ているなかでランウェイを歩くことを考えると、背筋がぞくりとした。

「最初のショーに出なくていいのなら」わたしは答えた。「重要な人たちは最初のショーに来るんですよね? もっとあとのショーでもいいですか?」

「それがわたしの業績になるってこと、あなたはわかっていないのね。王家の人がわたしのモデルになったって知ったら、スキャパレリは歯嚙みするわ」

「王家の人間じゃありません。親戚というだけです」

「でも国王の親戚なんでしょう？」

「ええ、まあ」

「それなら王家の人間よ。あなたはココをがっかりさせたり、ライバルを出し抜くチャンスを奪ったりしたくないでしょう？」

「ココ、わたしはひどいモデルなんです。不器用だし、きっとまただれかの膝の上に落っこちるに決まっています」

「それなら、ハンサムな若者にあなたをエスコートさせるわ。彼の腕につかまればいい」

ココは挑発するようにわたしに笑いかけた。「とにかく、わたしはデザインするから。さてと――」メニューを手に取った。「もっと大事なことがあったわね」

母と同じく、ココも並外れた食欲の持ち主だった。カブのクリームスープのあとは、なにかわからないおいしいものが幾重にも重ねられたテリーヌ。メインはポム・ドフィーヌ（ジャガイモのピュレとシュー生地を混ぜて揚げた料理）を添えた舌平目の煮込みで、最後はババ・オ・ラム（コルク形に焼いたブリオッシュ生地をラム酒入りのシロップにつけ、生クリームを添えた菓子）とコーヒーだった。食事と一緒にきりっとした白ワインを飲んだので、カンボン通りに戻ってきたときにはいつでも昼寝ができそうだった。店に入るとベリンダにわたしの寸法を測らせているあいだに、ココはいろいろな生地を次々とわたしの体に当てていった。なかには夢のような生地もあったからいくらかはわくわくしたけれど、わたしは恥ずかしくてたまらなかった。ココは簡単なスケッチを描き終えると、あなたのデザインしたものを見せてあげなさいとベリンダに言い残し、再びその場を離れていった。

「今週のいつか、仮縫いに来なさいね」気づかれないように出ていこうとしたわたしに、ココが呼びかけた。「それから、もし時間があるなら、最後のところはベリンダを手伝ってあげて」

「喜んで手伝います」わたしは言った。「モデルは別ですけれど」

「あなたには度胸が必要よ。度胸がなかったら、わたしはいまごろどうしていたことか。いまもどん底の生活だったでしょうね」

　ベリンダは作業に戻り、わたしはセーヌ川を渡ってマンションに帰ると、横になって眠りに落ちた。目が覚めたときにはすっきりしていたので、散歩に出かけた。シテ島をノートルダム寺院まで歩き、壮麗なステンドグラスから差し込む太陽の光をうっとりと眺めた。マンションに帰り着いたのはベリンダとほぼ同時で、ゾゾの誘いをまだ彼女に伝えていなかったことに気づいた。ベリンダは首を振った。「ありがとう。でも遠慮しておく。一日中走りまわっていたから、とてもまたリッツに行く元気がないの。あんなランチをいただいたから、今夜はバゲットとチーズですませるわ。もしハリーがいるなら、彼とワインでも飲んで」そう言って、あざとそうな笑みを浮かべた。「ショーの手伝いをしてくれるように、わたしの魅力で彼を丸めこまなきゃいけないの。せめて、最初のショーだけでも。マスコミが集まる大事なショーなのよ」

「ハリーをモデルにするの？」思わず頬が緩んだ。彼は品がいいとは言い難いタイプだ。

「ううん、そうじゃない。シャンパンを注いだり、招待客を席に案内したり、椅子を移動したりする若い男性が何人も必要なのに、まだ足りないのよ」

リッツに行くための着替えをベリンダが手伝ってくれた。彼女のロングスカートを巧みにピンで留めてはけるようにし、さらにベルベットのオペラケープも貸してくれた。わたしはすっかりあか抜けた女性になった気分で、おこがましくもタクシーを止めた。しばしば訪れているかのように、〝リッツまで〟というのはいい気分だった。ドアマンが昼間来たわたしを覚えていたことがわかると、一段とぞくぞくした。

「ボンジュール、マイ・レディ」

わたしはさっそうとホテルに入っていき、絨毯につまずくこともなかった自分を誇らしく思っていたが、それも宝石で飾り立てた年配の女性がわたしと同時に入ってきた友人を迎えるために座っていた椅子から立ちあがり、わたしの前に出てくるまでのことだった。もちろん、わたしたちはぶつかった。彼女はたっぷりしていた。まるで羽毛布団にぶつかったみたいだった。彼女はよろめき、もう一度腰をおろしそうになって、椅子の背につかまって体を支えなくてはならなかった。

「なんてこと（モン・デュー）！」彼女は声をあげ、不愉快そうにわたしを見た。

わたしはみんなが見ているに違いないと思いながら、謝った。見ていた人のなかにゾゾがいて、わたしに近づいてきた。「ここにいたのね。さあ、バーに行きましょう」そう言って、その場からわたしを連れ出してくれた。

「ひどい気分」わたしは小声で言った。「もう少しで、あの人を倒してしまうところだった」

「悪いのは彼女よ」ゾゾは元気づけるようにわたしに腕をからませた。「わたしは全部見ていたの。彼女は全然あなたを見ていなかった。だれか知っている人が来たことに気づいて、挨拶しようとして立ちあがって、あなたにぶつかったのよ」

「優しいんですね」わたしは笑顔になった。

「さあ、おいしいディナーを食べて、最後に会ってからのことを全部話してちょうだい」彼女に連れられてダイニングルームに入ると、接客係がやってきて言った。「お席をご用意してあります、殿下。ご要望どおり、ドンペリニョンも」

「ありがとう」彼女が応じると、若者は顔を赤くした。ゾゾにはそんな力がある。とりわけ男性には。

わたしたちは席についた。ドンペリニョンが注がれた。キャビアをのせたスモークサーモンが運ばれてきた。

「さあ、ゾゾおばさんになにもかも聞かせるのよ。おチビのアーチボルドくんは元気なの？」

「だれのことですか？」

ゾゾはわたしのお腹を指さした。

「アーチボルドと名付けることはないわ。ずっと蹴っているんですよ。間違いなく男の子ね。でもまだ名前は決めていないんです。ダーシーのお父さんの名前を取ったサディはないと思う。アレクサンダーは苗字だし。ヒューもそう。それにわたしのほうの名前はひどいんですよ。スコットランドのほうは、マードックとかハミッシュとかラクランとかだし、王家のほうはあなたも知っているでしょう？　アルバート、エドワード、ジョージ、レオポルド」

「結局、またヴィクトリアだったなんてことになるのかもしれないわね」ゾゾが言った。「いまのあなたはとても元気そう」

わたしは彼女の最近の快挙の話を聞きながら、シャンパンを飲み、食事をした。当たり前のようにしていることが快挙とみなされる人間を、わたしはふたりしか知らない。ゾゾはそのうちのひとりだ。ハーブ入りバターを添えたロブスターが運ばれてくると、彼女は顔をあげて訊いた。「それでダーシーは？　どうしているの？　ひどく忙しいって聞いたけれど」

なにがわたしを不安にさせているのかを打ち明けてしまいたかった。どう言えば正確に伝わるだろうと考えているあいだに、彼女が言った。

「昨日確かに、彼を見かけたのよ。フォブール・サントノーレを歩いていたら、通りの反対側を急ぎ足で歩く彼がいたの。声をかけて手を振ったのに、彼はちらりともこちらを見なかった。なにか気になることがあったみたい」

「まあ。そうなんです、彼にはなにか気になることがあるらしくて。秘密厳守の任務に取り掛かっていて、だからあなたに気づかなかったんだと思います。おそらく、だれかに尾行されている」

「まあまあ、なんて刺激的な人生を送っているのかしら」ゾゾが言った。

「刺激的すぎます。彼のことが心配なんです。間違った人たちと関わっているんじゃないかと思って」

「あら、わたしならダーシーの心配はしないわね。自分の面倒を見られる人がいるとしたら、それはダーシーよ」ゾゾの笑顔を見て、初めて彼女と会ったとき、ダーシーとは友だち以上の関係だったことがあるのではないかと考えたことを思い出した。

「わたしもその手のことをやってみたいわ」ゾゾはあれこれと空想を巡らせているようだ。

「でもわたしには知り合いが多すぎるし、わたしは人混みのなかにいても目立ってしまうもの」

「あなたなら、男の人から国家機密を聞き出すような魅惑的な女スパイになれるわ」わたしが言うと、ゾゾは噴き出した。「さぞ楽しいでしょうね」

次の料理はスプーンで切れそうなくらい軟らかなラムのカツレツで、締めくくりがチーズとフルーツ、そしてコニャックだった。

「明日はなにをするの？」すっかり満足したところで、ゾゾが訊いた。

「まだ考えていません。観光に行きたいんです。まだエッフェル塔とノートルダムしか見ていないの。ルーブルにも行かなきゃいけないし、モンマルトルも見たいし……」

「明日の朝はだめよ。わたしがここにいる時間は短いのよ。明日の夜には、親しい友人とアンティーブでディナーの約束があるの。彼はひとりで食事をするのが大嫌いだから、飛行機でひとっ飛びしようと思って。だから、あなたを買い物に連れていけるのは明日の朝しかないかないわ。一〇時に迎えにいくのでいいかしら？」

「ゾゾ」わたしは異議を唱えた。「買い物に連れていってもらわなくても……」

「ばか言わないの。救世軍に着せられたような服で、あなたにパリを歩かせるわけにはいかないの」

ゾゾと言い争っても無駄だ。うなずくほかはなかった。なにより、彼女と一緒にいるのは楽しい。けれどタクシーで家まで送ってもらうと、また不安が頭をもたげてきた。ダーシーがなにかドイツと関係があることをしているかもしれないと、どうしてゾゾに打ち明けられなかったんだろう？　もちろんいま現在、ドイツは公式には敵ではない。けれどヒトラーは、いずれヨーロッパの支配を目指していると公言している。ダーシーが、あの憎むべき小男を助けるようなことをするはずがないわよね？

四月二一日　火曜日
パリ周辺

なんていろいろなことのあった日。ひとりでパリを探検したいだけなのに、息切れがしそう……。


ベリンダのマンションに戻ってみると、彼女はパジャマ姿でベッドに座り、ハリー（幸いなことに、今回はパジャマではなかった）とホット・チョコレートを飲んでいた。とても親しげな様子で、わたしはふと……。いいえ、憶測はするまい。

「おかえり」ベリンダはにこやかに笑った。「ディナーはどうだった？」

「素晴らしかったわ」

「話を聞かせてくれないか」ハリーが言った。「こと細かく。ひとかけらも、パンくずのひとつも省かずに」

「あら、そんな話、あなたが聞きたいはずが……」わたしが言いかけると、ハリーは両手を振って促した。「いや、聞きたいんだ。自分の食事がパンとチーズとコーヒーだけだったら、食べ物のことをもっともらしく書けないだろう？」

「わかった」わたしは料理の説明を始めた。彼はしばしば口をはさんだ。「そのキャビアはスモークサーモンの上にどんなふうにのっていた？　ケーパーはあった？　それからロブスターだが——メーン州で夏を過ごしていたときには、あっと驚くようなロブスターを捕ったものだよ」

「あなたはメーン州で育ったの？」ベリンダが訊いた。

彼は首を振った。「ペンシルベニアだ。だが、メーンに別荘があったんだ。海岸沿いに。小さな漁村だった。ビーチで貝を焼いて食べたよ」ふとハリーの表情が変わり、かつての活気に満ちた少年が垣間見えた。

「でも、もう家には帰りたくないんでしょう？」わたしは訊いた。

「そうだ。家族とアメリカとは関係を断った。それで、料理の話に戻ると……」

メーン州のロブスターを二度と食べることはないと考えるほど、家族とのあいだにどんな諍いがあったのだろうと思いながら、わたしは彼を見つめた。二度とアインスレーを見られないとしたら、わたしはどんな気持ちになるだろう？　あるいはラノク城を？

「で、きみはいまのところなにを見たの？」ハリーが話題を変えた。わたしが答えると、彼は首を振った。「どれも、観光客向けのところだ。明日、きみに本物のパリを教えるのをおれの任務にしよう。パリのもう半分がどんなふうに暮らしているのかも、見せてあげるよ。おれの友人たちと一緒にディナーはどう？　きみも来れるかい、美しいベリンダ？」

「ダーリン、ぜひ行きたいところだけれど、明日も長くて骨の折れる一日になりそうよ。午後にランウェイの最初のリハーサルがあるんだけれど、多分夜までかかる。それにジョージーのせいで、わたしの仕事がさらに増えたし」

「わたし？　わたし、なにかした？」冗談を言っているのだろうと思いながら、ベリンダを見たが、そうではないようだった。

「あなたの服をデザインするってシャネルが言ったでしょう？　したのよ。さらっと描いて、わたしの机にデザイン画をぽんと置いて、作ってって言われた。シャネルのデザインを人が着られるような服に仕上げるのに、どれくらい時間がかかるかわかる？」

「作らないでおいてほしいわ」わたしは言った。「マダム・シャネルは、ショーでわたしにモデルをさせるなんていうとんでもないことを考えているのよ。想像できる？　だから、間に合わないようにゆっくり縫って」

ベリンダは首を振った。「あなたはシャネルを知らないのよ。彼女は欲しいものはいますぐ手に入れないと気がすまない。そのとおりにしないと、大変なことになるの」

「でもあなたは彼女に雇われているわけじゃないんでしょう？　見習いみたいなものじゃないの？　彼女の技術を学ぼうとしているのよね？」

「見習いは、指導者に言われたことをしなきゃいけないの。とにかく、生地は裁断したから、お針子のひとりがすでに縫い始めているの。あなたは仮縫いに来るのよ。あ、明日はだめよ、リハーサルだから。あそこはモデルでいっぱいになるの。木曜日に来て。断るなんていう選択肢はないから。でないと、あなたを今夜ここから放り出して、ダーシーのところに帰らせるわよ」

「わかった」わたしは言った。「あなたがシャネルに嫌われないようにしないとね」

「そういうこと。それじゃあ、決まりね。さてと、ふたりとも消えてちょうだい。美容に睡眠は大切なの」

ハリーとわたしはその場をあとにした。ハリーは翌日の三時に迎えにくると言った。

わたしは窓に当たる雨音で目を覚まし、午後の観光は中止だろうかと考えた。少なくともゾゾとの買い物は濡れずにできる。ベリンダはまた夜明けと共に出かけていたが、パン・オ・ショコラを置いていってくれていた。わたしはシャワーを浴び、朝食をとり、手元にある服でできるかぎりお洒落に装った。けれど当然ながら、その上にマッキントッシュのレインコートを着なくてはならなかった。わたしをひと目見たゾゾは身震いした。

「ダーリン、なんてひどい格好なの。どうして英国人っていうのは、農場の外でもマッキントッシュを着なきゃいけないって思うんでしょうね。ほら、行くわよ。いますぐにそれはなんとかしなきゃ」

ゾゾは洒落た店が並ぶ大通りにタクシーで乗り付けると、ギャラリー・ラファイエットにわたしを連れていき、まずは淡い青色のシルクで縁どられた紺色のウールのロングケープを買った。わたしが着ていたマッキントッシュを脱がせ、そのケープを着せてから、今度は水色の傘と釣り鐘形の紺色の帽子を買った。

「これでなんとか、この店から追い出されずにすむくらいには洗練されて見えるようになったわね」ゾゾは次にわたしを婦人服売り場に連れていき、ふくらんだお腹を隠すのにふさわしいものを持ってくるように店員に命じた。彼女が選んだのは、灰色のウールのストレートスカート（安全ピンがいらないくらいゆったりしている）、刺繍を施したロング丈のチュニック、そしてその上に羽織るゆったりした短めのジャケットだった。見事な取り合わせで、わたしに背丈があるからこれを着こなせるのだと店員は言った。

一緒にコーヒーを飲んだあと、ゾゾはわたしを家まで送り届け、南へ飛ぶのに天気が回復するといいのだけれどと言いつつ、飛行場へと去っていった。わお、彼女はなんて慌ただしい人生を送っているんだろう！　わたしは軽くランチをとり、ハリーが迎えに来たときには出かける準備ができていた。わたしの装いを見て感心するだろうと思ったのに、彼はぎょっとしたような顔をした。「そんな格好でおれの友だちには会えないよ。売れない芸術家や共産主義者ばかりだからね。最初に会ったときは問題ないと思ったのに」

そういうわけで、町に繰り出す前に、わたしはいつものジョージーに戻らなくてはならなかった。雨は小降りになっていたので、まずはルーブル美術館で一番重要な美術品を見てから、セーヌ川を渡った。「ステンドグラスで有名なサント・シャペル教会を見せるつもりだったんだ」ハリーは言った。「だが太陽が出ていなければ、意味はないからね」彼が代わりにわたしを連れていったのはパリ市庁舎で、それから大学に向かった。サン・ジェルマン大通りのカフェで休んだときには、わたしは足が痛み始めていた。カフェ・オ・フロールと外に名前が記されていた。雨はすでにあがっていて、外に置かれている椅子とテーブルをウェイターがせっせと拭いているなか、わたしたちは店内に入った。男たちのグループがすでにテーブルについていた。

「ハリーがようやくデートの相手を見つけたぞ」ひとりが大声で言うと、どっと笑い声があがった。「まだこの世に希望はあるというわけだ」

「がっかりさせて悪いが、おれのデート相手はベリンダのところに滞在している英国の貴族の女性だ。既婚の英国レディだよ」

「フランスでそれが問題になるとでも？」別の男が言い、全員がまた笑った。

「さあ、座って。それからおまえたちは、口に気をつけろよ」

わたしのためにだれかが椅子を引いてくれた。赤ワインが注がれ、ハリーがテーブルを囲む男たちにわたしを紹介した。アメリカ人がふたり、スウェーデン人の画家とふたりのフランス人。フランス人たちはにおいのきついフランス煙草を吸っていて、収まっていたはずの吐き気がぶりかえした。あわてててここを出ていくようなことになりませんようにとわたしは祈った。

「彼女に本当のパリを見せたかったんだ」ハリーが言った。「みんな素寒貧だが、人生を楽しんでいるところを」

「おまえのことだな」スウェーデン人の画家が言った。「おれはだいたいいつも憂鬱だ」

「だがおまえはスウェーデン人じゃないか」アメリカ人が言った。「スウェーデン人は、みんな憂鬱なんだ。暗い冬のせいだ。それに、幸せだと絵が描けないっておまえが言ったんだぞ」

「確かに」スウェーデン人はうなずいた。「それにピエールも憂鬱なんじゃないか？」

驚いたことに、ウェイターが椅子を持ってきてわたしたちの仲間に加わった。「いい詩を書くには、苦しむ必要があるのさ」彼は礼儀正しく、わたしに会釈をした。

「それじゃあ、あなたはウェイターで詩人なのね？」わたしは訊いた。彼はなかなかにハンサムだった。

「ぼくは詩人の魂と、男の欲望と、料理人の技術を持っているんだ」彼はいつもこんなふうに喋るのだろう。「料理人の修行を積んだが、パリにはいい料理人が大勢いるから、いまはウェイターをしながらチャンスを待っている。悲しみに満ちた、雄弁な詩を書きながらね」

彼は、結婚してなければよかったのにとわたしに一瞬思わせるほどのまばゆい笑みを浮かべた。

「それに共産主義者だっていうことも付け加えなきゃいけないな」いかにもフランス人っぽく肩をすくめた。

「どこかの金持ち女性が、料理をしてくれっておまえを呼びつけるまではな」もうひとりのフランス人が言った。

「ぼくは現実的な共産主義者なのさ」ピエールが言った。「だれだって食事は必要だ。それに、ロシアの共産主義のやり方が好きじゃない。そもそもの精神に反しているよ。すごく野蛮だ。ぼくの共産主義くらいがちょうどいいのさ。すべての人にいい食事といいワインってね」彼は立ちあがると、厨房へと戻っていった。

「あなたは作家なの？　それとも画家？」わたしはアーニーだと紹介された、隣に座っているひょろっとしたアメリカ人に尋ねた。顔つきはとても若々しいが、髪にはすでに白いものが混じっている。ハリーと同じだ。

彼は首を振った。「作家だ。ハリーと同じ。未来の小説家だよ。引き出しに何作か小説が入っているが、書店には並んでいない。でも望みは捨てていないよ」

「どんなものを書いているの？」わたしは尋ねた。

「戦争だ。戦争のことだけ、書いている」

「あれからもうずいぶんたつわ。世間の人たちは、いつまでもあのころのことを記憶にとどめておきたいかしら？」

彼の顔に怒りの表情がよぎった。「だがとどめておかなきゃいけないんだ。絶対に忘れちゃいけない。家に帰れなかったり、帰れたとしてもひどい怪我を負ったりした人間がどれくらいいたと思う？　有毒ガスで殺されたり、目が見えなくなったり、手足を失ったり。二度とあんなことを許しちゃいけない」

「あなたやハリーは運がよかったのね」わたしは言った。「無傷で帰ってこられて」

彼の目にはまだ怒りが浮かんでいた。「肉体的にはそうかもしれない。だが精神的には？悪夢を見ない夜は、あまりないと思うよ。見てしまったものを見なかったことにはできないんだ。突然、あたりが閃光に包まれたかと思ったら、隣にいた友人がバラバラに吹き飛んでいて、いつ自分の番がまわってくるのかだれにもわからない」彼はわたしの腕に手をのせた。「戦争が終わって家に帰ったら、みんなが栄光の勝利を祝っていた。おれはただ生きて帰っただけなのに、家族には英雄扱いされた。おれの家は軍人一家なんだ。父はウエスト・ポイントを出ている。ハリーの家族と同じで、戦争を美化しているんだ。おれたちふたりがここにいるのは、不思議じゃないよ」

「もうやめろよ、かわいそうな彼女が暗くなっているじゃないか」ハリーが言った。「気分があがるような話題にしよう。面白い話があるんだ。ベリンダが、シャネルのファッションショーの手伝いに、おれを駆り出そうとしたんだぞ」

「おまえを？　男性モデルとして？」騒々しい笑い声があがった。

「まさか。もっとつまらない仕事さ。客を席に案内する。椅子を移動させる。シャンパンを注いでまわる。そういったことだ」

「やるのか？」

「いいや。見苦しくない格好をしなきゃいけないっていわれた。おれにそんなことができるはずもないのに。ひげを剃らなきゃいけないんだぞ。それにシャツにアイロンもかけなきゃいけない」

「報酬はもらえるのか？」アーニーが訊いた。

「もちろんだ」ハリーが答えた。「悪くないと思う。だが、おれには足りないね」

「おれがやるよ」アーニーが言った。「いまは、金のためならなんだってやる。シャンパンを注ぐのも、椅子を動かすのも、飢えるよりずっといい」

「何人必要なんだろう？」スウェーデン人が尋ねた。

ハリーは肩をすくめた。「それは聞いていないが、興味があるならベリンダに訊いてみる。ダークスーツを着て見苦しくないようにしなきゃいけないとしか、彼女は言っていなかった」

「それじゃあ、おれはだめだな」スウェーデン人がつぶやいた。「おれは芸術家で、そうとしか見えない」

「ぼくもだ」詩人でウェイターで料理人のピエールがパテとパンの皿をテーブルに置きながら、派手な身振りをまじえて言った。「なんだってぼくが、そんなブルジョアの活動を手伝ってやらなきゃいけない？　ひと家族の一年分の食料を賄えるほどの服を買う金持ちをどうして助けてやる必要があるんだ？」

「もっともだ、モン・ヴュー」ハリーが言った。「おれもそう思うよ」

「だが人は食べなきゃいけないし、彼女は金を払ってくれる」アーニーが反論した。「しまいこんであるスーツを引っ張り出してくるって、ベリンダに伝えておいてくれ。なにが起きるかわからない――金持ちマダムのだれかが、おれを気に入るかもしれないじゃないか。マンションに住まわせてくれるとか」片方の眉を吊りあげながら言うと、テーブルのほかの男たちがまたばかにするようなことを言った。

「ファッションショーの客が目の不自由な女性ばかりだったらな。切羽つまった老婦人なら……」

「おい、いいことを思いついたぞ。これがなにかのきっかけになるかもしれない」アーニーが声を張りあげた。「カメラを持っていって、雑誌に売るためのスナップ写真を撮るんだ。どう思う、ハリー？」

「こっそりやる必要があるだろうな」ハリーが応じた。「ちゃんとしたメディアが大勢来ているだろうから」

「それならおれもその一員になればいい。そうだな――〈オクラホマ・トルネード〉紙から派遣されているとか？」アーニーはにやりと笑った。

「アーニーはとても腕のいいカメラマンなんだ」ハリーがわたしに説明した。「彼の写真を見るべきだよ。マン・レイと同じくらい素晴らしい。書くよりも写真で勝負したほうがチャンスがあるって、おれはいつも彼に言っているんだ」

「おれもまだスーツは持っている」フランス人のひとりが言った。「おまえの言うとおり、金持ちの女と知り合っておいて損はない。金持ちと言えば、いま町にだれがいると思う？」

「だれだ？」

「ヘミングウェイだ。おれが見たのは絶対に彼だ」

「そうだろうな。彼は、内戦の取材のためにスペインに向かう途中だ」アーニーはわたしに向き直った。「彼こそ、血に染まる争いを楽しむ男だよ。この町に来たら、ガートルードのところに行くだろうか？」

「もちろんさ」ハリーが答えた。「ガートルードが彼を崇拝しているのは知っているだろう？彼は崇拝されるのが大好きだからな」

「それなら今週は彼女の夜会に顔を出さなきゃな。なにより、あそこには食べ物も酒もある。ぼくはいつも、べちょべちょしていなくて持って帰れるものはポケットに忍ばせることにしてるんだ。ガートルードのところに行っていなかったら、何年も前に餓死していただろうな」

　わたしはじっくりと彼らを観察した。若くはない。第一次世界大戦で戦ったのなら、三〇代半ばにはなっているはずだ。それなのに、明らかにその日暮らしをしている。作家や芸術家になるためには、そんな日々もいとわないものなのだろうか？　いつの日か、自分が作ったものが売れることを願っているのだろうか？　〝失われた世代〟という言葉が浮かんだ。いま目の前に彼らがいた。

四月二二日　水曜日
ベリンダのマンション　のちにド・モンテーニュ伯爵夫人の家

今夜は伯爵と彼の母親とのディナーだ。彼がどんな暮らしをしているのか、とても興味がある。ベリンダは彼にふさわしいかどうか、審査されるんだろうか？

ベリンダは仕事に出かけていったが、今日もまた雨が降っていたので、観光はやめておいた。実を言うと、ダーシーのことが心配になっていた。今日までに一度くらいは連絡があるものと思っていた。少なくとも、わたしがどうしているのか、顔くらい見に来るだろうと考えていたのだ。だが一切連絡がない。わかっているのはゾゾが見かけたのに、彼はそれを無視したということだけだ。どれも不安にさせることばかりだったから、無事でいるのかどうか確かめにホテル・サヴィルまで行こうかとも考えた。けれど、仕事中の彼の邪魔をしてはいけないこともわかっていた。わたしはただ、とても楽しい時間を過ごしているふりをしていればいい――まったく楽しくないわけではない。新しい服を手に入れた。もう一枚、もらえることになっている。モデルをしなければならないという脅しつきではあるけれど。それは断ろうと決めている。お腹が大きくなくて、すらりとしていたときですら、人前で歩くのは散々な結果になった。いまは足元が怪しいときもあるのだ。

雨はなかなかやみそうになかったので、新しい水色の傘を持って、ハリーと一緒のときには見られなかったものを見るためにルーブル美術館に向かった。展示室を五つまわったところで、もう充分という気持ちになった。フランドル派（フランドル地方で栄えた美術の流派）の死んだ野兎や果物は、次の機会にしよう。それにモナリザ――あの小さな絵はどうしてあれほど特別扱いされるの？　わたしにはもっと美術の勉強が必要らしい。

外に出てみると、雲の切れ間から日が射していた。バゲットとブリーチーズを買ってから、シャンゼリゼ通りの端まで歩き、オープンカフェを眺めながら丘の上に立つ凱旋門へと向かった。だが今夜は特別なディナーが待っているから、体を休めておいたほうがいいと気づいた。そこで、きびすを返してセーヌ川を渡り、ベリンダのマンションに戻った。

暗くなりかけたころに帰ってきたベリンダは、手近の椅子にぐったりと座りこんだ。

「もうくたくたよ、ダーリン」ベリンダが言った。「今夜はもうどこにも行きたくないけれど、ルイ・フィリップの誘いを断るわけにはいかないでしょう？　なにより、彼の家が見たくてたまらないの。ものすごく豪華なはず。そう思わない？」

わたしは、月曜日にベリンダが用意してくれた服に着替えた。あちらこちらをピンで留め、フリンジのついたシルクのショールを羽織った。占い師のように見えなくもなかったが、これでなんとかなるだろう。まるで二枚目の肌のように体を包み込む、ストンとしたエメラルドグリーンのドレスをまとったベリンダは文句なしに魅力的だった。

「一分の隙もないわね」わたしは言った。

ベリンダは小さく笑った。「そうかもしれない」

わたしたちはタクシーでセーヌ川とシャンゼリゼ通りに挟まれた地区——町で一番の高級住宅街だ——に向かい、装飾刈り込みがされたツゲの木が両側に立つ豪華な玄関の前で降りた。黒いベルベットのお仕着せに身を包んだ従僕がわたしたちを招き入れ、大理石の階段をあがっていく。前方の応接室から低い声が聞こえてきて、わたしは不意に今夜はずっとフランス語を話さなくてはいけないのだと、そして、なにもこぼしてはいけないのだと気づいてぞっとした。夜会服をまとった信じられないほどハンサムなルイ・フィリップが両手を広げて近づいてくると、まずわたしの手に、次にベリンダの手にキスをした。ベリンダが予想していたとおり、部屋は絢爛豪華だった。金メッキの家具、タペストリー、シルクの花が飾られた巨大な花瓶、跳ね馬の置物。ちょっと妙な動きをしただけで倒れてしまうようなものが満載だ。来なければよかったとわたしは思い始めた。

ルイ・フィリップはわたしたちの腕を取り、紫色のベルベットのドレスと山ほどのダイヤモンドで身を飾り立てた、まるで玉座に座る王妃のような趣の年配女性のところに連れていった。隣に司祭が立っている。わたしはこれまで幾度となく本物の王妃と会ったことがあるけれど、それでも圧倒されるのを感じた。

「母さん、英国からのふたりの来訪者を紹介させてください」彼がフランス語で言った。

「レディ・ジョージアナとミス・ウォーバートン＝ストークです」

「はじめまして（アンシャンテ）」彼女は小さく会釈をした。「ようこそ。息子はあなたたちのことをとても褒めているのよ。こちらはドミニク司祭。あなたたちはわたしたちの言葉を話すそうね」

「はい、伯爵夫人」わたしは言った。「わたしたちはふたりともスイスの学校で教育を受けていますので」

彼女は軽く肩をすくめた。「あら、あそこの人たちが話すフランス語は少し不作法なのよ。でもとりあえず話はできるということね。よかったわ。ディナーにしましょう」

シェリーも食前酒も軽くなにかをつまむこともなく、そのまま壮大なダイニングルームに案内された。磨きあげられたテーブルの上で、燭台と銀器が光を反射している。わたしたちは席についた。

「もうひとりのお客さまは？」伯爵夫人が尋ねた。「まだ来ていないの？」

「来ていますよ、母さん」ルイ・フィリップが答えた。

わたしは王族の親戚のだれかか、あるいは以前そんなことがあったようにダーシーが来ているのかと思いながら顔をあげた。だがそこにいたのは、わたしが知っている別の男性だった。

パウロ・ディ・マティーニ伯爵が入ってくるのを見て、ベリンダは小さく息を呑んだと思う。

「学生時代の友人を紹介しますよ」ルイ・フィリップがベリンダとわたしに向かって言った。「ディ・マティーニ伯爵。こちらは――」

「こちらの魅力的なレディたちはどちらも知り合いだよ」パウロが言った。「元気にしていたかい、ジョージアナ？　きみはどうだい、ベリンダ？」

「わたしたちはふたりとも元気よ。ありがとう、パウロ」ベリンダの声は震えていた。彼女とパウロは長いあいだ、情熱的な関係にあったが、いまは別の秘密を抱えている。

「カミラは元気かしら？」ベリンダの隣に腰をおろした彼にわたしは訊いた。まずかったかもしれない。

「ああ、元気だよ。いまは英国の両親を訪ねている。息子も一緒だ」彼の視線がベリンダに向けられ、彼女は顔をそむけた。

「息子さんは？」ベリンダが訊いた。

「いい子だよ。たくましくて賢い。想像どおりだ」

ナイフで切れそうなくらい、空気が張り詰めているのが感じられた。テーブルにスープが置かれたときには、ほっとした。クリーミーなエビのビスクで、そのあとに殻つきのホタテ貝、続いてカリっとしたなにか小さなものが運ばれてきた。従僕はひとつをわたしの皿に、ひとつをベリンダの皿にのせた。

「これはなに？」ベリンダはルイ・フィリップに尋ね、おそるおそる口に運んだ。

「アルエットだよ。知らないかい？　アルエット、ジャンティーユ・アルエットだ。空高く飛んで、歌を歌う小さな鳥。〝ヒバリ〟って言ったかな？」

ベリンダはぎょっとしたようにわたしを見た。「わたしたち、小鳥を食べているの？」

「怖がらなくていいのよ」伯爵夫人が言った。「噛み砕けばいいの、骨も全部」

わたしは絶望のまなざしをベリンダに向けた。たとえ妊娠していなくても、小鳥の骨を噛み砕くことなどできそうもない。胃がむかむかしてきた。顔に笑みを貼りつけ、ひと口食べるふりをしながら、テーブルの下の左手でイブニング・バッグを開けた。ルイ・フィリップがなにかおかしなことをパウロに言うのを待った。彼の母親がこちらを見ていない隙に、小鳥をさっと膝に落とした。

「この週末、シャネルのコレクションに出るそうね」伯爵夫人がベリンダに言った。「あなたは彼女の下で働いていると息子から聞いているわ」彼女はそれが罪深いことであるかのように、〝働く〟という言葉を口にした。

「彼女のところでデザインの勉強をしています」ベリンダが答えた。「確かに、今週の大事なショーを手伝っています。いらっしゃるんですか？」

「もちろんですとも。いつも行っているのよ」

伯爵夫人はわたしに尋ねた。「あなたも行くのかしら？」

「はい。ベリンダを手伝うと約束しましたから」

「それじゃあ、あなたは服を買うわけではないのね？」

わたしは悲しそうな笑みと共に首を振った。「わたしにはとてもシャネルの服は買えません。それに赤ちゃんが生まれるので、いまは新しい服を買うのにふさわしい時期ではないんです」

「それはおめでとう。跡取りは大事ですからね。男の子だといいわね」

そんなふうに考えたことはなかった。肩書を継ぐ跡取りができるのは、ダーシーにとって大事なことなんだろうか？　そうかもしれない。

「なにか特別なものを探しているんですか？」

伯爵夫人は肩をすくめた。「わたくしの？　いいえ。彼女が今年はどんな恐ろしいものを作ってくるのか、いつもそれが楽しみなのよ。シルクのパジャマに男もののジャケット？　次はなにかしらね？　世界はどうかしてしまったんだわ。でもジャクリーンは行きたがっているし、わたくしも楽しんではいるから」

「ジャクリーンは娘さんですか？」わたしは訊いた。

彼女は笑顔で答えた。「いいえ。息子のフィアンセよ」

「もうひとり息子さんがいるんですか？」

「いいえ、ひとりだけ」

ベリンダはテーブルをはさんだふたりの男性と話をしている。いまの話は聞こえていない。わたしはそれ以上なにも尋ねなかった。いますぐにでもベリンダと話したい。食事は続き、次々と濃厚な料理が運ばれてきた。子牛肉のマッシュルーム・クリームソースがけ、幾重にもクリームを重ねたケーキ、砂糖漬けの果物。吐き気がひどくなってきて、わたしは早く帰りたくてたまらなかった。ようやくブランデーを楽しむ男性陣をその場に残して部屋を出たわたしは、化粧室に向かった。ベリンダがついてきた。「いったいどうしたの？」彼女が訊いた。「妙な目でわたしを見ていたでしょう？」

「フィアンセがいること、ルイ・フィリップから聞いている？」

「ルイ・フィリップに？　聞いてない。そんなこと、言っていなかった」ベリンダはぞっとしたような表情になった。「本当なの？」

「ええ、本当よ。ジャクリーンっていう名前で、上流階級と美徳のお手本みたいな人らしいわ。彼のお母さんから聞いたの。毎朝礼拝に出て、貧しい人たちのために慈善行為をしているんですって」

ベリンダの顔から血の気が引いた。「あの裏切り者。ずいぶんと都合よく、その話をすることを忘れていたものね」

「どうする？　こっそり帰る？」

「とんでもない。彼と話をしないと」

「騒ぎを起こしたりしないでよ、ベリンダ」

「騒いだりしないわ。礼儀正しく話すわよ」

わたしたちは部屋に戻った。ベリンダはパウロと話を始めた。ルイ・フィリップが不安そうにふたりを眺めている。「マティーニ伯爵はベリンダの古い友人なんですか？」彼が訊いた。

「とてもいい友人です」その言葉にできるかぎりの意味をこめたつもりだ。

彼は顔をしかめた。立ちあがり、ふたりのほうへと歩いていく。ベリンダの腕を取って、バルコニーに出ていった。彼の母親がその動きをじっと見つめていた。やがて戻ってきたベリンダはにこやかな笑みを浮かべていたものの、激怒しているのがわかった。

「伯爵夫人、申し訳ありませんが、わたしたちはそろそろ失礼します」ベリンダが言った。「明日は起きて仕事に行かなくてはなりません。働く女性には睡眠が必要なんです」

わたしたちは丁重にいとまごいをした。これ以上ないほど、礼儀にかなった振る舞いだった。ベリンダの自制心には感心させられたが、彼女とパウロが長々と握手をしたことも、ふたりが交わした表情にもわたしは気づいていた。従僕がつかまえたタクシーに乗りこむまで、わたしたちは無言だった。

「なんて図々しいの！」ベリンダがついに爆発した。「彼女がわたしを見下していたの、気づいたでしょう？　上から目線だった。自分をなに様だと思っているのかしら。わたしの父親は貴族なのよ。大陸の作られたものじゃなくて、ちゃんとした英国の貴族。それに彼女の卑劣な息子――フィアンセのことを訊いたの。彼、なんて言ったと思う？」

「否定したの？」

「まったくしなかった。生まれたときから決まっていたことなんだって言ったわ。いつかは彼女と結婚するけれど、ロマンチックな気持ちは全然ないんだって。古いふたつの家柄同士の都合のいい取り決めにすぎないんだそうよ」ベリンダは大きく息を吸った。「それどころか、町のそれなりの場所にあるいいマンションをわたしのために買おうと思うって言いだしたのよ。そこに彼が訪ねてくるって。そうすればわたしはなにひとつ不自由なく、快適に暮らせるようになるって。愛人よ！　このわたしが！　想像できる？」

わたしは笑いたくなったけれど、我慢した。「ああ、ベリンダ。気の毒に」

「どうしてみんなわたしとは結婚したがらないの？　〝粗悪品〟って額に刺青でもしてあるの？　彼とはまだ寝てもいないのに」

「毎朝礼拝に行く聖人のようなフィアンセと争うのは無理よ」わたしは言った。「フランス人の男は、愛人がいることを当たり前だと思っているんじゃない？　英国人の多くの男と同じように」

「わたしはそのうちのひとりになるつもりはないから。彼にはっきり言ったの。わたしには相続した自分の財産があるから、彼にマンションもなにも買ってもらう必要はないって」セーヌ川を渡るあいだ、ベリンダはタクシーの窓から外を眺めていた。川面がキラキラと光っている。ひと組のカップルが腕をからませながら橋の上を歩いていた。

「どちらにしろ、彼はあなたにふさわしくなかった」わたしはようやくそう言った。「神経質すぎたし、あまりに融通が利かなかった」

ベリンダは声をあげて笑った。「ズボンのしわのことを延々と言い続けていたわね。それに、あんな義理の母親を欲しい人がいる？」

「それから司祭」わたしは言った。「司祭を忘れちゃいけないわ」

ベリンダはわたしの手をつかみ、ぎこちなく笑った。「ああ、ジョージー、あなたがいてくれて本当によかった。どうして男っていつも問題をもたらすの？」

「その答えがわかればいいのにと思うわ」わたしは応じた。

「そのうえ、パウロがあんなふうにいきなり現れるんだもの。彼とルイ・フィリップが知り合いだったなんて、ありえないと思わない？　彼が部屋に入ってきたときには、死にそうになったわ」

「わたしもよ。もう少しでワインでむせるところだった」

「ああ、ジョージー。パウロがパリにいるのよ。カミラ抜きで。わたしはどれくらい緊張するべき？」

「あなたは確かに興味深い人生を送っているわね」笑うほかはなかった。

「興味深い人生なんてもうたくさん。あなたのような人生が欲しいわ。あなたを崇拝する夫がいて、安全な家があって、お腹には赤ちゃん。自分の立場をわかっている。なんの問題もない未来を楽しみに待つことができる」

彼女の言うとおりであることを、危険なことに手を出している男と結婚したのではないことをわたしは心から願った。

四月二三日　木曜日
シャネルの店　カンボン通り

まだダーシーから連絡がない。無事だといいのだけれど。ホテルに電話をするべき？なにが起きているのかを知りたい。彼がなにか危険なことをしているのではないかと考えていると、すごく不安になる。のんびりできる休暇になると思っていたのに、どんどんややこしいことになっていく。

翌朝目を覚ましたときには、新しい服の仮縫いに来るようにというメモを残してベリンダはすでにいなくなっていた。わたしはゾゾが買ってくれた服に着替え、さわやかな風が吹く気持ちのいい日だったので、徒歩でカンボン通りに向かった。青空に白い雲が流れ、パリ全体が生まれ変わったみたいに輝いている。このあいだ来たときよりは自信に満ちた足取りでシャネルの店に入り、わたしの装いを見て店員が満足そうにうなずいたのでほっとした。

「ボンジュール、マイ・レディ。どうぞお二階へ」店員のひとりが言った。「お待ちになっています」

「どうしてその人が上にあがれて、わたしがだめなの？」試着室から張りのある声が聞こえてきた。とても聞き慣れた声のような気がした。

「ラノク公爵未亡人じゃない？」わたしは小声で店員に尋ねた。

「それをお教えするわけには……」彼女が言いかけたが、わたしはかまわず試着室に近づいた。「お母さまでしょう？」

ドアが開き、金色の髪が現れた。「まあ、ジョージー、いったいここでなにをしているの？」

母の驚いた表情を見て、わたしは妙なことに胸がすっとした。

「服を買う以外、ココの店でなにをするの？」

「でもダーリン、あなたはシャネルで買い物なんてできないでしょう？　金持ちの男性の愛人にでもならないかぎり無理だし、いまのあなたの状態ではそんなことありえないもの。ちょっと待ってちょうだい。服を着るから」母はドアを閉め、驚くほどの短時間で再び現れたときには、きっちりと服を着て、いつもどおりのあでやかな姿だった（知らない人のために言っておくと、母は公爵夫人になる前は有名な女優だった）。

「さあ、あなたの年老いた母親をハグしてちょうだい」わたしたちは抱き合い、数センチ離して互いの頬にキスをした。「ここでなにをしているのか教えてちょうだい。アシスタントでもしているの？　秘密の仕事？　王家の人たちのための？」

「どれも違うわ」わたしは答えた。「ダーシーと一緒にパリに来たの。いまはベリンダのマンションに泊まっていて、彼女はココのところで働いているのよ。今日は、ココがわたしのためにデザインしてくれた服の仮縫いに来たの」代金を払わないことは言わなかった。「お母さまはどうしてここにいるの？　マックスと退屈なベルリンから逃げ出してきたの？」

「全然違うわよ、ダーリン。マックスと一緒に来たのよ。彼はドイツの貿易代表団の一員なの。とても重要な人たちよ。プジョーやシトロエンを買うのをやめて、ドイツの車を買うようにフランス人を説得しようとしているの。ゲーリングが妻とその友人たちを連れてきているから、その付き添いとしてわたしが招待されたのよ。みんなで日曜日の秋のコレクションを見に行くことにしているんだけれど、わたしだけひと足早く何着か買っておこうと思ったの。それに、コレクションにはどんなものが出るのかを店員から聞き出したくて。見事な金色のラメのドレスがあるみたいね。体にぴったりしたドレスが。わたしが着たら、さぞ映えると思うわ。マックスはお金をたくさん稼いでいるから、いまはものすごく気前がいいのよ」

母はとても明るくて陽気だったけれど、見せかけだけのような気がした。

「なにも問題はない？」わたしは訊いた。

「もちろんよ。どうして？」母は身構えたように訊き返した。

「ドイツでのマックスとの暮らしをいまも楽しんでいるのかどうか、訊きたかっただけ」

「こんなに幸せだったことはないわ。今年中に結婚するつもりでいるの。あなたにはブライズメイドをしてもらわなくちゃ——結婚していたら、メイトロン・オブ・オナーって言うんだったかしら？」

「お母さまがおばあちゃんになるのが先よ」

「おばあちゃん。その言葉って、ものすごく年寄りみたいに聞こえない？」母は小さく笑うと、じろじろとわたしを眺めた。「あなたはとても元気そうね。それに服の趣味もよくなっているわ」

「ゾゾのおかげよ。昨日、ギャラリー・ラファイエットに連れていかれたの」わたしは打ち明けた。

「あら、わたしは既製服は決して買わないのよ。あれは普通の体形の人のためのものだもの。わたしには無理。そういえば、ここで作った服も買うって、あなたは言ったわよね？」

「そうなの。マダム・シャネルが親切にも、いまのこの体形に合うものをデザインしてくれたの。わたしは仮縫いに行かないと。あとでコーヒーでも一緒にどうかしら？」

「もちろんいいわよ。なんとか時間を作るわ」母が言った。「ディナーに招待したいところだけれど、晩餐会が立て続けにあるみたいなの。フランス語とドイツ語で長いスピーチがあって、どれも本当に退屈なのよ。わたしの語学力が限られていることは知っているでしょう？　でもどうにかして時間を作るわ。どこに泊まっているの？」

わたしはベリンダのマンションの住所を告げた。母はそれをメモ帳に書き留めた。

「お母さまはいつからここに？」わたしは急にダーシーのことを思い出した。

「ほんの数日前よ。月曜日に着いたの」

「ダーシーを見かけたりしていないわよね？」

「ダーシー？　どうして？」

「別に理由はないわ。彼はパリをうろついているから、どこかでばったり会ったかもしれないって思っただけ」

「わたしはひとりでうろついてはいないのよ。スケジュールがびっしり詰まっているみたいで……」

ちょうどそのとき、もうひとつの試着室のドアが開き、いかにも厳格そうな女性が出てきた。中年の大柄な女性で、淡い茶色の髪をぐるりと頭に巻きつけている。のみならず、ファッションセンスもかなり改善が必要だった。「もういいのですか、公爵夫人？」彼女はきついドイツなまりが残る、早口の英語で訊いた。

「ええ、いいわ」母はそう応じてから、店員に向き直った。「いまはどれもいらないわ。日曜日のコレクションを見てからにする。あ、待って、やっぱりその青いロングドレスはもらうわ。ホテルに届けておいてくれるかしら？」

「わかりました、公爵夫人」店員が応じた。

「ダーリン、わたしはもう行かないと」母はわたしの頬に今度は本当に触れるキスをした。

「また昼食会があるのよ。いま行くわ、フラウ・ブリューラー」

わたしは胸に重石を入れられた気分で母を見送った。母に監視がついていることは間違いなかった。階段をあがるときにも、頭のなかでは様々な思いが駆け巡っていた。ドイツに関わる妙なことが多すぎる。〝ベルリンにはなんて言えばいい？〟と口にした男とダーシーの会話。波止場で地図を持っていた男。そしてナチスの高官を含む貿易代表団と一緒にやってきた母。これらはどこかでつながっているに違いない。

わたしは大きく息を吸うと、ベリンダを探した。

「きっと気に入るわよ、ダーリン」ベリンダは立ちあがってわたしを出迎えた。「シャネルがこのシーズンにデザインした一番大胆な服だと思うわ」彼女はわたしに顔を寄せた。「ここだけの話だけれど、彼女の新しいコレクションは、スキャパレリが今年出すって聞いているものに比べるとちょっと退屈なの。もちろん素晴らしいのよ。でもこんなふうにびっくりするようなものじゃない」

見せられた服は予期していたものとは違っていた。わたしはシャネルと聞けば、その簡素さから男っぽいとすら感じられる完璧な仕立てのスーツか、お約束の真珠のネックレスを合わせた短い丈の黒のドレスを連想する。けれど、豪華な刺繍が施された、丈の長いゆったりとしたその服は、ドレスというよりは日本の着物に近かった。ふくらんだお腹を隠すにはぴったりだったけれど、スカートは膝までスリットが入っているものの細身で、歩くのが少しばかり難しい。

「もう少し上までスリットを入れられない？」ピンで肩の位置を合わせているベリンダに頼

んだ。

「そうすると膝が見えてしまうわ。それじゃあ、だめなの」

つまり、小さな歩幅で歩くことを覚えなくてはいけないわけだ。生まれてこのかた、荒れ地を大股で歩いてきたわたしのような人間にとっては、簡単ではない。

「絶対にこれでランウェイは歩かないから」わたしは言った。「その上に転がり落ちてしまうには、重要な人が多すぎるわ」

「その点は、あとでね」ベリンダは頭から服を脱がせながら言った。

「重要な人と言えば、たったいま下で母と会ったのよ。ドイツの貿易代表団と来ているんですって。というより、マックスが来ていて、母はついてきたと言ったほうがいいわね」

「聞いたわ。ミセス・ゲーリングその人でしょう？　みんな日曜日に来るのよ。もっと早く知りたかったって、シャネルはいらだっていたわ。そうすれば、お洒落なダーンドル（ドイツのバイエルン地方からオーストリアのチロル地方の女性が着る民族衣装）をデザインしたのにって」ベリンダはくすくす笑った。「いまドイツでは健康的な女性を奨励しているのよ。シャネルの服にはふさわしくない体形の女性ね」

「母とはまったく違うタイプの女性っていうことね。母になにも問題がないといいんだけれど。本当はうまくいっていないのに、なにもかもうまくいっているっていうふりをしていた気がするの」

「マックスと一緒にいるって、お母さんが決めたことなんでしょう？　彼のお金だけじゃ満足できないなら、別れればいいのよ」

「それができればいいんだけれど。邪魔だてするものに対するナチスの仕打ちは、いやな話も聞くわよね」

「あなたのお母さんほど逆境に強い人はいないわ。ひょっとしたら、いまごろヒトラーをとりこにしているかもしれないわよ」ベリンダが言った。「せっかく来たんだから、座席札を作るのを手伝って」

一時間ほどふたりで作業をしたところで、ベリンダが階下に呼ばれた。まもなく戻ってきた彼女の顔は紅潮し、目は明るく輝いていた。

「だれだったと思う？　パウロよ。今夜、ディナーに誘われたの。マキシムで」

「まあ、ベリンダ、気をつけて。これ以上、過ちを犯してほしくないの」

「レストランに行くのよ。そんなところで、大きな過ちなんて犯せないと思わない？」

「でも、彼がどんな目であなたを見ていたか、わたしは知っているの。それに、カミラは心の温かい人だとは言えない」

「礼儀作法のお手本になってくるわ」ベリンダが言った。「実を言うと、息子の写真が見たいのよ。最近、あの子のことをよく考えるの。あなたが妊娠したからでしょうね。あなたは自分の子供の成長を見ることができるんだもの」

ここまで読んだ人には、ベリンダは赤ちゃんを産み、子供がいなかったパウロとカミラの養子に出したのだと想像がついたと思う。わたしは彼女の肩に手を置いた。

「ベリンダ、いつかあなたもふさわしい人に出会って、自分の家族を持つ日がくるわ。あなたとジェイゴはうまくいくって、思っていたのに……」

「わたしもよ。彼は、自分は不十分だと感じるような男じゃないって考えていた」

「不十分じゃないわよね？」わたしは片方の眉を吊りあげた。

ベリンダはくすくす笑った。「そういう意味ではね。まったく違うわ。わたしが言いたいのは、わたしにはお金があるけれど、彼にはわたしがこれまでと同じ水準の生活を送れるほどの収入がないっていうこと」

「ジェイゴを愛しているなら、彼のところに行ってそう言うのよ。彼のばかげたプライドに邪魔をさせることはないわ」

ベリンダは肩をすくめた。「そうするかもしれない。今週を無事に乗り切ったら」


あとから思えば、その言葉は予言的だった。その夜ベリンダは、早めに帰宅した。

「楽しかった？」

「とてもおいしかったわ」ベリンダが答えた。

「男の子の写真を見たの？」〝あなたの息子〟という言葉を使わないように気をつけた。

彼女はうなずいた。「きれいだったわ。男の子にふさわしくない言葉だってわかっているけれど、でもきれいな子なの」

「そうだと思ったわ。あなたがとてもきれいだもの」

ベリンダはしばらく無言だった。

「うまくいっているのがわかって、ほっとしたでしょう？」わたしは言った。「彼はいい人生を歩んでいるのよ」

「そうね」

再び沈黙。

「あなたは母親になるタイプじゃないって自分で言ったわよね」

「わかってる。確かにそうだと思う。ひとりで子供を育てられるような状況でもないし。でもあなたを見ていると、自分がなにを失ったのかを思い出すのよ」

「その子の写真が見られてよかったわね」わたしは気まずさを感じていた。「それに、パウロと再会しても、なにも変わらなかった」

「彼は変えたがったの。ホテルに誘われたわ」

「ベリンダ。ひどい話。なんて言ったの？」

「断ったわ。辛かった。彼がわたしにとって最愛の人だったっていうこと、知っているでしょう？　彼もわたしのことを同じように思っていたって言われた。ただ、ふさわしいカトリック教徒の娘と結婚しなきゃいけなかっただけだって」

「あの人たちって、いったいどうなっているの？　愛してもいない、ただふさわしいというだけの相手との結婚に同意するなんて。わたしはジークフリート王子との話は断固として断って、ダーシーと結婚して本当によかった」

「もっと面白いことになったんじゃないかしら」ベリンダが言った。「魚顔にキスされることを想像してごらんなさいよ」

わたしたちは声をあげて笑い、張りつめていた空気はどこかに消えた。

四月二四日　金曜日
ベリンダのマンション

事情はわかってきたが、知らなければよかった。ああ、なんて恐ろしい話。

金曜日の朝、今日は一日中リハーサルと最終調整があるから帰りは遅くなると思うので、ひとりで過ごしてほしいと言い残して、ベリンダは出かけていった。わたしもリハーサルに参加しなければならないようなことはなにも言っていなかったので、心の底からほっとした。サクレ・クール寺院を訪れ、息を吞むような町の風景を眺め、モンマルトルで楽しい朝を過ごした。小さなカフェで、野菜スープのランチをとった。思っていたよりずっとおいしかった。

午後の半ばにマンションに戻ると、ドラゴン・レディに迎えられた。
「男の人が訪ねてきましたよ」彼女は言った。「黒髪。とてもハンサム。長身」

「名前は言っていた？」

彼女は肩をすくめた。「あなたは留守で、いつ戻るかわからないって言っておきました」

「彼はなんて？」

「その人を知っているんですか？　男性の訪問者は許していないんですけどね」

「夫だと思うわ。彼もパリにいるの。仕事で来ているのよ」

「へえ」彼女はもう一度肩をすくめ、胸の前で腕を組んだ。

「なにか伝言は？」

「リュクサンブール公園にいると言ってましたよ」

「それはどれくらい前のこと？」わたしはいらだちを抑えこみながら訊いた。ダーシーが来たのにわたしは留守で、この不愉快な女性は彼を待たせてもくれなかったのだ。

「一時間くらいですかね」

「探してくるわ」わたしはすぐにまた出かけようとして、思い直した。「もし彼が戻ってきたら、待っているように言ってくれるかしら。彼の名前はミスター・オマーラ」

「ミスター・オマーラ？　でもあなたはレディなんですよね？　王家のレディですよね？」

「貴族の息子と結婚したのよ。彼はジ・オナラブル・ミスター・オマーラ」

「ああ、なるほどね。伝えますよ」

わたしは地図を持って急いで外に出ると、サン・ジェルマン大通りを進んだ。不愉快な管理人のせいでダーシーに会えないかもしれないと思うと、怒りが収まらなかった。けれど彼女の言い分も理解するべきなのだろう。若い女性の部屋にどの男性を通すべきなのか、彼女にわかるはずもない。それにおそらくダーシーには、自分が何者なのかを彼女に言えない理由があったのだろう。

その公園は広大で、中央にある丸い池につながる散歩道が何本も延びていた。池では幼い少年が模型のヨットを浮かべて遊び、その片側には威厳がありながらも優雅な宮殿のように見える建物が立っていた。花壇には春の花が咲き、木々は花が満開だったけれど、夫の姿を探して公園を見まわすわたしにはその美しさに気づく余裕もなかった。公園のベンチに近づいた。新聞で顔を隠すようにして座る男性がいた。新聞がおろされ、ダーシーが満面に笑みを浮かべて立ちあがった。

「やあ、来たね、ダーリン」彼はわたしの頬にキスをした。「観光は楽しんだ? 疲れただろう? まっすぐホテルに帰ろう。そうすれば、今夜、きみの友だちとのディナーに出かける前に、体を休めることができる」

ダーシーはわたしの手を取ると、ものすごい速さで公園から連れ出し、待っていたタクシーに押しこんだ。

「どういうこと?」わたしは訊いた。「服は全部ベリンダのところに置いてあるのに、ホテルに戻るわけにはいかないわ」

「戻らないよ」タクシーが動き出したところで、彼が言った。「話が終わるまで、そのへんをドライブするだけだ。そうすれば、ぼくを尾行していたかもしれない人間をまけるからね。

きみがどこに滞在しているのかを彼らに知られたくないんだ」

「だれかがあなたを尾行しているかもしれないと思うの？」

「可能性はある」

「ダーシー、お願いだからなにが起きているのかを話してくれない？」できるだけ落ち着いた口調で言ったつもりだ。運転手の後頭部に目を向けた。「ここで話をしても大丈夫なの？」

「心配ない。運転手が英語を話せないタクシーを選んだ」彼は安心させるように小さく微笑んだ。「きみは正しいよ。注意はいくらしてもいい」

「あなたは危険にさらされているの？」

「いつもと同じくらいさ」

「なにも間違ったことは……していないわよね？ わたしが認められないようなことは？」

「間違ったこと？ どういう意味だい？」彼は眉間にしわを寄せた。「ぼくがなにをしているのか、きみは察しがついているよね、ジョージー。いつも公正なわけじゃない。合法なわけじゃない」

「それなら、なにが起きているのかを話してくれる？ あなたはここでなにをしているの？ どうしてわたしを隠そうとするの？」

「とても微妙な問題なんだ。きみを関わらせたくなかった。ベリンダと楽しい時間を過ごしてほしかった。だが事態はかなり切迫してきている」彼はわたしの手を取った。「きみを信用できることはわかっている。今回はそれ以上にきみを信じなければならないんだ。きみの助けが必要になった。ほかに方法があったなら、頼みはしないんだが」ダーシーはわたしの目を見つめた。「これからきみに話すことは、絶対だれにも言ってはいけない。約束してくれるね？」

「ええ、約束する」わたしは震える声で言った。突如として、すべてが現実になった。とても恐ろしい現実に。

「ドイツの代表団がつい最近パリに到着した」彼が言った。

「知っている。お母さまがその一員なの。シャネルの店で会ったわ」

「ああ、なるほど。それはうなずけるね。自動車の取り引きがうまくいけば、お母さんの恋人は莫大な利益が得られる」タクシーがコンコルド広場で止まり、ほかの車も並んで止まると、ダーシーは言葉を切って窓から外を見た。満足したらしく、さらに言った。「きみのお母さんがここに来たのは、ナチスの高官たちが好きなだけ買い物をさせるために妻を連れてきているからだ。そのなかに、フラウ・ゴールドバーグという女性がいる」

「それで？」わたしは続きを待った。

「ゴールドバーグというのはユダヤの名前だと気づいたかもしれないね」

「わからなかった。あ、そういうことね。ナチスの代表団にユダヤ人が混じっているっていうこと？」

「彼女はユダヤ人ではないんだ。ドイツの貴族で、ミセス・ゲーリングの幼馴染み。だからいまパリにいる。彼女には厳重な警備がついている」

「逃げるといけないから？」

ダーシーは首を振った。「彼女の夫、ウィルヘルム・ゴールドバーグ教授は著名な科学者だ。だがユダヤ人だという理由で、いまは自分の研究室を使うことを禁じられている。彼は、ぼくたちが必要としているものを発明した。大気中の少量のガスを感知できるシステムだ。このあいだの戦争では多くの人間が有毒ガスで命を落としたから、この警告システムは今後絶対必要になってくる。彼はこのシステムを英国と共有したがっているんだが、彼にも厳重な警備がついている。近いうちに、奴らの新しい捕虜収容所——国家の敵とみなした人間をだれかれかまわず閉じこめておくところだ——のいずれかに連れていかれることは、まず間違いないだろう」

わたしは身震いした。いまこうしてタクシーのなかに夫といて、生と死に関わる話をしていることが、現実とは思えない。

「想像がつくだろうが」ダーシーは言葉を継いだ。「ミセス・ゴールドバーグは、ユダヤ人の夫と別れてナチスの友人として人生をやり直すように、かなりの圧力をかけられている」

「なんてひどい。彼女はそんなことしないわよね？」

「そうするつもりだという態度を取っている。そうやって時間を稼いで、夫を国外に逃がす方法を見つけようとしているんだ。だがいまのところ、なんとか安全な場所に運びだせたのは教授のノートと製法だけだ。彼女が持ってきたんだ。だがさっきも言ったとおり、彼女の警備は厳重だ」

「あなたの任務は彼女からそれを受け取って、英国に持って帰ることなのね？」

「そうだ。だが、もっといいアイディアを思いついた。きみに受け取ってもらいたい」

「わたし？」上ずった声になった。裏通りをこそこそと進み、雨どいをよじのぼっている秘密諜報部員となった自分の姿が脳裏をよぎった。あまりにばかげていて、笑いたくなった。

「きみはそのためのうってつけの立場にいる。シャネルのファッションショーだ。ベリンダと一緒に出席するんだろう？」

「そうよ」

「フラウ・ゴールドバーグとドイツ人の友人たちもだ。フラウ・ゴールドバーグの席がほかの人たちとあまり近くならないように、ぼくたちで手はずを整える。ミセス・ゲーリングは当然、一番前の列に座ってもらう。将軍の妻と補佐官の妻がその両側だ。だがフラウ・ゴールドバーグはうしろの列にする。スポットライトが当たらないところだ。照明がランウェイに当たっているあいだは、かなり暗いと聞いている。そこできみが彼女に近づき、こう言うんだ。〝失礼ですが、マダム、そのプログラムは間違っているようです。それは明日の分です。これが正しいものになります〟

そしてきみは彼女とプログラムを交換する。もちろんきみが受け取ったもののなかに、教授のノートが挟まっているというわけだ。彼女はきみとドイツ式の握手を交わして、〝ありがとう〟と言う。そのときまみに、マイクロフィルムの入った容器を渡す。ここが一番重要なところだ。そのフィルムには教授が作業していた秘密の研究施設の写真が写っているんだよ。そうしたらきみはその場を離れ、何事もなかったかのように振る舞い、奥の部屋に姿を消す」

「それから？」わたしは訊いた。

「できるだけ早く、外に出るんだ。ノートとフィルムを渡す人間を待たせておく」

わたしは首を振った。「それは無理よ。サロンにはモデルたちがそこから登場したり、退場したりするすごく豪華な階段が作られるの。ショーが終わるまで、外には出られない」

ダーシーは顔をしかめた。「そうか。きみが外に出られるまで、品物を隠しておく方法を考えなきゃいけないな。きみが監視されている可能性もある。奴らはどこにでもスパイを送りこんでいるからね。ポケットがついているものを着られる？」

わたしはまた首を振った。「ココがそのためにデザインしてくれた服を着ることになっているの」

ダーシーはぞっとしたような顔になった。「モデルをするわけじゃないだろうね？」

「だといいんだけれど。やらないとは言ったのよ」

「必要なら、気が遠くなりそうだと言えばいい。窓の近くに座りたいと。きみは妊娠している。いい言い訳になる」

「ショーのあいだ、店の窓は閉めてカーテンを引くことになっているの。だから、もし気が遠くなりそうだと言ったら、現場から離れた上の階に連れていかれるでしょうね。フィルムとノートはどうすればいい？　外に出られるようになるまで？」

「だれかに店内の様子を確かめさせて、一番いい方法を考えるよ。きみに注目が集まるのは、一番避けたいことなんだ。ショーの舞台の配置の図を描ける？」

「描けると思う」自分の声がまた震えたのがわかった。

「隠すのにうってつけの鉢植えのヤシやフラワーアレンジメントがあるかもしれない。もしくは、スカーフやショーに必要な品物が入ったシンプルな手提げ袋とか」

「そうね、あるでしょうね」

ダーシーはわたしの手に手を重ねた。「心配いらないよ。きみに危険が及ぶことはない。できるだけ早く品物の受け渡しをするために、きみを必要としているだけなんだ。品物がなくなれば、ナチスがきみに注目する理由もなくなる」

どういうわけか、彼のその台詞にも安心はできなかった。わたしがなにも答えずにいると、ダーシーはさらに言った。「きみに頼んでいるのは、これが一番簡単な解決方法だと思うからだ。きみに断られたら、夜中にだれかを彼女の部屋まで行かせるか、あるいはレストランで会えるように手配しなくてはいけない。だれにとっても、どちらもリスクが大きい。彼女は四六時中見張られているようだからね」

ふと気づいたことがあった。「どれが彼女か、どうすればわかるの？」

ダーシーはポケットから小さなスナップ写真を取り出した。ダーンドルを着て髪を頭に巻きつけたドイツの農婦風の装いで、腕を組んで歩く三人の女性の写真だ。

「真ん中がフラウ・ゲーリングだ」ダーシーが言った。「左側がゲルダ・ゴールドバーグ。

数年前の写真だよ。列車から降りてくるときにちらりと見たが、いまはそのころよりふっくらしている。髪を切ってパーマを当てているが色は金色のままだ。緑色のケープに片側に羽根飾りがついたチロル風の帽子をかぶってくると思う。これで彼女の見分けがつくんじゃないかい?」

まだ声が出なかったので、わたしは黙ってうなずいた。夫が秘密の任務に関わっていることは察しがついていたけれど、自分が巻き込まれる日が来るなんて想像したこともなかった。けれど、手伝いたかった。わたしが手を貸すことで、未来の戦争で人が有毒ガスで死なずにすむのなら――そしてヒトラーは、自分の領土を拡大する計画を立てている――わたしがするのは善行だ。

「やってくれるかい?」ダーシーが訊いた。「きみに圧力をかけるつもりはないよ。いやだと言うのなら、この話は二度としない。その場合は、必要に応じて近くにいるだれかに協力してもらう。それがだれかは言えないが、きみは安全だ」

いまはただ、彼の言葉を信じたいだけだった。

14

四月二五日　土曜日

明日はファッションショーだ。今日は最終リハーサル。いつ、どこで、どうやって貴重なマイクロフィルムを受け取り、安全に隠せばいいのか、ダーシーは本番どおりの予行演習をわたしにさせたがっている。まるで、自分が突然映画の一部になったみたいに、なにもかもがすごくばかばかしくて、非現実的な感じがする。このばかげた任務が早く終わることを祈るばかりだ。パリになんて来なければよかった……いいえ、それは嘘。この町は大好きだ。

わたしは吐き気を覚えながら目を覚ましたが、それはお腹の赤ちゃんとは無関係だった。今日はシャネルの店でリハーサルが行われる日で、わたしはそこで秘密のマイクロフィルムとノートを隠せる場所を見つけなければいけない。そのうえ、夜にはガートルードという人の家に一緒に行こうとハリーに執拗に誘われたので、事態はいっそう複雑になった。わたしが彼女のことを知らなかったので、ハリーはショックを受けたようだった。彼女は芸術とそのコレクターたちの重要なパトロンで、彼女の家には今世紀でもっとも有名な画家たちの絵が飾られているらしい。そのうえ、ヘミングウェイが姿を見せる可能性がかなり高いとハリーは言った。彼に会えるチャンスを逃す手はないそうだ。わたしは逃してもよかったのだが、ベリンダが行くことに同意した。

「パリに来たときには、絶対にすべきことなのよ、ダーリン」ベリンダはわたしの手をぎゅっと握った。「芸術の世界にいる人はだれでも彼女の夜会には行くの。そこでだれに会えるか、行ってみなきゃわからない。それに、もう半分の人たちの暮らしも見ることができるわよ」

画家や作家と会うよりも、ひと晩ぐっすり眠るほうがいまのわたしにとってはずっと役に立つなんて言えるはずもない。明日は頭をフル回転させなくてはいけないのに。そんなわけで、今日は忙しい一日が待っている。一〇時にはタクシーでシャネルの店に向かった。ガートルードのところに行く前にわたしが疲れてしまってはいけないからと、ベリンダが言ったのだ。同じくらい気を利かせて、今夜の誘いそのものを断ってくれればよかったのにと思わずにはいられなかった。わたしたちはぜひ来てほしいと言われているわけでも、歓迎されているわけでもない。ただの好奇心旺盛な部外者で、芸術の世界の一員でもなければ、コレクターになれるほど金持ちでもないのだ。けれどわたしはベリンダのところに滞在させてもらっているわけだから、断ることはできなかった。

到着したシャネルの店は活気にあふれていた　緊張した顔つきのアシスタントたちが上へ下へと走りまわり、お針子たちは口にくわえたピンで最後の調整をしている。わたしも新しい服を着るように言われたので、うろたえた。内心の恐怖が顔に出ないように、必死で抑えこんだ。生地は確かに豪華だったけれど、ウエストのところで大きくふくらみ、膝のあたりでまた細くなっているという大きな花瓶のようなデザインだった。ごく小さな歩幅でしか歩くことができず、階段ののぼりおりはほぼ不可能だ。

「ベリンダ、これは着られないわ」わたしは小声で言った。「歩けない」

「大丈夫よ、ダーリン。すごく素敵だし。彼女がどうしてこれを作ったのか、知っている？スキャパレリが妊娠中のハリウッド・スターのために同じようなものをデザインしたって聞いて、彼女を出し抜きたかったのよ」

「それなら、だれかほかの人に着てもらってよ」わたしは抵抗した。「これを着て歩ける人に」

ココその人が現れたので、わたしの抗議もここまでだった。「すばらしい（マニフィーク）」わたしを見た彼女が言った。「デザインは完璧ね。赤ちゃんがそのなかに隠れているなんて、だれも気づかない」ココは非難がましいまなざしをわたしに向けた。「うれしくないの？」

「これを着て歩けるなら、うれしく思えるんですけれど。転ぶのが怖くて」

「心配しなくていいのよ、マ・プティ。あなたを階段から登場させたりしないから。ショーが終わるまで、奥の小さな部屋にいてちょうだい。わたしが最後のスピーチをするときに出てきてもらって、最新のデザインを世界に披露するの。観客へのもうひとつのお楽しみとして。どう？　それならできるでしょう？」

「できると思います。階段やランウェイがないのなら」

ココは笑った。「あなたには度胸が必要ね。あなたは重要なレディなのよ。みんな、あなたに会えることを喜ぶの。いいことをしてあげているんだっていうような態度を取らないと。それに、心をつかんでほしい人たちが観客のなかにいるのよ。たとえば、シンプソン夫人。あなたたちが知り合いだっていうことはわかっている。彼女もショーに来ることになっているけれど、すでに夏用のものを作るようにスキャパレリに頼んだらしいの。それってまずいわけ。あなたの存在が、彼女に影響を与えるかもしれない。それに王家の人も何人か来るわ。ブルガリアのマリア王女とか。知っている？」

「マティ？　ええ、よく知っています」わたしは答えた。

「そう。それにあなたのお母さん。彼女は申し分のないセンスの持ち主ね。わたしの服を買ってくれるでしょうし、ナチスの妻たちを連れてくることになっているの。あの人たち、センスのかけらもないのよ。あなたはドイツ語を話せる？」

「残念ながら、できません」

「まあ、いいわ。あなたとお母さんは彼女たちをいい気分にさせて、たくさん買わせてちょうだい。頼りにしているわよ」

「できるだけのことはします」

「よかった。あなたがいてくれることが、わたしの強みね」ココはわたしの腕を軽く叩くと、彼女と会った人間はだれでもそうなるように息も絶え絶えのわたしを残し、またあっと言う間に去っていった。

最終リハーサルは、いかにもそれらしく進んだ。本番では絶対に繰り返してはならない小さな失敗がたくさんあった。そのなかでも一番の見物は、新しいドレスを着たわたしが階段から落ちそうになって目の前にいたモデルにしがみつき、彼女はその前にいるモデルにしがみつき、さらにその前のモデルにといった具合に、ドミノ倒しみたいになったことだった。だれも骨折しなかったのが不幸中の幸いで、頭飾りがいくつかはずれたのと、肩のところが破れたドレスが一着あっただけで、補修するのは簡単だった。

「ほらね」ベリンダの手を借りて最後の階段をおりながら、わたしは言った。

「わたしは歩く惨事なのよ。一五センチの階段しかおりられないのに、この階段は二二センチあるんだからなおさらだわ」

「ショーが始まるころにはあなたは奥の部屋にいて安全なんだから、心配ないわよ」ベリンダが言った。

「でもそこで歓談しなければならなかったら？　どうすればいいの？」

「人でいっぱいのはずよ。だれも動きまわったりできないわ」

人でいっぱいの店内と、どこかにマイクロフィルムが隠された奥の部屋と、階段をおりて安全な外に出ていくこともできずにいる自分の姿が脳裏に浮かんだ。リハーサルのときに階段で転びそうになったこととは比べものにならないくらいの大惨事だ。

リハーサルが終わったのは五時だった。わたしたちは疲労困憊で家に帰り着き、肘掛け椅子にぐったりと座りこんでお茶を飲んだ。

「ねえ、やっぱり今夜は行かなきゃいけない？」わたしは尋ねた。

「もちろんよ。わたしたちが行くこと、ハリーはもうガートルードに話しているんだもの」ベリンダは身を乗り出して、わたしの膝を叩いた。「わたしたちにとってはいいことなんだから。たっぷりの教養と知性。それに実を言うと、ヘミングウェイには会ってみたいのよ」

「彼の本を読んだことがあるの？」

「もちろん。読んでいない人なんている？」

ベリンダが読書好きだと考えたことはなかった。社交家だと思っていた。これで、自分がここにはふさわしくないと感じる理由がまたひとつ増えた。わたしが読むのはアガサ・クリスティーのような作家だけだ。でも、アインスレーには立派な図書室がある。子供が生まれるまでに、教養のある女性になれるかもしれない！

出かける前に軽く食べた。食事が出されるのはかなり遅くなってからだろうとベリンダに言われたからだ。いつもよりほんの少しだけむさ苦しさがましなハリーがやってきた。紺色のフィッシャーマンズセーターと水色のズボン。彼によく似合っている。その言葉が額に刺青してあったとしても、これほど売れない作家らしくは見えないだろう。けれど今回ばかりは、長いカーディガンとウールのタイトスカートという格好でも、くだけすぎると感じずにすんだ。

「タクシーを拾う？」ベリンダが訊いた。

「それほど遠くない。気持ちのいい夜だし、歩こう。リュクサンブール公園のすぐ隣なんだ。フルーリュス通りだよ」

わたしたちは歩いた。確かに気持ちのいい夜で、カルチエ・ラタンは活気にあふれていた。カフェの外で大声で話す学生たち、開いた窓から流れてくる音楽、だれに見られていようと気にすることなくすぐそこの歩道でしっかりと抱き合っているカップル。これこそパリだとわたしは思った。生き生きした活気に満ちた町。わたしはこれまでの人生のほとんどを、あらゆるものから締め出されてきたのだと改めて気づいた。明日しなければならないことをいやでも思い出させる頭のなかの小さな声がなければ、この町のすべてを楽しめただろうに。そのことは忘れて、いまを楽しもうと決めた。

リュクサンブール公園に沿って半分ほど進むと、フルーリュス通りに出た。ハリーは、パリの建物の特徴らしい小さな中庭のひとつへと入っていく。その奥にあるドアは開いていた。中庭の砂利の上でふたりの男性が激しい議論を交わしているのが見えた。手を振り回し、まるでいまにも喧嘩が始まりそうだ。近づいていくと、ひとりがフランス語でこう言っているのが聞こえた。「ピカソの最新作がこれまでで一番の傑作だと思えないなら、おまえの目は節穴だってことだ」

ハリーはふたりの脇を通り過ぎ、わたしたちを連れて階段をあがった。その先は広々とした部屋で、壁に並んだ絵画のほとんどは印象派のものだった。大きな絵、小さな絵、伝統的なもの、そして現代風のもの、びっしりと天井近くにまで飾られている。壁沿いに置かれたいくつものソファに座り、熱心に言葉を交わしている人たちがいることにわたしが気づいたのは、しばらくたってからのことだった。部屋の中央にひとかたまりのグループがあって、その真ん中から大きくて低い声が聞こえてきた。「自分が本当に生きていることがわかるのは、死に直面したときだけだ！」

ハリーがわたしたちをつついた。「ヘミングウェイだ。来ていたんだ！」

わたしたちがそのグループに行き着くより早く、わたしのものによく似たカーディガンとロングスカートを着たごく短いショートヘアの太めの中年女性が近づいてきた。

「ハリー、来てくれてうれしいわ。こちらは新しいお友だち？」

「やあ、ガートルード」ハリーが応じた。「そうなんだ、彼女はベリンダ、こちらはジョージー。彼女はここの主催者のガートルード・スタインだ」

「よく来たわね」ガートルードは言った。「自由に飲んでね。あなたたちも芸術家なのよね。絵を描くの？　それとも書くほう？」

「残念ながらどちらでもありません」ベリンダが答えた。「わたしは服のデザインをしています」

「まあ。それならあなたもクリエーターね。わたしは服にはあまり興味がないの。着こなせるような体じゃないからでしょうね。アリスはいつもわたしに落胆しているの」

彼女はアリスがだれなのかを説明することなく、新たな客に声をかけにいった。わたしたちはカクテルとワインが供されているテーブルに向かった。ハリーはヘミングウェイを中心としたグループに一直線に近づいていく。濃い色の髪がちらりと見えただけだったが、ヘミングウェイは取り巻く人々よりも背が高いことがわかった。わたしたちも行こうと、ベリンダが合図を送ってきた。わたしは渋々あとを追った。ハリーが強引にグループに入りこみ、すでにそのなかにいたアーニーがひたすらヘミングウェイを見つめているのが見えた。

「あなたの写真を撮らせてもらってもいいですか、ミスター・ヘミングウェイ？」アーニーが訊いた。

「もちろんだとも。だめな理由などあるまい？　スペインに行けば、わたしは戦いの真っただなかに足を踏み入れることになって、戻ってこられないかもしれない。いつだってリスクはあるが、わたしはほかのやり方はしない。だから、イエスだ。きみが撮るのは、ヘミングウェイの最後の写真になるかもしれない」

彼は顎を突き出し、男らしいポーズを取った。まるで映画のなかでヘミングウェイが彼自身を演じているみたいに、どれも芝居がかっていた。

「ハリー、早く。フラッシュを持ってくれ」アーニーが呼びかけた。ハリーは大きなフラッシュの機材を手に取り、言われたとおりにした。フラッシュが光り、わたしたち全員が目をしばたたいた。

「ほら」ヘミングウェイが大声で言った。「みんなも入って。せっかくなんだ、記念に撮ろうじゃないか」

人々がまわりに集まってきたところで、彼はわたしたちに気づいた。

「こちらのおいしそうな方々はどなたかな？」彼の視線はベリンダの体をなぞっている。

「いつものきみのタイプじゃないね、ガーティー。モデル？」

「わたしたちは英国貴族です」ベリンダが答えた。「パリを楽しむために来ました」

「素晴らしい。パリは、本当に生きていることを感じられる町のひとつだからね」

ほんの一分前、本当に生きていることがわかるのは死に直面したときだけだと言っていたはずだが、わたしはなにも言わなかった。

「あなたの作品の大ファンなんです」ベリンダが言った。

「本当に？　こんなに美しい人が本を読むの？　驚いたね。きみのお気に入りは？」

「『武器よさらば』です。最後のところでは大泣きしました」

「わたしもだ」彼は言った。「だが、結末はああでなくてはいけなかった。戦争のあとでハッピーエンドはない。明日の朝にはまた出発することになっているのが残念だ。スペインに行くんだよ。勃発した内戦の取材に行く。いやな仕事だよ。そうでなければぜひきみを、わたしのお気に入りの場所に案内するんだが」ベリンダに向けたまなざしは、彼女ともっとよく知り合いたいと語っている。彼女は男性をそんな気持ちにさせるのだ。「だがきみたちには、パリのすべての楽しみを味わってもらわないとね。ハリーズ・バーにはもう行ったかな？」

「いえ、まだです」彼がこちらを見ていたので、わたしは答えた。

「行かないほうがいいかもしれないな。アメリカ人でいっぱいなんだ。パリジャンが集まる本物の場所に行くべきだ。アメリカ人っていうのは死ぬほど退屈だからね。だからわたしは逃げてきたんだ」

「そのとおり」アーニーが言った。「だからおれたちはみんな逃げてきたんです」

「理由のひとつではある」ハリーが言い添えた。

ヘミングウェイは同情のこもった目で彼を見た。「戦争だ。わかるよ。わたしたちはみんな傷を負った。だれひとりとして、以前のままではいられない。だからわたしは書くんだ」彼の顔にいたずらっぽい笑みが浮かんだ。「それと、書くことで莫大なお金が入ってくるという事実があるしね」

「ほら、みんな」アーニーが口をはさんだ。「ハリーとおれは写真を撮ろうとして待っているんだぞ。ミスター・ヘミングウェイを真ん中にして集まってくれ」

わたしたちは言われたとおりにした。ベリンダはいつのまにかヘミングウェイの隣にいて、肩を抱かれている。再びフラッシュが光った。

「飲み物もなしでここにいちゃだめよ」ガートルードが言った。「キッチンには食べ物もあるから、勝手に食べてね」言葉を切り、ドア口を見つめる。「あれはだれ？　知らない人ね」

彼女の視線をたどった。わたしたちとはまったく異なる装いの女性がドア口に立っている。青いベルベットのイブニング・ケープの下はサクランボ色のシルクとたくさんのネックレス、頭には羽根飾りのついた洒落た帽子という、芸術家たちの夜会よりはガーデンパーティにふさわしい装いだった。

「こんばんは」彼女は言った。「ここでいいのかしら？　ガートルード・ステイン？　いまプラザ・アテネに泊まっているんだけれど、あなたのところにはパリで一番の印象派のコレクションがあるって聞いたのよ。わたしは印象派が大好きなの。もう夢中なのよ。とても……静かで、穏やかで。ぜひとも何枚か欲しいの」

「あなたは？」ガートルードは彼女に近づいた。

「ミセス・ロッテンバーガーよ。フィラデルフィアのロッテンバーガー家のエルシー・ロッテンバーガー」

四月二五日　土曜日
ガートルード・スタインの夜会

　妙な出会いばかりの夜だ。英国で退屈で平和な日々を過ごしたあとで、ひと晩のうちにヘミングウェイと不作法な大金持ちと女性の芸術品収集家に会うのは、刺激が少しばかり強すぎる。けれどとりあえず、明日しなくてはならないことから気持ちを逸らすことはできた。

　ベリンダが小さく息を呑んだ。「ロッテンバーガー」小声で言う。「ファッションショーの前にコレクションの服を買おうとして、何度もシャネルのところに押しかけてきたとんでもない女性よ」
「初めまして」ガートルードが礼儀正しく挨拶をした。「歓迎するわ。印象派の画家は、だれもがわたしの友人。わたしはみんなを知っているの。よくここに来たものよ。ルノアール、マネ。それから表現派に立体派。もちろんピカソも。　彼は常連だった」　彼女は手を差し出した。


ロッテンバーガーは指輪だらけの丸々した手でその手を握り返した。

「いま興奮しているの。すごくわくわくしている。今回のパリ旅行のハイライトのひとつと言っていいわね。ヨーロッパに行けって夫からずっと言われていたの。行って楽しんでおいで、エルシーって。もちろん彼が来るのは無理。忙しすぎるのよ。鉄鋼業で財産を築いたの」彼女はガートルードの手を上下に振り続けていたことにようやく気づいて、その手を放した。「ほら、ケープと手袋を持って」背後の暗がりにほとんどその姿が隠れてしまっている少女を振り返った。怯えた目をした小柄で野暮ったい少女は、不安そうに部屋を見まわしている。「ケープってとても便利よね？　たくさんの罪を隠せるもの」彼女は冗談を言って、自分で笑った。

「そちらはどなた？」ガートルードは優しく尋ねた。「娘さんかしら？」

「まさか。わたしに子供はひとりだけ。愛する息子リッチーよ。この子は姪で付添人のマッジ。どこに行くにも連れていくのよ。タクシーをつかまえたり、荷物を運んだりするときに重宝なの。ほら、受け取りなさい、マッジ。汚れないところに置いておくのよ」

マッジがケープと手袋を受け取ると、ガートルードが置き場所を教えた。

「ここでは英語が話せるってわかって、どれほどほっとしたことか」ミセス・ロッテンバーガーが言葉を継いだ。「わたしのフランス語はボンジュールと〝トイレはどこですか？〟だけなんだもの」彼女はまた声をあげて笑った。「ここの来訪者のほとんどはアメリカ人なんでしょう?」

「半々くらいかしら」ガートルードが答えた。「いつもいろいろな国籍の人たちがいい具合に混じっているのよ」

「ひげを生やしたあの若者たちは、まさかアメリカ人じゃないでしょうね。フランス人に決まっている。アメリカ人の若者は、身だしなみがよくてさわやかだもの」

「あら、この町に来たアメリカ人の若者はさわやかじゃなくなるってこと、いずれあなたもわかるでしょうね」ガートルードはハリーとアーニーにウインクしながら言った。

「でもここは芸術の世界でしょう? カルチェ・ラタン。『ラ・ボエーム』を観たわ。芸術家たちがどれほど苦しんでいるかは知っている。それが偉大な芸術を生むのよね? 苦しみが?」

「ハリー、お願いだから彼女に飲み物を取ってあげて」ガートルードは部屋を見まわした。

ハリーは奥の壁の前に立ち、おののいたような顔で新たな訪問者を見つめていた。

「ちょっと待ってください。ぼくはこっちを片付けないと」彼は〝こっち〟がなんなのかを説明しようとはしなかったが、キッチンに逃げ込むことらしかった。

「あら、それじゃあわたしが」ガートルードは言った。「どうぞ、こっちよ」

「あれはアメリカ人ね? 不作法に出ていったのは?」

「そうよ。ハリー・バーンステーブル。なにか食べに行ったんでしょうね。あの人たちは芸術や文化が目当てでここに来るわけじゃないの。ただで食事ができるから来るのよ。飢えた芸術家たち。みんなそう。でもかまわない。一緒にいて楽しいから」

「バーンステーブル？　見たことがある気がする」ミセス・ロッテンバーガーはそうつぶやいたあと、うれしそうな声をあげた。「待って、知っている顔がある！」

「ああ、ミスター・ヘミングウェイのことね。わたしたち、昔からの親しい友人なのよ。最初に書くように勧めたのがわたし」

「それは驚きだわ。ぜひとも彼と会わなくちゃ。家に帰ったらジュニア・リーグの人たちに、有名人と話をしたって自慢するんだから。ねえ、ミスター・ヘミングウェイ」彼女はヘミングウェイを取り巻く人たちを押しのけた。「お会いできてうれしいわ。フィラデルフィアから来たエルシー・ロッテンバーガーよ。共通の知人がいるんじゃないかしら。もちろん、ジョー・ケネディはご存じよね？　彼の奥さんは素敵な人よ。ファッションセンスがとてもいいの」

　ヘミングウェイの顔に面白がっているような、あきれているような表情が浮かんだのがわかった。

「わたしたちは同じ領域にはいないと思いますがね、ミセス・ロットワイラー」彼の言葉に、何人かが咳で笑いをごまかした。

「ロッテンバーガー」彼女が訂正した。「それにわたしは、国では芸術をうんと後援しているの。息子は戦争に行っていなかったら、芸術の分野で素晴らしい成果を出していたでしょうね。作家としても画家としてもとても有望だった。あなたと同じくらいの年じゃないかしら。かわいそうな子。フランスからひどい痛手を負って帰ってきたのよ。マスタードガスのせいで肺を傷めたんだけれど、一番傷を負ったのは心だった。一番の友だちが隣でバラバラに吹き飛ばされるのを見てしまったの。完全にバラバラに。持って帰る遺体はなかった」彼女は言葉を切り、はるか昔のどこか遠いところから来たなにかを見るようなまなざしで、そこにいる人たちの向こうを見つめた。

「それはお気の毒に」ヘミングウェイは気まずそうに咳払いをした。「戦争は多くの人にとって地獄だった。わたしも、あそこで目にしたものをいまでも夢に見ることがありますよ。さてと、申し訳ないが、今夜はほかにも行かなくてはならないところがありましてね。ここには、昔ながらの友人に会うために寄っただけなので」

ヘミングウェイは取り巻きたちから離れると、ガートルードに歩み寄って頰にキスをした。「悪いね」彼が低い声で言うのが聞こえた。「だが、彼女みたいな人をわたしがどう思っているか知っているだろう？　これ以上ここにいたら、素手で彼女の首を絞めてしまいそうだ。なんだって彼女を招待した？」

「していないわよ。勝手に来たの。いきなり」ガートルードが応じた。「追い出すわけにはいかないでしょうが」

「わたしなら追い出すね。とにかく、もう行くよ」

彼は向きを変え、集まった人々に手を振った。「パリがまだ繁栄しているのがわかってよかった。もう行かないと。人生を楽しみたまえ、若者たち」そう言い残し、階段をおりていった。

「残念ね」ミセス・ロッテンバーガーが言った。「せっかく、もっとよく知り合えるところだったのに。でも彼みたいに有名な人はすごく忙しいんでしょうね。それじゃあ、本題に入りましょうか。どの名画を買うのかを決めるから、見せてちょうだい」

部屋じゅうで息を呑む音がした。

「申し訳ないけれど、ここにあるものは売り物じゃないの」ガートルードが丁寧に断った。「わたしの個人的なコレクションだから」

「ばかばかしい」ミセス・ロッテンバーガーは笑った。「全部はいらないじゃない。わたしの室内装飾家（デコレーター）は、ひとつの壁に絵は一枚にするのが一番いいっていつも言っている。こんなふうにずらりと並べたら、互いを殺してしまうのよ。だから、どれなら手放してもいいと思える？　お金ならたっぷり払うわ」

「いまも言ったとおり、これは売り物じゃない。人の家につかつかと入っていって、その人の持ち物である絵を買ったりはしないでしょう？　少なくとも、わたしの世界ではそんなことをする人はいない」

ミセス・ロッテンバーガーの顔は真っ赤になったが、それが怒りからなのか、恥ずかしさなのか、わたしには判断がつかなかった。「あらそう、それは残念ね。少なくとも、モネの絵を一枚は持って帰ろうと決めていたのに」

「こっちで飲み物でもどうかしら」ガートルードが言った。「とりあえず、わたしのもてなしは無料だから」

彼女はミセス・ロッテンバーガーをバーへと案内した。

「ヘミングウェイとはどういう知り合いなの？」ミセス・ロッテンバーガーが訊いた。

「彼が初めてここに来た、少年と言ってもいいくらいのときからの知り合い。わたしが彼に書くことを教えたの。彼は認めないだろうけれど、でもそうなの。初めて書いたものを見せたかったわ。悲惨だった。でもそれ以来、わたしたちはずっと親しくしている。パリに来たときは、必ず顔を見せてくれる。みんなそうよ。フィッツジェラルド、ピカソ、マティス。あの人たち、ここを異郷にある自分の家だと思っているのよ。そうよね、アリス？」ガートルードが部屋の向こうにいるすらりとした黒髪の女性に目を向けると、彼女は笑顔でうなずいた。

ガートルードが話しているあいだ、ミセス・ロッテンバーガーは部屋を見まわしていた。

「あら、あなたカメラを持っているのね。記念に写真を撮りましょうよ。あなたはどこかの新聞社で働いているの？　新聞に載ったわたしの写真が見たいわ」

「おれはいまフリーランスなんです」アーニーは気まずそうに言った。

ミセス・ロッテンバーガーは眉間にしわを寄せて彼を見つめた。「あなたも見たことがある気がする。そんなひげをはやしていたんじゃ、よくわからないけれど。あなたの名前は？」

「アーノルド。アーノルド・フランセンです」

「ほらね、思ったとおり。フランセン。ピッツバーグのフランセンでしょう？　お兄さんはウエスト・ポイントにいたわよね？　何年たっても、わたしは顔は忘れないの。で、あなたはここでなにをしているの？　家業は継がないの？」

「逃げているんですよ。おれは家業を継ぐつもりはないんで」

「とにかく写真を撮ってちょうだい。住所を教えるから、一枚送って」

アーニーは渋々カメラを持ちあげた。「ハリー、フラッシュはどこだ？」

ハリーは現れなかったが、フラッシュの機材は近くのテーブルの上にあった。

「あいつはどこに行ったんだ？」アーニーはいらだたしげに言った。「ほら、ピエール。フラッシュを持っていてくれないか？」あのハンサムなウエイターもここにいたことに、そのときになってわたしは気づいた。今夜は苦悩している詩人のように見える。

写真が撮られた。あたかも写真がその一瞬を凍りつかせたかのように、奇妙な沈黙が広がった。わたしはドア口のそばでぎこちなくたたずんでいる付添人のマッジに近づいた。「なにか飲んだら？　わたしはジョージー」わたしは声をかけた。

「まあ、ありがとうございます。でも、飲むべきじゃないと思います。タクシーをつかまえるとかそういった仕事があるので、エルシーおばさんはわたしをしゃんとさせておきたいんです」

「一杯飲んだくらいで、あなたがしゃんとしなくなることはないわ」わたしは励ますように彼女に微笑みかけた。「ほら。ワインの一杯くらい、大丈夫よ」

マッジは礼を言う代わりに笑みを浮かべた。

「それにキッチンにはおいしい食べ物があるはずよ。行きましょう」わたしは彼女を連れてチーズや冷肉やパテやテリーヌがずらりと並んだキッチンに向かった。存分に食べてからサロンに戻り、空いているソファに彼女と並んで座った。

「ミセス・ロッテンバーガーと一緒に旅をするのは楽しい？」わたしは尋ねた。

答えるより先に、いらだちに一瞬彼女の顔が歪んだのがわかった。

「そうでなければ絶対に行けないような場所に行けますから。一九二九年の大暴落でわたしの家は財産をすべて失ったんです。困窮しました。それでエルシーおばさんがわたしを引き取ったんです。リッチーの話し相手にもなれるように」

「彼は具合がよくないようね？」

マッジはうなずいた。「かわいそうに、戦争で負傷したんです。肺と視力、それに戦争神経症もひどくて。悪夢を見るんです、戦争で目撃したことを。心が壊れても仕方ありません。それに彼はなにをしても落ち着かないみたいなんです。こんなことを言うべきじゃないんでしょうけれど、母親が彼を甘やかしすぎなんです。一日中ぼんやりと壁を見ているんじゃなくて、なにかすることがあったほうがよくなると思うんです」

「まあ。大変なのね」わたしはうなずいた。

「恐ろしかったことは過去のものにして前に進むように、わたしが彼を励ましたんです。うまくいきかけていたのに、エルシーおばさんに止められてしまいました」

「マッジ、そんなところに座りこんでなにをお喋りしているの！」厳しい声が飛んできた。「わたしのケープを取ってきて。もう帰るから。これ以上ここにいる意味はないわ」彼女はアーニーに視線を向けた。「それからあなた。明日、わたしのホテルにいらっしゃい。ああ、待って、明日はだめ。シャネルのファッションショーだから。月曜日はどう？　ランチをごちそうするわ。昔の話をしましょう。あなたの家族にも伝えなくちゃいけないしね。もう長いこと、会っていないんでしょう？　あなたには、ちゃんとした食事と散髪が必要みたいね」

「おれはいまのままで充分満足しています、ありがとうございます」アーニーが言った。「ですが、おれの家族にはぜひよろしく伝えてください」

「それからもうひとりの人……」彼女は部屋を見まわした。「もうひとりのアメリカ人は？」

「ハリーですか？」

「それが彼の名前？　彼にも見覚えがある気がするのよ。やっぱり散髪は必要だけれど。いったいどこに行ったのかしら？」

「ほかの男たちとカフェに行ったんじゃないですかね」

「残念ね。彼のことも家族に伝えたかったのに。わたしは名のある人はみんな知っているのよ。まあいいわ。また別の機会があるでしょう」彼女は指を振った。「そうだ、ホテルで同郷のアメリカ人のためにパーティーを開けばいいんだわ。ハンバーガーとコーラを振る舞うの。祖国の味を味わわせてあげる。最高じゃない？」彼女のケープを抱えているマッジに向き直った。「覚えておくのよ、マッジ。明日、ホテルの人と話をしておいて。あなたの住所を教えてちょうだい。連絡するから」ミセス・ロッテンバーガーはガートルードに向かって言った。「また来るわ。絵はあきらめないから。いずれあなたは根負けするの。わたしはいつだって欲しいものは手に入れてきたのよ」

「わたしが生きているかぎりは無理ね」ガートルードが言った。

「そうだわ、あなたに悪感情を抱いていないことの証しとして、アメリカ人のパーティーにあなたも招待する」

「失礼なことは言いたくないけれど、あなたのアメリカ人の友人たちでいっぱいの部屋でハンバーガーを食べてコーラを飲むのは、わたしが一番したくないことよ。ここにいる人たちも同じ気持ちだと思うわ」

「あら、そう。それじゃあ失礼するわ」ミセス・ロッテンバーガーはケープをつかむと、闘牛士のようにふわりと肩にかけ、つかつかと部屋から出ていった。

16

四月二六日　日曜日
シャネルの店　カンボン通り

重要な日だ。胃がきりきりする。胃の中で軍靴を履いた怪物が暴れまわっているかのようだ。早く終わってほしい。ダーシーのところに戻って、パリにいるただの観光客になりたい。家に帰ることができればいいのに……。

ハリーはなかなか戻ってこなかった。置いて帰ってもいいだろうかと考えたくらいだ。友人の詩の批評をする約束をしていたのだとハリーは言い訳したが、あの不愉快なミセス・ロッテンバーガーと顔を合わせていたくなかったのだろうとわたしは思った。彼女は夜会を台無しにして、みんなをいらだたせた。

「あなたがどうしてアメリカを出てきたのか、よくわかったわ」歩いて帰りながらベリンダが言った。「彼女みたいな人って、とんでもないわね」

「彼女は成金なんだ」ハリーが言った。「金で社会に取り入ろうとしている」

「お金でシャネルに取り入ろうとしたわ」ベリンダがくすくす笑った。「でもマダムを負かすことはできなかった。できる人がいるとは思えない。それで、明日は手伝いには来てもらえないの？」

「おれはシャネルが好むような見た目じゃないからね。それにひげを剃るつもりはないよ。ここまで伸ばすのにずいぶんかかったんだ」

「来ないほうがいいかもしれない。ミセス・ロッテンバーガーが来るのよ。ヨーロッパの王家の半分よりも、もっとお金を使うつもりでいるんでしょうね」

「そいつは見てみたいな」ハリーはくすりと笑った。「彼女はニューヨークの社交界にも、なんとかして潜りこもうとしたんだと思うね」一度言葉を切ってから言い添えた。「うまくいかなかっただろうが」

「彼女が騒ぎを起こさないことを祈るわ」ベリンダが言った。

心配の種がまたひとつ増えた。

翌朝ベリンダは、朝食に卵をゆでた。「今日は一日中、食事をする時間はないと思う。エネルギーが必要になるわよ」

正午になったので着替えをし、タクシーでセーヌ川を渡った。お金のある人と一緒にいると、驚くほど簡単にタクシーに乗る癖がついてしまう。家でのわたしはいつだって出費を切りつめて、歩くようにしているのに。ダーシーからなにかメッセージが、できれば計画はすべて中止だという内容のものが来ることを願っていた。けれど彼からはなんの連絡もない。計画どおりに進めるということなのだろう。わたしは、細々したものを入れた大きな手提げ袋を持参した。マイクロフィルムを素早く隠すのにぴったりだ。

わたしたちが到着したときには、すでに店内の準備は整っていた。階段の両側に巨大な花瓶が飾られ、むせるほどの香水のにおいが漂っている。入ってすぐのところにあるテーブルに席次表が置かれていて、やってきた女性たちはそこで手続きをしたあと、ハンサムな若者にエスコートされて階段をあがることになっていた。イブニングスーツに身を包んだ素晴らしく格好いい若者たちが、そのために数人待機している。アメリカ人の友人たちはそのなかにいなかった。決められた席まで女性たちを案内するのは、いい席を巡って争いが起きたりしないようにするためだ。わたしは席次表を眺め、反対側の一番うしろの列を確かめると、真ん中あたりにフラウ・ゴールドバーグの名前があった。わたしは奥にある控室で待機し、プログラムを交換するために急いで出ていくときにつまずいたりしませんようにと祈りながら、暗がりからショーを眺めることになるのだろう。わお！　早く終わることを願うばかりだ。

灰色のサテンで飾られた中央のランウェイに向き合うようにして金メッキと錦織りの椅子が二列に並べられている、豪華な店内を通りぬけた。高い窓にはブラインドがおろされ、シャンデリアの明かりが灯されているので、午後というよりはまるで真夜中のような雰囲気だ。

美しい若者たちが椅子にプログラムを並べている。奥の控室のすぐ脇にある椅子に予備のプログラムの束が置かれていたので、なくなる前に一部取っておいた。あとでこれが必要になる。

控室に入っていくと、入り口を半分ふさぐような位置にテーブルが移されていて、どっしりしたベルベットの覆いがかけられていた。その上には、シャンパンの入ったアイスバケットとグラスを並べたトレイが置かれている。部屋の隅のカーテンは開いていて、上の作業場に通じる小さな錬鉄の階段が見えていた。

「あのドレスでこの階段は絶対におりないから」作業場まで階段をあがったところで、わたしは主張した。

「たくしあげればいいことよ、ダーリン」いらだった口調でベリンダが告げた。「あの部屋の暗さだもの、だれにも見えないわ」

作業場は大混乱で、お針子が最後の調節をしているあいだ、半分だけ服を着ているようなモデルは辛抱強く立っていた。ベリンダはわたしを部屋の隅へと連れていくと、問題のあのドレスを着せた。脚まわりが前に見たときよりさらに細くなっていて、わたしは恐怖に胸をつかまれる気がした。次にベリンダはわたしの髪を整え、化粧をした。鏡のなかのわたしは、奇妙な人形のように見えた。スコットランドの荒野で育ったわたしはあまり化粧には興味がないけれど、確かに魅力的にはなっている。膝の上までスカートをたくしあげ、真ん中のポールにしがみつきながら、奥の階段を一段ずつそろそろとおりていると口笛が聞こえた。

「きれいな脚だ」そう言った男の声は、アーニーのものだった。隣にはハリーがいて、ふたりして露わになったわたしの脚を眺めていた。

わたしは真っ赤になった。「ここでなにをしているの？　あなたたちは審査に通らなかったんだと思っていたのに」

「エスコートとしての審査には通らなかった」アーニーが答えた。「かっこよさが足りなかったってことだが、力仕事にもっと男手が必要だったみたいでね。椅子を並べたよ。ショーが終わったら、客たちがうろつきながら話ができるように、即座に片付けることになっている」

「あなたはそういうことはしないんだと思っていた」ベリンダがハリーに言った。

ハリーは肩をすくめた。「報酬がいいからね。おれも食べていかなきゃいけない。それに無視されるのは、気にならない」

わたしはふたりともスーツを着ていることに気づいた。アーニーはカメラも持っている。

「シャネルは写真を撮らせてくれるの？」

「まず撮って、あとで許可をもらうよ」アーニーが言った。「下にはカメラマンがいて、到着する客たちを写していると思う。おれはここにあがってきたところを撮るつもりだ」彼はまだがらんとしている店内を見渡した。「問題はここは明かりが充分じゃないってことだ。ランウェイにはスポットライトが当たるだろうが、それ以外のところはとんでもなく暗い。それに、フラッシュを使うのもどうかと思うしね。一か八かでやってみるしかない」

「ショーのあとのレセプションまで待てばいいんじゃない？」わたしは言った。「みんなが歩きまわるし、また明かりもつくわよ」

「だがそのときにはハリーとおれは椅子を片付けている」アーニーはらせん階段をちらりと見た。この部屋からも一階におりていける階段があることに、わたしは初めて気づいた。「下へ行って、試しにカメラマンと一緒にセレブたちの到着を待ってみるかな」

「どうしてそうしないの？」わたしは言った。

「きみの言うとおりだ。そうするよ。きみの流儀は気に入ったよ、ジョージー」彼はハリーに訊いた。「来るか？」

「やめておく。おれはセレブと話をするのは苦手だ。ここでジョージーの相手をしているよ」

実のところ、わたしの相手をしてもらう必要はなかったが、アーニーと一緒に行けと彼に言えるはずもない。わたしは部屋を見まわした。グラスののったテーブルの奥は、壁沿いに予備の椅子が重ねられている。手すりには様々な服が吊られている。それがショーに使うものなのか、必要ないものなのか、わたしにはわからなかった。部屋の隅の目につかないところの床に手提げ袋を置いた。ハリーがショーのあいだずっとここでうろうろしていたら、事態は難しいことになるかもしれない。

階段をあがってくる話し声が聞こえた。ココがひとりのアシスタントと共に姿を見せた。ドアロに立つわたしに気づいて言った。「見えないところにいてちょうだい、マ・プティ。

お客さまの到着よ。カーテンを閉じて、ミネット」

アシスタントは部屋を横切って控室の入り口までやってくると、わたしたちの姿が見えないようにドア口のカーテンを閉じた。困ったことになった。到着する客たちの様子はここから見ることができると思っていたのだ。わたしは片側に体を寄せ、隙間からのぞけるくらい、少しだけカーテンをずらした。明かりを絞ってあるので、店内は緑がかった淡い光に照らされた水槽のように見える。だれかが階段をあがってくる声がした。

「お席までご案内します、殿下」

好奇心に背中を押されてのぞきこむと、ブルガリアの皇太子妃である学生時代の親しい友人マティが、いかした若者のひとりにエスコートされてやってきた。そのうしろからついてくる女性は女官だろう。マティは最前列の中央に座った。女官らしい女性は壁際の席だ。ショーのあとマティを驚かせるのはさぞ楽しいだろうと思ったが、ショーが終わったらわたしはできるだけ早くここから出なければいけないのだと思い出した。店の外に出て、ダーシーか、彼がよこしただれかに持ってきたものを渡すのだ。彼はわたしにぶつかって〝すみません、マダム〟と言い、わたしから手提げ袋を受け取る。簡単なことのように思えた。けれどココはわたしが店に残って、客たちと話をすることを期待している。いつ外に出られるだろう？　それにナチスがスパイを送りこんでいて、フラウ・ゴールドバーグとの交換に気づいていたらどうする？　そのスパイが奥の部屋までやってきて、銃を突きつけてきたら……？

わたしは冷たい汗がにじみ出るのを感じた。わお、早く終わることを願うばかりだ。

階段からさらにまた声がした。聞き覚えのある笑い声に続いて、ゾゾが姿を見せた。アンティーブへは飛行機で行ったのだろう。彼女の腕のなかに飛びこみたくなるのを、懸命にこらえた。そのうしろにいるのは母だ。母の腕のなかに飛びこんだ記憶はなかった。母はハグをするタイプではない。少なくとも女性を相手にすることはないが、そこにいてくれると思うと心強かった。ふたりが近くにいることがわかって勇気づけられた。部屋は次第に埋まり始めていた。最前列には、優雅に装った貴族と思われるフランス人女性たちが座っている。

「こちらです、フラウ・ゲーリング」とアシスタントの声がしたので、彼女をよく見ようとして目を凝らした。フラウ・ゲーリングともうひとりのドイツ人女性が最前列の一方の端に案内されている――皇太子妃ほど重要視されていないということだ。残りのドイツ人女性たちの席を確認しようとしたが、わからなかった。フラウ・ゴールドバーグの帽子の羽根飾りだけは見えた気がした。カーテンの片側が開いて、新しいシャンパンのボトルを開けるために案内係の若者のひとりが現れたので、わたしはあわてて顔を引っ込めた。

「これが欲しいのかな?」ハリーが訊いた。「おれはハリーズ・バーで働いている。いや、そのハリーじゃない」彼は笑いながらクロスをはずし、手際よくシャンパンのボトルを開けた。案内係は笑顔でボトルを受け取り、グラスに注ぎ始めた。テーブルの上のグラスがいくつか倒れた。わたしはそれを元通りにし、シャンパンが注がれるまで押さえていた。トレイにのせたすべてのグラスがいっぱいになるまでハリーは次々とボトルを開け、案内係はそれを持って観客のほうへと戻っていった。ハリーはポンという気持ちのいい音と共にまた別のボトルを開け、テーブルに残った最後のトレイのグラスに中身を注ぎ始めた。「手伝ってくれないか。こぼさないように注ぐのは難しいんだ」

わたしは言われたとおり、彼が注いでいるあいだ、グラスを支えていた。

聞き覚えのある声が聞こえてきたのはそのときだった。「わたしは最前列に座ることになっているのよ。もう席がないじゃないの。だれかを移動させて」ミセス・ロッテンバーガーの到着だ。

返答は聞こえなかったが、だめだと言ったのだろうと思う。

「あら、ちょっと待って。空いている席があるじゃないの。あそこに座るわ」

聞こえてきたのは、あわてたような声だった。「いえ、だめです、マダム。あそこはとても重要な女性のための席です。少し遅れていますが、必ずいらっしゃいますから」

「重要な女性？　だれなの？」

「ああ、いらしたわ」その声はココその人だった。「ようこそシャネルへ、シンプソン夫人」

カーテンをずらすとそこには、銀のボタンがついたミリタリースタイルの黒のジャケットにフォックスの毛皮を肩からかけた、見慣れたあのすらりとした姿があった。彼女は、わたしが立っている場所にもっとも近い最前列の席に腰をおろすと、だれが自分に気づいたかを確かめるために部屋を見まわした。反対側のちょうど向かいあたりに、母が座っていた。

「あら、あなただったのね」ほとんどの女性は声を潜めてお喋りをしているにもかかわらず、彼女は大きな声で母に呼びかけた。「あなたをドイツから出してくれたというわけね？」

「こんにちは、ウォリス」母が応じた。「こんなところで会うなんで驚いたわ」

「それじゃああなたは、ついになんとかという人と別れて、自由の身になったのかしら？」

「いいえ、そのつもりはないわ。それどころか、わたしたち結婚を考えているの」母が言った。「あなたはどうなの？　自由の身になる予定かしら？」

ふたりの会話を聞いていた人たちのうち何人かが、ぎょっとしたような顔になった。彼女のことは報道しないという新聞社との協定のおかげで、英国民はいまだにシンプソン夫人を知らないが、大陸での彼女は格好の標的で、もう何年も前からプリンス・オブ・ウェールズと一緒のところを写真に撮られている。

シンプソン夫人はクリームをもらった猫のような笑みを浮かべた。

「一〇〇万年たってもそれはないわ。それどころか、今度会うときには、あなたは膝を曲げてお辞儀をする練習をしておいたほうがいいかもしれないわね」

わたしは愕然として彼女を見つめた。それでは彼女は本当に新たな国王と結婚するつもりでいるのだ。ありえないと思っていたが、自分のやり方を通すことに慣れている人間がいるとしたら、それはウォリス・シンプソンだ。

案内係たちが席に着いた女性たちにシャンパンを配っている。ハリーは感心するほど慣れた手つきで次々とボトルを開けていき、感謝されていた。シャンパンが振る舞われるうちに、会話のボリュームがあがっていった。新聞カメラマンの集団が階段をあがってきて、部屋の奥へと案内されていったが、そのうしろにアーニーもいる。彼は親指を立てたサインを送りながら、わたしに近づいてきた。

「いい写真が何枚か撮れた。一枚はシンプソン夫人だ。もしこのあと……」正式なカメラマンのひとりが彼のカメラに気づいたので、その先を言うことはできなかった。

「だめだ、だめだ」彼はフランス語で言った。「あんたはだれだ？　禁止されているんだぞ」そう言ってアーニーのカメラを奪おうとした。

「おい、手を放せ」アーニーが英語で言った。ハリーが即座に駆けつけて彼のカメラを受け取り、長身のアメリカ人ふたりを前にしたカメラマンは引き下がった。このあとはどうなるのだろうと不安にかられたちょうどそのとき、不意に明かりが消えて、部屋が薄暗くなった。期待に満ちた静けさが広がった。階段をスポットライトが照らし出す。鏡面仕上げの階段にシャネルが登場した。ハイネックの黒のドレスに三連の真珠のネックレスを身につけた彼女は、とても魅力的だ。彼女はフランス語と英語とドイツ語で歓迎の挨拶をした。わたしはプログラムを手に持ち、いまが任務を達成するべきタイミングだろうかと考えながら、神経を研ぎ澄ませていた。だれもがココを見つめている。けれど、ショーが終わるまで隠れているようにとココに言われている以上、彼女に見られる危険を冒したくはなかった。彼女は王家の方々、古くからの友人、新しい友人に呼びかけ、期待してくださいと言った。「今回のコレクションは、みなさんが愛してくださっている昔ながらのエレガンスを踏襲しながらも、身につけてくだされればセンセーションを巻き起こすことは間違いない、モダンなものをあえて含めてみました」

スピーチは礼儀正しい拍手に包まれて終わった。部屋は再び暗くなった。アーニーがカメラを持ったままサロンの奥へと姿を消すのが見えた。どこに行けばいいのかも見えず、なにかに、あるいはだれかにぶつかる危険さえなければ、わたしにとっても行動を起こすうってつけのタイミングだっただろう。スポットライトが階段を右に左にと照らし、音楽が始まった。

「最初の作品をまとっているのはダニエルです」ココが言った。「わたしのクラシックスーツの最新版です。気持ちのいい秋の日に最適です」

長身のモデルがゆっくりと階段をおりてきた。ジャケットの縁に特徴的なブレードを施した、淡いピンクと藤色のツイードのスーツ。壁に沿って立つカメラマンたちが一斉にフラッシュをたいた。アーニーもあのなかにいるのだろうかとわたしは考えた。モデルはランウェイを進み、端までやってきて足を止め、シルクのブラウスと男性がするようなネクタイがよく見えるようにジャケットを脱いだ。ジャケットをひきずりながら階段のほうへと歩いていき、くるりとまわり、動きを止めてポーズを決めると、どこか儀礼的な拍手を受けながら下の階へと階段をおりていった。観客がこのデザインに熱狂しなかったことははっきりしていた。典型的なシャネルのデザインだが、目新しいものはなにもない。

次々とモデルが登場し、デザインが少しずつ大胆になっていくと、拍手もそれに応じて大きくなっていった。

「おれは煙草を吸ってくる」ハリーが小声で言った。「しばらくおれの出番はないだろう」

「高級ファッションに興味はないの？」わたしは尋ねた。

ハリーはくすくす笑って答えた。「どう思う？　すぐに戻るよ」

彼がいなくなって、わたしはほっとした。これでプログラムを持ってあわてて出ていく理由を説明しなくてもすむ。

またすぐにスポットライトが階段の上を照らした。次のモデル。次のデザイン。いまこそ、するべきことをするうってつけのタイミングだとわたしは判断した。金のラメのドレスが登場することはわかっていた――今回のコレクションで一番豪華なドレスだ。すべての人の視線がそこに集まるだろう。わたしは息を止めて、待った。音楽のボリュームがあがった。

「次はみなさんがお待ちかねの一着です」ココが言った。「このシーズンでもっとも大胆なデザイン。これを着る勇気のある人がいるでしょうか？」

階段の上に、金のドレスをまとったモデルが現れた。観客は息を呑み、歓声があがった。フードのついた金のラメのロングドレスは体にぴったりと密着していて、まるでモデルを金に浸したみたいに見える。体のラインがすべて露わになっていた。ブラジャーをつけていないことは間違いなかったし、わたしに判断できるかぎりではパンティーもつけていないようだ。けれどそれ以上彼女を観察している時間はなかった。わたしはプログラムを握り締め、座席のうしろをゆっくりと進んだ。スポットライトのせいでこのあたりはほぼ真っ暗だったが、フラウ・ゴールドバーグのチロル風の帽子から突き出している羽根飾りが目に留まり、ケープも見えたので、彼女の肩を叩いた。

「マダム、申し訳ありませんが、間違ったプログラムをお渡ししてしまいました」わたしは指示されたとおりにフランス語で告げた。「こちらが正しいプログラムです」

　予想に反して、彼女は顔をあげることも、プログラムを差し出すこともなかった。なにもしなかった。階段をおりてくるモデルに気を取られているのか、あるいは音量も激しさも増した音楽のせいでわたしの声が聞こえなかったのかもしれない。わたしはもう一度彼女の肩を叩いた。「マダム？　プログラムを？」けれど厚いケープ越しでは、気づかなかったようだ。そこでもう少し力を入れて叩いてみた。まわりの人たちに聞こえているに違いないと思うほど、わたしの心臓は激しく打っている。彼女はショーに夢中になりすぎて、ここに来た理由を忘れてしまったんだろうか？　わたしは彼女の手に触れた。「フラウ・ゴールドバーグ？」小声でそう呼びかけた次の瞬間、ぎくりとした。手が冷たい。彼女を揺すった。頭が片側にがくりと垂れ、前のめりに倒れて椅子から落ちかけたのでわたしはすくみあがった。

　両側に座っていた女性たちがはっと息を呑んだ。

「まあ、気を失ったのね」ひとりがフランス語で言った。「新鮮な空気を吸えるところに連れていかないと」わたしたちの背後に立っていた若者のひとりを手招きした。「急いで。この方が気絶したの。すぐにここから連れ出してあげて」

　アーニーも近くに立っていた。彼はカメラを置くと、急いで彼女を奥の部屋に連れていった。ハリーが戻ってきて、手を貸してくれた。

「なにがあった？」彼はわたしに訊いた。「気絶したのか？　医者を呼ぼうか？」

わたしは暗い控室に膝をつき、彼女の脈を取ろうとした。彼女はいくつもブレスレットをつけていたのでなかなかうまくいかなかったが、その肌の冷たさに気づいたわたしは最悪の事態を覚悟した。何者かがミセス・ゴールドバーグを殺したのだ。彼女はプログラムを持っていなかった。彼女を殺した人間が持ち去ったのだ。

わたしは彼女を運んできた案内係に向き直った。「下に行って、お医者さまに電話をしてきてもらえる？　彼女は――」〝気絶した〟というフランス語を思い出すことができなかった。隣に座っていた女性はなんて言っていた？「具合が悪いの」わたしは言った。

「外に連れていったほうがいいですか？」案内係が尋ねた。

「彼女を抱えて、あの狭い階段をおりるのは無理だと思うわ」わたしは言った。「それにショーが終わるまで、彼女をここから動かすことはできない」

「ぼくはここを出られません。マダムに……」

「おれが行くよ」ハリーが言った。

「すまないが、おれはあのドレスの写真をなんとかして撮らなきゃいけない。一番いいアングルは撮り損ねたんだ。ハリー、フラッシュを持ってきてくれないか？」けれどハリーはすでに、医者に連絡するために階段を駆けおりていた。アーニーはため息をつくと、ひとりで部屋を出ていった。

わたしは再び、閉じたカーテンの隙間から店内をのぞいた。フラウ・ゴールドバーグのまわりに座っていた人たちの頭からすでに彼女のことは消えているようだったし、体にぴったりした金のドレスをまとったモデルが小さな歩幅で進んでくるランウェイを全員が見つめている。わたしの心臓は早鐘のように打ち続けていた。ショーが終わるまで、わたしにできることはなにもない。ココに知らせるのは論外だ。だれかがプログラムを持ち去ったのだとしたら、それを取り戻す手立てはない。マイクロフィルムはどうだろう？　彼女の手のなかにあるはずだった。握手を交わしたときに、わたしに手渡すことになっていた。彼女が前のめりになった拍子に膝から床に落ちたんだろうか？　それともだれかが奪っていった？　探すためにはすべての椅子が片付けられるまで待たなくてはならないし、大勢の女性たちがあたりを歩きまわっているところでは、それは難しいだろう。それにだれか——おそらくは彼女を殺した人物——もわたしより先に見つけようとするだろう。

彼女のハンドバッグがまだ椅子の脇に置いたままになっているはずだと、わたしはふと気づいた。マイクロフィルムが入っているわずかな可能性がある。探してみる価値はあると思った。わたしは再びカーテンの外に出た。金のドレスのモデルは階段の上で最後のポーズを取っているところで、盛大な拍手を浴びている。わたしは、このばかげたスカートが許すかぎりの速さで進み、ハンドバッグを拾おうとしてかがんだ。

「あの方は大丈夫なの？」隣のフランス人女性が訊いた。

「だと思いますが、ハンドバッグが必要らしくて」わたしは答えた。

「そうでしょうね」彼女はうなずいた。

わたしはハンドバッグを手に取ると、控室に持って帰った。彼女は、さっき床に寝かせたそのままの場所に横たわっている。わたしは重苦しい気分で大きなハンドバッグを開いた。なかを探る。口紅、白粉のコンパクト、小銭入れ、財布、ハンカチ、櫛、けれどマイクロフィルムの容器はない。遅すぎたのだろう。それとも床に転がっているのかもしれない。わたしと敵対する何者かも探しているだろうから、ショーが終わったらすぐに行動を起こす必要があった。中身をハンドバッグに戻していると、パスポートが見えたので取り出した。手紙が挟まっている。部屋はとても読めるような明るさではなかったので、スポットライトがランウェイを照らしているドア口までパスポートを持っていった。思わず顔をしかめた。ドイツのパスポートは緑色だった？　わたしは表紙を眺めた。〝アメリカ合衆国〟と記されている。開いてみると、挟まっていた手紙が見えた。驚きのあまり手にしているものを落としてしまうところだった。

ミセス・エルシー・ロッテンバーガー、C／O　ホテル・プラザ・アテネ　パリ

17

四月二六日　日曜日
シャネルの店

わわお、なんとも厄介なことになった。どうしていつもわたしの身にはこんなことが起きるのだろう？　いますぐにでも、行儀の悪い子犬たちが待つ安全な自宅に帰ることができればいいのに。少なくともあそこでなら、自分がなにをしているのかはわかっている。

ハンドバッグにパスポートを戻すわたしの手は震えていた。初めて彼女をしげしげと眺めた。この部屋の暗さでははっきり見て取ることはできなかったが、顔が赤らんでいることと、まるでわたしを見つめているかのように目を開いていることはわかった。体からかすかになにかのにおいがしているような気もする。ぞっとして、顔をそむけた。ミセス・ロッテンバーガーの死の原因が自然なものでないとしたら、恐ろしいミスがあったに違いない。何者かが彼女とフラウ・ゴールドバーグを間違えたのだ。おおいにありえることだった。ふたりは同じような体つきで、同じような淡い色の髪をしている。ミセス・ロッテンバーガーもチロル風ではないにしろ、片側に羽根飾りのついた帽子をかぶっていて、緑色の短いケープのようなものを着ていた。部屋が暗かったのではっきりした色はわからなかっただろうし、彼女はフラウ・ゴールドバーグの席か、あるいは座るはずだった場所のすぐ近くに座っていた。

ハリーが背後から近づいてきた。「なにをしているんだ？」

どう説明すればいい？　頭のなかを様々な考えが猛烈なスピードで駆け巡った。

「ほかの人たちに伝えなきゃいけないから、彼女がだれなのかを知りたかったの。だれだったと思う？　ミセス・ロッテンバーガーよ」

「だれだ？」

「ガートルードのサロンに押しかけた、とんでもないアメリカ人女性を覚えている？　ガートルードの絵を買いたがった人」

「ああ、覚えているよ。彼女のせいでおれは早めにあそこを出て、サイモンの詩を聞きに行くことになったんだ。ガートルードの絵を買おうとしたんだったよね？」

「ええ、そう」

「ガートルードは激怒しただろうな。彼女は絶対に絵は手放さないんだ」

「ミセス・ロッテンバーガーが帰るとき、あなたはいなかったんだった？　また来る、わたしはいつも欲しいものは手に入れてきたって言い残して帰っていったのよ」

「こんなことを言うべきじゃないんだろうが、〝死んでも仕方がない人間がいるとしたら、それは彼女だ〟」ハリーは皮肉を言ったが、首を振って言い直した。「いまのはまずかったかな。もっと気の利いたことを言えよ、ハリー。気の毒に彼女は興奮しすぎて、心臓発作を起こしたんだろう。彼女はエネルギッシュなタイプだっただろう？　そういうタイプは心臓に問題を抱えているもんだ」

「そうね、そのとおりだと思う」そうであることを心から願った。「わたしたち、なにをすればいいのかしら」

「いまできることはあまりないよ。医者は呼んだ。医者が死亡証明書を書くだろう。彼女はだれかと一緒に来たんだろうか？」

「付添人がいたわ。かわいそうな親戚の女の子で、彼女にこき使われていた……」わたしは言葉を切った。こき使われ、屈辱を受けることにこれ以上耐えられなくなって、あの子が彼女を殺したのかもしれない。けれど、ミセス・ロッテンバーガーの体に傷は見当たらなかった。いたって穏やかに息絶えていた。あたかも眠っているかのように。わたしはいつしか、彼女が死んでいると思ったのは間違いで、ただ失神しただけであってくれればいいと考えていた。いまにも意識を取り戻して体を起こし、まだ騒ぎを起こすのかもしれない。

けれどそんなことにはならなかった。ランウェイを新たなイブニングドレスが通り過ぎていく。そのあとは粋なイブニングパジャマ。わたしはその場を行ったり来たりしながら、息をしろと自分に言い聞かせ、するべきことを考えようとした。「シャネルのところに行こうとすれば騒ぎになってしまうから、いまは待つしかない。それにシャネルはああいう人だから、騒ぎを起こして買い物の邪魔をしたりすれば激怒するでしょうね。でも彼女には伝えなきゃいけない。わたしは彼女が迎えにくるまでここを出ることはできないから、そのときに話すわ」

「きみが巻き込まれる必要はないよ」ハリーが言った。「だれかが卒倒したのは、きみには関わりのないことだ。ひょっとしたら彼女は興奮剤を飲んでいたのかもしれない。コカインかなにかを。最近、金持ちのあいだでその手のものが流行っていると聞いているよ」

そんなに単純なことだったら、どれほどいいだろう。早く医者が到着して、あとを引き継いでくれることを祈った。彼女は自然死で、わたしは過剰に反応しているだけなのかもしれないけれど、秘密の製法を渡してもらうことになっていたドイツ人女性が座っているべき席でミセス・ロッテンバーガーが死んだのは、偶然にしてはあまりにもできすぎている。

「警察に連絡するべきだと思う？」わたしは尋ねた。

「警察？　なんのために？」ハリーは眉間にしわを寄せた。

そのとき、ココの声が聞こえてきた。「秋のコレクションをご覧いただきました。この秋、注目を浴びませんか？　コレクションのうちの何点かは一点もので、それ以外はもう少し手に入りやすくなっています。とはいえ、どれひとつとして大量生産されるものはありません。大通りのウィンドウに飾られることは絶対にありません。

明かりをつけてちょうだい、ジャック。お好みのドレスをもっと近くで見られるように、モデルにもう一度出てきてもらいましょう。ですが、若者たちに椅子を片付けてもらう前に、もうひとつちょっとしたサプライズがあります。わたしは普段、お腹に赤ちゃんのいる女性のために服をデザインすることはないのですが、こちらの若い女性は特別です。英国国王の親戚である彼女に抗うことなんてできませんよね？　そういうわけで、ほかの妊婦がだれも着ていないようなドレスを彼女のためにデザインしました。すらりとしてエレガントに見えて、妊娠期間中ずっと着られるドレスです」

声が途切れ、わたしがなにもできないでいるうちにカーテンがさっと開き、気づけばココがわたしの手をつかんでいた。

「みなさん、わたしの最新デザインをまとったレディ・ジョージアナ・ラノクを紹介させてください」

「待ってください」わたしは小声で言った。「緊急事態です。なにかしなくてはいけません。床の上に死んでいる女性がいます。医者が来るはずです。彼女は倒れたんです」

ココの視線がわたしを通り過ぎ、遺体に向けられた。「だれなの？　重要な人？」

「アメリカ人女性です。ミセス・ロッテンバーガー。パスポートを確認しました」

「ああ、彼女ね」ココはいかにもフランス人らしく肩をすくめた。「興奮しすぎたのね。叫び声やら歓声やらで。でも死んでいるのなら、少しくらい待ってるでしょう」

「でも、警察に連絡しなくていいんですか？」

「警察？　どうして？」

「犯罪行為があったのかもしれません」

「犯罪行為? あなた、頭がどうかしたの? ヨーロッパじゅうの重要な女性の半分がここにいるのよ。スキャンダルは一切、許されないの」

観客がいらだち始めているのがわかった。椅子がきしる音が聞こえてきた。

「彼女は放っておきなさい。さあ、あなたの出番よ」ココはまばゆい光のなかにわたしを連れ出した。彼女に先導されて小さな歩幅でちょこちょこと観客の前へと進んでいくと、さらなる拍手が巻き起こった。観客の視線がわたしに注がれ、満足そうにうなずくのが見える。わたしはゾゾか母の姿を探そうとした。見慣れた顔ならなんでもよかった。ココはわたしをステージにあげるつもりかもしれないと、一瞬ぞっとしながら考えたが、彼女はそうしようとはせず、プリンセス・マリア――わたしの学生時代の友人マティのところへ連れていった。

「あなたたちに紹介の必要はないのよね？」ココが言った。

「ジョージー！」マティはわたしを抱きしめると、両方の頬にキスをした。「なんてうれしい驚きかしら。あなたがパリにいることも、妊娠していることも知らなかったわ。去年のあなたの結婚式には参列したかったのだけれど、ほら、わたしも子供を産んだから。本当にかわいいのよ。ニコラスは息子に夢中なの」

「おめでとう」わたしは言った。「ダーシーも赤ちゃんが産まれるのをとても楽しみにしているのよ。ニコラスもパリに一緒に来ているの？　公式の訪問？」

マティは笑った。「全然違うの。これは、跡継ぎである息子を産んだことに対する彼からのプレゼントなのよ。体形が戻ったから、パリに行って新しい服を買っておいでって言ってくれたの。優しいでしょう?」

ほんの数メートル離れたところに死んで横たわる人間がいるというのに、わたしたちは赤ん坊や買い物の話をしている。ひょっとしたら、部屋のなかに殺人犯がいるかもしれないのに。それに、受け取ることになっている貴重なマイクロフィルムの入った容器。なにをすればいいのかがわかっていればいいのにと思った。パンと手を叩き、不審な死に方をした人がいるので全員そこから動かないようにと命じることのできる、生まれ持った権威があればよかったのにと思った。数分後には観客たちはみんないなくなって、なにも訊くことができなくなる。

わたしは笑顔を崩さないようにしながら、ちらちらと彼女の背後を眺めていた。ランウェイの向こう側にいた女性たちは立ちあがるように言われ、ハリーと案内係たちが椅子を壁際へと移動させている。アーニーはその手伝いはせず、まだ写真を撮っていた。ミセス・ゴールドバーグの姿を探したが、羽根飾りがついているものにしろ、ついていないものにしろ、帽子が多すぎた。彼女と話をするチャンスはあるだろうか? なにかきっかけを作れる? 握手はできる? お母さまがもし彼女と知り合いだったら、ふたりに話をさせることはできる?

手遅れになる前に、マティとの会話を打ち切る必要があった。若者たちは椅子を持ってうろうろしている。ランウェイが邪魔だった。プリンセスに無礼を働いてもいいものだろうか? 話してもいいのは話しかけられたときだけで、会話を終わらせるのは話しかけてきたほうだという礼儀を、わたしは長年叩きこまれていた。

けれどいまは緊急事態だ。「失礼ですが、殿下」わたしは格式ばった口調に戻った。「母が帰る前に、話をしてきたいんです。もう長いあいだ、会っていなかったので」

「あら、お母さまがいらしていたのね。もちろん行ってちょうだい。わたしは大使館に滞在しているの。帰る前にランチに来ない？　腕のいい料理人がいるのよ」マティは不安そうなわたしの顔に気づいた。「心配ないわ。兄はいないって約束するから」彼女は明るい笑い声をあげた。「兄と結婚しなくて、よかったでしょう？」

わたしも笑おうとした。かつて、彼女の兄であるルーマニアのジークフリード王子とわたしを結婚させようとする話があった。わたしがこれまで会ったなかでももっとも不快な人物で、ベリンダとわたしは彼を魚顔と呼んでいた。のみならず、彼は女性よりも男性のほうが好きで、息子さえ産んでくれれば、あとは一切わたしに触れることはないと言った。幸いなことに、いまはもう強制的に結婚させられる時代ではない。

「ぜひ、行きたいわ」わたしは答えた。「ダーシーがいつ英国に戻るつもりかによるけれど」

「それはそうね。予定がわかったら教えてね」

わたしたちは再び頬にキスをして別れ、わたしはミセス・ロッテンバーガーとミセス・ゴールドバーグが座っていた、ランウェイの反対側に向かって歩きだした。何人かの女性が近づいてきて、わたしのドレスを眺めたり、その場で回ってみてと注文をつけたり、まもなくの出産を祝ってくれたりしたせいで、なかなか進めない。いまにも叫び出しそうな気分だった。わたしはゾゾの姿を探した。どうすればいいのかを知っている人間がいるとしたら、それは彼女だ。けれどゾゾはランウェイの反対側で、だれかと楽しそうに話しこんでいる。ベリンダが再び姿を見せ、彼女がデザインした黒いシルクのイブニングパジャマを着たモデルの隣に立った。実を言えば、シャネルのデザインよりも素敵だとわたしは思っていたが、もちろんそんなことは絶対に口にできない。

ミセス・ロッテンバーガーの付添人であるマッジが目に入った。途方に暮れて、戸惑った様子で壁際に立っている。わたしは彼女に近づいた。

「おばになにかあったんですか?」心配そうに額にしわを寄せている。「金のドレスの人が階段をおりてくるのを見ていたんですけれど、視線を戻したときにはおばの席は空だったんです。気を失ったのかと思って洗面所を探そうとしたんですけれど、あんまり人が多すぎて無理でした。エルシーおばさんはわたしを置いて帰ったりしません。そもそも、モデルの人たちが階段にいるのに、どうやって外に出られるんですか?」

わたしは彼女の腕にそっと触れた。「残念なことに、あなたのおばさんは具合が悪くなったの」わたしはそう言ってから、大きく息を吸った。「本当はそれだけじゃない。彼女は亡くなったわ」

「亡くなった?」マッジの口がぽかりと開いた。「本当に?」

わたしはうなずいた。「心臓発作かもしれない。彼女は心臓が悪かったの?」

「エルシーおばさんがですか? 雄牛みたいに丈夫でした。病気になんてなったこともありません。おばはどこにいるんですか？」

「カーテンの裏の控室に運んだわ。彼女のところに行きたい？」

「はい。おばのそばに行かなくちゃ。わたしはなにをすればいいんでしょう？　遺体を家に送る手はずを整えなくちゃいけませんよね？　ああ、どうしよう、こんなことになるなんて思ってもみなかった」

「わたしだったら、あなたのおじさんに電報を打つわね」わたしは言った。「おじさんにアメリカから全部やってもらうといいわ。あなたはフランスの警察と話をしなくてはならないかもしれないし、それは簡単なことじゃないだろうけれど、決定をくだすのはおじさんに任せればいい」

「警察？　どうして警察と話をしなきゃいけないんですか？」マッジはいまにもパニックを起こしそうな口ぶりだった。

「遺体を海外に送るわけだから」わたしはあわてて言い添えた。「フランスの官僚主義は知っているでしょう？　とても形式ばっているのよ」

「ああ、そういうことですか。おじに任せたいです。わたしはフランス語があまりうまくないし、税関とかそういうことは全然わからないんです」

「あまり心配しないことね。きっとなんとかなるから」わたしは安心させるように、彼女の腕に手を置いた。

「はい。ありがとうございます、ジョージー。本当に親切ですね」

わたしたちは話をしながら人混みを抜け、カーテンのほうへと進んだ。ふと気づいたことがあった。「あなたのおばさんは、あの席に座るはずじゃなかったわよね？」

「はい」マッジはうなずいた。「そうなんです。おばに与えられた席は壁際の隅で、わたしみたいな人間と一緒に座ることになっていたんで、おばはひどく怒ったんです。それで勝手に空いている席に座って、本来そこに座るはずだった人が来たら、どこかへ行けって追い払ったんです。騒ぎになってしまうので、気の毒にその人はなにもできませんでした。ショーが始まろうとしているところでしたし」マッジはぎこちなく肩をすくめた。「おばがどんなふうだか知っていますよね？　いつだって自分の意思を通そうとして、たいていはそのとおりになるんです」

わたしの疑念が正しかったことがわかった。人違いだったのだ。マッジにおばの遺体を見せようとカーテンを開けたちょうどそのとき、息を弾ませながらひとりの男性が階段をあがってきた。フランス人の案内係が一緒だった。「お医者さんです」彼は言った。

ヤギひげを生やした細身で色黒のその医者は、一切躊躇しなかった。「そこをどいてください。あなたたちはご遺族ですか？」

「彼女はそうです」わたしはマッジを示した。

「あなたは？」彼はまずハリーを、それからわたしを見て訊いた。

「違います」ハリーが答えた。

「それなら出て行ってください。すぐに」

わたしには言っておきたいことがあった。彼女が間違った席に座っていたこと、自然死ではないかもしれないと疑っていること。けれど結局は渋い顔で彼を見返しただけで、カーテンの向こうに戻った。女性たちはランウェイを囲んで生地に触れたり、現実の人間ではなくただのマネキンであるかのように、モデルのことを話題にしたりしている。わたしはようやく、部屋の一番奥にいるチロル風の帽子を見つけた。あらかじめ教わっていたとおりの緑色のケープを着ている。わたしたちの目が合った。わたしがだれなのか、そしてなんのためにここにいるのかを彼女は知っていると確信した。少しずつ彼女のほうへと進んだ。だがそこまで行き着く前に、フラウ・ゲーリングがココを呼んだ。

「申し訳ないけれど、わたしたちは帰らなくてはならないわ、マダム」彼女は驚くほど流暢（りゅうちょう）なフランス語で言った。「グループのひとりが具合が悪くて。でも今日はありがとう。ドイツに帰る前に、今回の素敵な作品のいずれかを買いに戻ってくるわね」

「来てくださってありがとう、マダム」ココが言った。「光栄です」

光栄であることは重々承知だとでも言わんばかりに、フラウ・ゲーリングは優雅にうなずいた。そしてわたしがフラウ・ゲーリングのところにたどり着く前に、ドイツ人女性のひとりが彼女の腕を取り、階段をおり始めた。ダーシーか、もしくはほかのだれかが外でわたしを待っているのだろうかと考えた。彼らはなにを思っているだろう。なにができると考えているだろう。なにもないというのが答えだ。タクシーが呼ばれ、マイクロフィルムはフラウ・ゴールドバーグのハンドバッグに入ったまま、彼女たちは帰ってしまう。

医者がミセス・ロッテンバーガーを診察している控室に戻ろうとしたところで、よく知っている声が聞こえた。

「これをあなたに譲るわけにはいかないわ、クレア。これはあなたには似合わないもの。着こなすだけの身長がないじゃないの」

母とシンプソン夫人が金のイブニングドレスを着たモデルの前に立っている。どちらも、決然とした表情を浮かべていた。

「わたしの身長はあなたと変わらないわよ、ウォリス」母が言い返した。「それに、この色はわたしのほうがずっとよく似合う。あなたの髪は黒だから、銀色を着るべきね」

「でも、わたしのスタイルはこのドレスにぴったりよ。少しでもふくらみや曲線があると、シルエットが台無しになる」

「あなたはもう少しふくらみが必要ね。上から下までまっすぐなんだもの。これを着たら、金色の雨どいみたいに見えるでしょうね」

「ずいぶんと失礼じゃない？　次にどこかで列を作るときには、わたしのほうがあなたよりずっと前にいるだろうっていうことを忘れないほうがいいわ。あなたは昔、公爵夫人だったかもしれないけれど、国王の配偶者は公爵夫人より上なんじゃないかしらね？」

「議会があなたと彼の結婚を認めると本当に思っているの？　あなたは夢の国に生きているのね」母が言った。

「彼は国王なのよ。法律は彼が変えるから。いずれわかるわ。全部、考えてあるのよ。このドレスは、わたしの婚礼衣装の一部になるの」

「わたしの婚礼衣装の一部にしようと思っていたけれど、まあ、いいわ。あなたに譲る。ドイツの社交界には少し派手すぎるもの。英国の社交界にも派手すぎるんじゃないかしら？とりわけ、王室の人たちがいるところでは。でもボルチモアにはいかにもぴったりね」母はにこやかに笑うと、シンプソン夫人の肩を軽く叩き、その場を離れた。

「ダーリン、そのドレス」母はじろじろとわたしを見た。「細長いハンプティダンプティみたいよ」

「心強い一票をありがとう」わたしは言った。「ここだけの話だけれど、わたしもそれほど気に入ってはいないの」

「家に帰ったらすぐ、仕立屋にスカートを五〇センチ短くしてもらうのね。ショート丈のふわりとしたドレスにすれば、悪くないわ」

「そうする」

「わたしがパリにいるあいだに、もっとお洒落な服を一緒に買いに行くべきね。貿易代表団は役割を終えたから、もう国に帰るのよ。マックスとわたしはふたりだけでもう数日ここで過ごすつもりなの。ロマンチックなパリで。ロマンチックな休暇を最後に過ごしてから、ずいぶんたつんだもの」

「みんな国に帰るの？」わたしは訊いた。

「そうよ。大物たちは全部。ゲーリングとその取り巻きたち。恐ろしい人たちよ。でもここだけの話だけれど、あの人たちには礼儀正しくしておかないといけないのよ。近頃では、すごく力を持っているから」

「お母さまはフラウ・ゴールドバーグと会ったことがある？」わたしは訊いた。

母は顔をしかめた。「ゴールドバーグ？　ミセス・ゲーリングの友人？　そうね、二言三言、話したかもしれない。わたしのドイツ語がどんなものか、あなたも知っているでしょう？　あまりうまくないのよ。それに、彼女のグループとは距離を置くようにしているの。言ってはいけないことを言ってしまう危険があるから。近頃のドイツの事情はわかるわよね？　言葉には充分に気をつけなきゃいけないいんだけれど、わたしはそれほど機転が利くほうじゃないもの」母は言葉を切り、考えこんだ。「どうして？　彼女を知っているの？」

「直接には知らない。今日、彼女に会えるだろうって思っていたんだけれど、あわてて帰ってしまったのよ」

「どうして？　どういう関係？」

「ただの友だちの友だちよ」わたしは答えた。

母は腕時計に目をやると、部屋を見回してから言った。

「ダーリン、わたしは服を買いに戻らないと、あの鼻もちならない人たちに気に入ったものを取られてしまうわ。また連絡する。買い物に行きましょうね」母はわたしの頬にキスをすると、これまで幾度となくそうしてきたように、あっけに取られて少し悲しくなっているわたしを残し、その場を離れていった。

よたよたとゾゾのほうへ歩いていこうとしたとき、いかめしい男の声がした。

「みなさん、聞いてください。不審死がありましたので、警察が到着するまで、どなたもこの建物から出ないようにしてください」

四月二十六日　日曜日
シャネルの店とその周辺

ああ、なんてこと。事態はさらに悪くなっていく。


集まった観客たちが騒然とした。

「ばかげている！　不審死ってなに？　だれが死んだの？」様々な言語で声があがった。

「わたしたちの意志に反して、ここに閉じ込めることなんてできないわよ」ひとりが英語で叫んだ。「大使に連絡するから」

シンプソン夫人がわたしを押しのけて前に出た。「もちろん、わたしは残りませんからね。いまわたしがスキャンダルに関わったりしたら、デイヴィッドが困るのよ。シャネルはわかってくれるわ」

彼女は階段に向かったが、下からあがってくる女性たちがいた。「外には出られない。入り口は鍵がかかっているの」ひとりが訴えた。

「ごめんなさいね、マダム」ココがマイクに近づいた。「いまはだれも帰らせてはいけないと言われたの。しばらく辛抱してください。警察から捜査官が来たら、全員帰れるはずですから」

シンプソン夫人は激怒していた。「苦情を申し立てるわ。一番上の人たちに抗議するから」

「シンプソン夫人、どうぞ落ち着いてくださいな」ココは彼女をなだめようとした。「あなたがだれなのかを捜査官が知れば、きっとすぐに帰る許可が出ますから。とりあえず、もう一杯シャンパンを……」

口を出さなければいけないと思った。「だれもシャンパンに触ってはいけません」わたしは言った。「あの女性はそのせいで死んだのかもしれません」

「毒を盛られたの？」ココが訊いた。「それは確か？」

「わかりません。でも彼女の体に傷はありませんでしたから、刺されたわけじゃない。警察を呼ぶ必要があるくらい、彼女の死が疑わしいとお医者さまが考えたのなら、なにか口に入れたものが原因のはずで、そうなると考えられるのはシャンパンです」

「だれかがほかのグラスにも毒を入れたと思うの？」

「わかりません。でも、慎重になるべきです」

「なんてことかしら」ココは首を振ると、傍らにいる案内係のひとりに命じた。「ピエール、だれかがグラスを手にする前に、シャンパンのトレイを片付けて」

すでにグラスを手に取った女性が何人かいるのではないかと思ったが、だれも倒れてはいなかったから、ミセス・ロッテンバーガーの命を奪ったものがなんにせよ、入っていたのは彼女のグラスだけだったと考えるべきだろう。彼女があっという間に息絶えたことからして、使われたのはおそらくシアン化合物だ。数秒で死に至ることで知られている。わたしは部屋を見渡した。「ミセス・ロッテンバーガーが使ったグラスを捜さなくてはいけません。警察が知りたがるはずです。座席表はありますか？」

「どこかにあるわ。でも、ロッテンバーガーがどこに座ったのかはわからない。彼女は面倒な人だったから、うしろの壁際の席にしたってアシスタントが言っていたけど」

「ほかの人と席を変わったんです。マダム・ゴールドバーグと」わたしは言った。「ドイツ人のひとりと」

「そうなの？　厄介な人ね。いったいどうやって入ってきたんだか。彼女がどれほどみんなの気分を害するのかがわかっていたら、徹底して彼女を入れないようにしたのに」

案内係のひとりが近くをうろつきながら、明らかに興味津々でわたしたちの話に耳をそばだてていた。「グラスを洗って、新しいシャンパンを注ぎますか？」

「グラスはそのままにしておかなきゃいけないと思うわ」わたしは彼に告げた。「犯罪の証拠になるかもしれない」

彼は不安そうなまなざしをわたしに向けてから、確かめるようにココを見た。彼女はうなずいた。「新しいグラスを持ってきて、新しいボトルを開けなさい。あの人たちには楽しんでいてもらわないと」

　シャンパンを振る舞っても雰囲気を明るくすることはできないだろうとわたしは思った。ようやくいくらか考える時間ができて、馬小屋のドアを閉めたのは馬が逃げ出したあとだったことに気づいた。ドイツ人女性のグループはすでに帰ったあとだ。わたしの疑念が正しくて、毒入りのシャンパンがフラウ・ゴールドバーグに飲ませるためのものだったとしたら、犯人はあのグループのうちのひとりだという可能性がある。このあいだシャネルの店で母と会ったときに一緒にいた、世話係の女性かもしれない。秘密警察の噂を聞いたことがある。女性を使うことはあるだろうか？　わたしは自分が怯えていて、気分が悪くなっていることに気づいた。手近な椅子に近づいて、腰をおろした。

　ココの声が再びスピーカーから聞こえてきた。

「みなさん、どうぞあまり心配なさらずに。この機会を、服を落ち着いて選べるチャンスだと思ってください。ほら、モデルはまだここにいますし、階下にいるマリー・クレールが注文をお受けします」

　ココらしいとわたしは思った。なによりもビジネスを優先する。自分の店で女性が殺されても、重要な人間ではないとわかったせいか、少しも動揺していない。再び音楽が始まった。音量は大きいままだ。

　ベリンダが近づいてきた。「わたしがだれを殺したいかはわかっているの」わたしの隣に座った。「ルイ・フィリップの母親。彼女も来ているのよ。もう会った？　あの人、わたしを呼びつけたかと思ったら、売り子みたいにわたしを扱ったの。不満が顔に出てたんでしょうね、こう言われたわ。〝あなたはここで働いているんじゃなかった？　確かに息子からそう聞いたわよ〟ですって。本当にずうずうしいったら」

わたしは同情心を込めて微笑んだ。「彼がいないほうが、あなたは幸せよ。彼女が義理の母親になるとしたら、どんな人生が待っているか考えてみて」

「想像しただけでぞっとする」ベリンダは首を振ったが、わたしの顔を見て心配そうな表情になった。「大丈夫？　ひどく顔色が悪いわよ」

「ショックが大きかったから」わたしは答えた。

「なにがあったのか知っている？　だれが死んだの？」

「ミセス・ロッテンバーガーなの」

ベリンダは驚いて口を押さえたが、すぐにくすりと笑った。「彼女を殺したい人間なら、一〇人は思いつくわ」そう言ってから肩をすくめた。「あら、こんなこと言うべきじゃなかったかも。でも、事実でしょう？　あの人って、行く先々で敵を作るタイプよ」

「そうね」わたしはうなずいた。「でも……」

「でも、なに？」

知っていることを彼女には話せないのだと気づいた。ミセス・ロッテンバーガーは、間違った場所にいたせいで殺されたに違いないことを。あのシャンパングラスは（あれが実際にシャンパンだったとして）秘密をこっそり持ち出したドイツのスパイをターゲットにしていたことを。だれにも話すことはできない。マイクロフィルムを受け取れる可能性がまだわずかでも残っているのだ。

「でも、だれかが殺されたって思うとぞっとするでしょう?」わたしはぎこちなく締めくくった。「家でだれかが彼女を待っているわ。夫や息子は彼女を愛していた」

「妊娠したせいで、感傷的になっているのね」ベリンダはまた笑った。「フランスの警察に尋問されるのは歓迎しないわね。あの人たちって、すごく高圧的なんだもの。わたしが不安になる理由があるわけじゃないけれど。上の階にいて、登場していくモデルたちの準備をしていたんだから。完璧なアリバイよね」

母が近づいてきた。「本当にうんざりするわよね」わたしの隣に腰をおろした。「これから何時間もここに閉じこめられるんでしょうに、あの人たちったらシャンパンを片付けたのよ。あれのおかげで、かろうじて我慢できるはずだったのに」

「ひとり娘と一緒の時間を過ごせると思えば、我慢できるんじゃないかしら」わたしの言葉に、母は小さく肩をすくめて笑った。「それに、新しいシャンパンを開けるみたいよ。お母さまはどうして服を買わないの?」

「わたしに似合いそうなものがないのよ。あのお洒落な黒のイブニングパジャマはいいと思ったんだけれど、だれかがもう買ったあとだったの。わたしが人と同じものを着るなんてありえないわ」

「あれをデザインしたのはわたしなんです」ベリンダが顔を輝かせた。

「まあ、そうなの？　素晴らしいじゃないの。いいことを思いついたわ。リッツのわたしの部屋に来て、採寸してもらえない？　婚礼衣装としてわたしだけの服をデザインしてほしいの。ほかのだれも持っていないようなものを」

「まあ。ぜひ、やらせてください。光栄です、公爵夫人」ベリンダの顔がピンク色に染まり、すっかり世慣れているとはいえ、彼女はまだ若くて傷つきやすいことを思い出した。わたしと同じように。

母は、父と離婚していることからもわかるとおり、公爵夫人でいることは好きではなかったが、公爵夫人と呼ばれるのが大好きだ。もちろんいまは兄が公爵になっているから、ラノク公爵未亡人と名乗ることはできる。

「わたしだけの服。いい響きね。特別な機会に早く着たいものだわ」

「結婚式ですか？」ベリンダが訊いた。

「シンプソン夫人と会うときよ」母はそう言って、喉の奥でくすくす笑った。

観客たちは事態を受け入れたらしく、店内は落ち着き始めていた。モデルたちは作業場へと戻っていった。一部の客は階下へとおりてき、大金を支払って服を注文している。再び、シャンパンが振る舞われていた。ゾゾがわたしたちのところにやってきた。

「わくわくするわね？　だれかが死んだんですって？　だれなの？」

「アメリカ人女性です」わたしは答えた。

「妙な話ね。警察は彼女の死に不審なところがあると考えているの？　いったいなにがあったの？　だれかが争っているところなんて見なかったわよ。ドレスを奪い合って、女性のひとりが彼女を刺したのかしら？」

「彼女は毒を飲まされたんだと思います」わたしは言った。「はっきりとはわかりませんけれど」

「毒？　妙だこと。無政府主義者が王家の人間を殺そうとするならわかる。わたしの愛する夫もそうだったもの。もちろんファッションショーでのことじゃないわよ。舞踏会の帰りだった。それにしても毒？　こんなイベントで人を殺そうだなんて、だれが考えついたのかしらね？　不特定多数の人間がいるところなら、もっと簡単にできるのに。こんな場所で殺人だなんて、考えられないわよね？」

「まったくおかしな話」母がうなずいた。「外部の人間が忍びこんだとは考えられない。つまり犯人はシャネルが雇った人間か、わたしたちのだれかだということね」

「このあとなにが起きるのかと思うと、ぞくぞくするわ」ゾゾが言った。「警察がわたしたち全員を尋問して、観客のだれかが耐えられなくなって自白するのかしら？　それとも使用人のひとりが、相続からはずされた非嫡出子だってわかるとか？　ポーランドではしょっちゅうそういうことがあるのよ。だれが犯人なのか、賭けをしましょうよ」

「ゾゾ！」わたしは声をあげた。「これはゲームじゃないんです。殺人事件なの」

「わかってるわよ。亡くなった人は気の毒だと思うけれど、不審死のあった現場にいるなんてそうそうあることじゃないもの」

「ジョージーは別としてね」母が冷ややかに告げた。「この子は殺人事件を呼び寄せるみたい」

「とんでもないわ。殺人事件なんて近寄りたくもない。わたしはただ、普通の人より目撃する機会が多かっただけ」

「それは間違いないわね。次々と人が死んでいったデヴォンでのクリスマスがあったわね？」

「恐ろしかったわ」

「このあいだのクリスマスでは、男性が落馬したし、少佐が撃たれたんだったわね？」

「あれも恐ろしかった。悲しかったし、ぞっとした」

「でもあの少佐は自業自得よ」母が言った。「わたしの寝室で手早く楽しもうって、厚かましくも誘ってきたのよ。あれほどの男性たちと付き合ってきたわたしが、彼のような男に興味を持つはずもないのに」

「あの人、わたしのことも誘ったわ」わたしは笑いながら言った。

「あそこまで自分を魅力的だと思えるなんて、あの手の中年男たちの頭のなかっていったいどうなっているのかしら？」

緊張感に包まれている人がそうしがちなように、わたしたちは声をあげて笑った。階段をどすどすとあがってくる音が聞こえ、制服姿の警官が数人と私服の刑事がふたり現れた。

「警察だ」年配のほうの刑事が言った。「座ったままでいるように。だれも動くんじゃない」

四月二六日　日曜日

まだシャネルの店。永遠にここにいることになるのかもしれない……留置場に連れていかれるのでなければ。ああ、どうしよう。尋問されたら、なにを言えばいいの？　ダーシーがいてくれればよかったのに。彼ならわかっていただろうに。でもこの茶番劇にわたしを巻き込んだのは、そもそも彼だ！

それは、まるでそこが舞台であるかのような芝居がかった登場だったから、文句を言っていた女性たちは一瞬のうちに静まりかえった。ふたりの刑事のうち年配のほうは黒い口ひげをたくわえていたが、顔は青白く老けていて疲れた様子だったので、染めているのだろうとわたしは思った。彼は部屋を見回し、身なりのいい女性たちばかり大勢いるのを見てたじろいだ。

「ここの責任者はだれです？」彼は訊いた。

「ここはシャネルの店だから、当然わたしね」ココが歩み出た。「あなたの名前は？」

「モーヴィル警部です。彼はラパン巡査部長」

ラパンはフランス語でうさぎという意味で、前歯の大きな彼はどこかうさぎっぽく見えたので、わたしは笑いたくなるのをこらえた。

「来てくださってよかったわ、モーヴィル警部」ココが言った。「このちょっとした不運な出来事を、できるだけ早く、かつ円滑に解決してくれるわね？　こちらにいるみなさんは、重要な方々なの。ヨーロッパの王家の方もいる。当然ながら、できるだけ早く帰りたいとおっしゃっているのよ」

「もちろんわたしも、できるだけ早く終わらせたいと思っていますよ。わたしは日曜日の午後をのんびり過ごしたいし、部下たちはサン＝ドニのサッカーの試合を見たがっていますからね」彼が部下たちを振り返ると、ひとりがにやりと笑った。「とはいえ、警察ではなにより仕事が優先だ。われわれの捜査が終わったら、こちらのご婦人方には帰る許可を出しますが、それまではだめです」モーヴィルは言葉を切り、ココに向かって指を振りたてた。「フランスでは一五〇〇年前に貴族制度が廃止されています。法のもとでは、だれもが平等に扱われる――金持ちも貧乏人も」

「それでも、ふさわしい処遇を受けなかった場合、こちらの女性たちの夫は相応の態度を取ることができるでしょうね」

自分の人生を難しいものにできる夫がいるのはだれだろうと考えているのか、壁に沿って座っている女性たちを疑わしげに眺めていたモーヴィル警部は、カメラマンたちに気づいた。ショーが終わったあとも、何人かが残っていたのだ。

「出ていくんだ、いますぐに。さあ」彼は階段を示した。「許可が出るまで、一切報道してはならん。わかったな？」

カメラマンたちは警官に連れられて、しぶしぶ階段をおりていった。アーニーはカメラを置いて、ここに残った。

「さてと」警部はココに向かって言った。「どういうことなのか、説明してもらえますかね、マダム？　死体は見当たらない。どこなんです？　警察を笑いものにするための冗談じゃないでしょうな。われわれはこの手のユーモアのセンスは持ち合わせないんですよ」

「冗談なんかじゃない」ココが答えた。「観客のひとりがショーの最中に亡くなったのよ。控室に運んだわ。彼女のところに案内するから。お医者さまが待っているの」

警部が手を打ち鳴らした。「みなさん、改めて言っておきますが、ここは犯罪現場です。死体を調べようとしているところだ。わたしがいいと言うまで、だれも帰らないように。いいですね？　あとで、部下たちがひとりずつ話を聞きます。名前、住所、訪問客であればどこに滞在しているのか」彼は階段のそばに立つ、ふたりの制服警官に命じた。「グレンジャー、ディオール。いかなる場合であっても、だれも外に出さないように。だれであろうとだ。なにか問題があれば、わたしのところに来い」

力を持つ女性たちを相手にしなくてはならないことを知って、ふたりの若い警察官はひどく居心地が悪そうだった。ココは刑事たちを連れて控室へと姿を消した。わたしたちは座って待った。交わされる会話は、ひそやかな小声になった。

「あの人たち、なんて言ったの?」母が小声で訊いた。「わたしはお金のかかるスイスの花嫁学校には行っていないから、あなたほどフランス語ができないのよ」

「だれも帰るなって。ひとことで言えば、そういうこと。いまは待つだけよ」

母は白粉のコンパクトを取り出し、蓋についた鏡をのぞきこみながら、鼻に白粉をはたいた。

「尋問されるときには、一番きれいにしておかなくてはいけないのよ」そう言いながらも、不安そうな表情になった。「ああ、この件が新聞に載ったりして、マックスが怒らないといいんだけれど。あの人たちはいま、ドイツのいいイメージを作りあげようとして一生懸命なのよ。家族と健全な活動が重視されている国だって」

「それなのにお母さまとマックスは、結婚もせずにもう何年も一緒に暮らしてきたのね」

「だから、どこかほかの場所でひそかに結婚しなくてはいけないのよ。スイスのルガーノの湖岸にある小さな家で」

「ユダヤ人の扱いについて、ドイツ人がそれほど健全だとは思えないけれど」

いらだち――それとも後悔?――の表情が、母の顔をよぎった。「もちろんマックスも賛成はしていないわ。でも、だれもなにも言えないの。それどころか口にする言葉には充分に気をつけないといけないのよ。だって……」若い警察官が近づいてきたので、母は口をつぐんだ。

「お名前をお願いします、マダム」

「ラノク公爵未亡人よ」母はさらりと答えた。「ラノク」と言いながら綴りを伝えたが、警察官が気にしていたのはその名ではなく、公爵未亡人という言葉のほうだった。

「前公爵夫人ということですか？」

「とも違うわね。わたしは現公爵の母親なの」

正確にいえば、それは事実ではない。母は兄の継母だが、自分の都合のいいように事実をねじ曲げるのは母の得意とするところだ。警察官は当然のごとく、感心したようで、小さく会釈をした。「お邪魔をして申し訳ありません、公爵夫人。どこに滞在なさっているんでしょうか？」

「リッツよ。ほかのどこがあるの？」

彼はもう一度会釈をすると、気圧（けお）されたようにあとずさった。同じことを訊かれたわたしは、彼女の娘のレディ・ジョージアナ・ラノクと名乗った。ダーシーに話を聞きたがると困るので、ミセス・オマーラであることは言わなかった。ベリンダの住所を伝えると、彼は満足したように離れていった。わたしは母に言った。「ラノク公爵夫人って名乗ったのね、未来のミセス・マックス・フォン・ストローハイムじゃなくて。いずれ世界でその価値がさがるから？」

母は楽しげに肩をすくめた。「ダーリン、わたしにはたくさんの名前があるの。ポロの選手やレーシング・ドライバーと結婚していたこともある。覚えているでしょう？　そしてあなたの愛すべき名づけ親ヒューバートとも。でもわたしのなかでは、一度公爵夫人になった者はずっと公爵夫人なの。それに……」カーテンが開いて警部が出てきたので、母は言葉を切った。部屋が静まり返った。それはまるで芝居の幕が開いて、最初の台詞を待っているときのようだった。

「亡くなった女性の検死を行った医師によれば、彼女はシアン化物を摂取したことによって死亡したようだということです。もちろん解剖によって確認する必要がありますが、その見立てはまず間違いないということでした」

「シアン化物」思ったとおりだ。あのにおい――彼女から漂ってきたかすかなアーモンド臭。それに顔も赤らんでいるように見えた。

観客たちが一斉に息を呑んだ。気が遠くなりかけたのか、何人かはプログラムで自分をあおいでいる。プログラムを目にしたことで、わたしはフラウ・ゴールドバーグのことを思い出した。どうしているのだろう？　ホテルまでプログラムを持って帰ったんだろうか？　なにかきっかけを作って、わたしが見つけられるようにどこかに置いていったということは考えられる？　探す機会がわたしにあるだろうか？　あるいは、自分の席に座っていた人間がどうなったかを知って、おじけづいたかもしれない。すでに彼女の命を狙う試みが実施されていたとしたら？　殺人犯は彼女のホテルの部屋を見つけただろうか？　わたしはまた気分が悪くなった。とてもわたしの手には負えない。

「部下たちがいま、あなた方からおひとりずつ事情を聞いているところです」警部が言った。「さてと、マダム・シャネル。くわしいことを教えてください。この女性の名は?」

「ミセス・ロッテンバーガー」

「アメリカ人?」

「ええ」

「事件が起きた正確な時間は?」

「それはわからないわ」ココが答えた。「ショーが終わったところで、彼女が死んでいると聞かされたのよ。一時間前までぴんぴんしていた」

「彼女はどこに座っていたんです?」

「右側の壁際に座ることになっていた」ココはそう言って、わたしが座っているあたりを指さした。

「いいえ、それは違います」白い髪を完璧に結いあげた優雅な装いのフランス人女性が手をあげた。「彼女はわたしの隣に座っていました」

「あなたの隣ですか、マダム?」警部は彼女に近づいた。

「ええ、そうです」

「それはどこです?」

「二列めの真ん中あたりです」

「二列め?」警部はけげんそうな顔になった。

「椅子の並べ方はいまとは違っていたの」ココが説明した。「ランウェイの両側に二列ずつあって、三列目が両方の壁に沿って並べられていた……あまり重要でない客のために」

「それでは、あなたは彼女の隣に座っていたんですね？」警部が確認した。「反対側にはどなたが？」

「わたくしだと思います」いかにも貴族らしい雰囲気の年配女性が応じた。

「おふたりのどちらかは、なにか気づいたことはありませんでしたか？　なにか変わったこととか？」

「彼女のことは気にかけていませんでした」貴族の女性が答えた。「ここにはファッションを見に来ているんです」そう言って肩をすくめた。「わたくしに言えることは、明かりが消されたときには彼女は生きていたということだけです。そのとき彼女がよく見ようとして椅子を動かしたので、わたくしは不快に感じたものですから」

「被害者はここにだれと一緒に来たんでしょう？」

だれも答えなかった。わたしは部屋を見まわしてマッジを探したが、見つけることはできなかった。まだ控室でおばの遺体と一緒にいるのだろうと思ったが、それなら警部が気づいたはずじゃない？　出てくるのを待ったが、彼女は現われなかった。

「彼女と一緒に来たことを認める人はいないんですか？　彼女を知っている人は？　愚かなことはやめたほうがいい。だれもここからは出られないし、すべてを明らかにするのがわたしの仕事だ。必要とあらば、一日中ここにいてもいいんですよ。もう一度聞きます。彼女と一緒に来た人はいますか？　彼女を知っている人は？」

再び沈黙。わたしは椅子の上で落ち着きなく身じろぎした。なにか言うべき？　でも言いたくなかった。

「つまり、みなさんのだれひとりとしてこの女性を知らないということですね。それは普通のことなんですか？　わたしが知るかぎり、女性というものはひとりで出かけるのを嫌がるんじゃないですかね？」彼はうなずいた。「いいでしょう。マダム・シャネル、あなたは自分の顧客をご存じだ。彼女のことを教えてもらえませんかね？」

「もちろんですとも」ココは応じた。「でも残念なことに、お話しできるのはほんの少しだわ。ここにいる大部分の方たちとは違って、彼女は常連客ではなかった。先週、いきなりやってきた。今日のショーのチケットをどうにかして手に入れたみたいなの。どうやったのかはわからない。コレクションの初日は、ほぼ招待客に限定しているのに。わたしたちが知るかぎり、彼女はあまり感じのいい女性ではなかった。金持ちであることは確かだけれど、お金でなんでも買えると考えているタイプだったわ。ヨーロッパはそうじゃないのに」

「あまり感じのいい女性じゃなかったということですが、だれかをいらだたせるようなことをしたんでしょうか？　ここにいるあいだに、だれかと争ったというようなことは？」

「わたしが知るかぎりありませんけれど、わたしはショーの最後の仕上げをするのに手いっぱいだったから」ココが答えた。

「どなたか、ショーが始まる前にこの女性のまわりでなにか騒ぎが起きたことに気づいた方なっていなかったと思います」

警部はそちらに顔を向けた。「あなたのお名前は、マダム?」

「ルシール・ドゥ・モレです、警部」

「知っていることを話してください、マダム」警部は数歩、彼女に近づいた。

彼女は注目を浴びていることが落ち着かないのか、あたりを見まわした。

「彼女はわたしの隣に座りました。ボンジュールとも言わなければ、なにも挨拶らしいことを口にしなかったので、妙に感じました。部屋が暗くなってすぐに別の女性がやってきて、彼女の肩を叩いたんです。驚いた様子でなにか小声で言っていましたけれど、アメリカ人女性はフランス語が話せないのか、もしくはわからないふりをしていました。あとから来た女性はそこは自分の席だと告げて、英語でも同じことを言ったんですが、アメリカ人女性はそれを無視していました。結局、その女性はほかの席を探すほかはなくなったんです。ショーが始まろうとしていましたから、彼女はあきらめて立ち去っていきました。ひどく落ち込んでいるようでしたけれど、アメリカ人女性は満足そうでした」

「なるほど。いくらか進展があったようだ。そのもうひとりの女性というのはだれなんです? 殺された女性と言葉を交わしたのはどなたです?」

当然ながら、だれも答えなかった。わたしがなにか言うべきだとわかっていたけれど、なにを言えばいいのかがわからない。マダム・ドゥ・モレが声をあげてくれたときには、ほっとした。「彼女はドイツ人グループのひとりだったと思います。ドイツっぽい帽子をかぶっていましたから」

「ドイツ人グループ？　どなたがドイツ人なんですか？」彼は部屋を見まわした。

「残念なことに、彼女たちはもう帰ったわ」ココが告げた。

「帰らせたんですか？　ここで殺人があったのに？」

ココはフランス人っぽく肩をすくめた。

「あのときはまだ、観客のひとりが気の毒に亡くなったということしかわかっていなかった。心臓発作だと思っていたのよ。お医者さまに言われるまで、不審な点があるとか犯罪かもしれないだなんて、想像もしていなかった」

「そのドイツ人というのは何者です？　どこに行けば会えますか？」

「貿易代表団の妻たちよ。リッツに泊まっているはず——そうですよね、公爵夫人？」ココはそう言って母に視線を向けた。

母の顔が赤らんだ。「ああ、もう。わたしを巻きこまなくてもいいのに、ばかな人」小声でつぶやいた。

モーヴィル警部は母に近づいた。「あなたは公爵夫人なんですか？　ドイツの？」

「いいえ、わたしは英国の公爵未亡人よ」母は英語なまりのひどいフランス語で答えた。

「ラノク公爵未亡人。でもわたしの婚約者がドイツ人なので、貿易代表団の一員として彼についてきたの。そして服を買うために」

母はにこやかに彼に笑いかけた。たいていの男性の心を、たいていの場合とろけさせてしまう笑みだ。警部も例外ではなかった。「迷惑をおかけしてすみません、公爵夫人。ですが、この女性に席を取られた人のことを教えてもらえますか？」

「申し訳ないけれど、それは無理だわ、警部。わたしはあのグループの正式な一員というわけではないの。彼女たちはみんな、フラウ・ゲーリングの友だちなのよ」

警部はその名前に素早く反応した。「ゲーリング？　あのゲーリングではないですよね？　ヒトラーの右腕の？」

「ええ、そのゲーリングよ」母が答えた。

「くそ（メルド）」警部は全員に聞こえるくらいの声で悪態をついた。「だとすると、事態はややこしくなる。外交関係だのなんだので。おそらく彼女たちは、答えたくなければ答えなくてもいいはずだ」

「警部、席を取られたからといって彼女が容疑者だということにはならないわ」母が言った。彼女に悪意があったと思うべきではないという意味のことをフランス語で言いたかったようだ。

「そういうこと。いま聞いたのは、死んだ女性が別の女性——ドイツ人女性の席を取ったということだけ」ココが近づいてきて、警部の隣に立った。「そのドイツ人女性は育ちがよくて礼儀正しかったから、どこかほかの席を探しに行ったのね。彼女がシアン化物を持っていて、死んだ女性のグラスに入れたなんて考える理由はない。正常な人間がシアン化物を持ち歩いたりするかしら？　ファッションショーで席を取られたからといって、正常な人間が人を殺したりする？　そのやりとりを目撃した人は、ドイツ人女性がミセス・ロッテンバーガーのところに戻ってきたのを見たのかしら？」

一同は、優雅なフランス人女性を見つめた。彼女は落ち着かない様子で言った。

「いいえ、見てはいません。亡くなった女性にショーのあいだに近づいた人間は、最後の服のモデルになった若い英国の女性だけです」

全員の視線がわたしに集中した。

まだ四月二六日　日曜日
まだシャネルの店

事態は刻々と悪化していく。どうやってここを切り抜ければいいだろう？

「その英国の女性というのは？」警部が訊いた。
それはまるで世界が動きを止めて、この劇を演じている俳優たちがその場で凍りついたかのようだった。なにを言えばいいのかを考えようとして、わたしの脳は激しく回転していた。ショーの最中にある女性に近づいてみたら、死んでいると気づいたことをどう説明すればいい？　わお。わたしがひどく怪しく見えるんじゃない？　とはいえ、本当の理由を話すことはできない。フラウ・ゴールドバーグをいま以上に危険な立場に立たせてしまうし、外交問題に発展する可能性もある。なにより、夫を関わらせてしまうことになる——絶対にそれはできない。

わたしは手をあげた。「レディ・ジョージアナ・ラノクです」これ以上できないほど尊大な口調で言った。

「ショーの最中に死んだ女性に近づいたのは、あなたですね？」

「ええ」

彼が近づいてきた。立ちあがるべきだろうかと考えた。そうすれば、彼と同じくらいの背丈になる。座っていると、不利になる気がした。けれどいま立ちあがれば、不安に駆られているとか、逃げ出そうとしている思われるかもしれない。心を決めかねているうちに、彼が目の前に立っていた。

「マダム、どうして彼女に近づいたんです？　あなたの友人だったんですか？」

「いいえ、彼女とは知り合いではありません。シャネルの店とマドモアゼル・ガートルード・スタインのサロンで二度見かけただけです。ですが紹介はしてもらっていませんし、話もしていません」

「それなら重要なファッションショーの真っ最中に、どうして彼女に近づこうと思ったんです？」

「それは」わたしはもっともらしい言い訳を考えようとした。「あの席にあのアメリカ人女性が座っているとは思いませんでした。さっき聞いたとおり、あそこにはフラウ・ゴールドバーグというドイツ人女性が座っているはずでした。ショーが始まる前、シャンパンをこぼしてしまったので、彼女が新しいプログラムを欲しがっていると聞いたんです。控室で出番を待っているときに、予備のプログラムがあることに気づいたので、彼女に持っていこうと思いました。そっと部屋を出て彼女に近づいて、〝プログラムです、マダム〟と声をかけました。そうしたら、彼女が死んでいるのがわかったんです」

わたしは言葉を切った。早口でペラペラと喋っていたことに気づいた。見事な言い訳とは言い難いが、限られた時間ではこれがせいいっぱいだった。警部は眉間にしわを寄せて、わたしを見つめている。「どこか、ほかの人に話を聞かれないもう少し落ち着いたところで、この続きを聞かせてもらったほうがよさそうですね」

彼はココに向き直った。「こちらの女性と話ができる部屋はありますか？　みなさんに聞かれているところで、こういう尋問をするべきではありませんからね」

「上の作業場を使ってくれていいわ。さらにその上の階にはわたし個人の部屋がある」ココが言った。

わお、さらなる問題。スカートをたくしあげなければ、どんな階段であろうとのぼれない。

「その必要はないでしょう」彼が言った。「亡くなった女性が安置されている控室を使います。さあ、ついてきてください」

わたしは母とゾゾに絶望のまなざしを向けながら立ちあがり、ばかみたいな小股でちょこちょこと彼のあとを追った。控室に入っていくと、そこではフロアスタンドが床の上の女性を弱々しく照らしていた。医者がその傍らに座っている。ハリーはいなかった。マッジの姿もない。警部はカーテンを閉めた。

「さて、マダム。声を小さくすれば、もう少し気楽に話ができます」彼は壁際の椅子のひとつに座るようにとわたしを促した。わたしがそのとおりにすると、彼はわたしと向かい合うように椅子を置き、そこに座った。母が言った〝尋問〟という言葉を思い出した。「さっき言ったことを、もう一度聞かせてもらえますか」

なにを言ったんだった？　なにも考えられなくなっていた。たしか、シャンパンをこぼしたから彼女が新しいプログラムを欲しがったとか、そういうこと。わたしは口ごもりながら、同じ話を繰り返した。説得力がないと、自分でも思った。警部はわたしをじっと見つめている。

「そのドイツ人女性とは知り合いですか？」

「いいえ、一度も会ったことはありません。あそこに座っていたのが違う人だと気づかなかったのは、それが理由です」わたしは言葉を切り、頭のなかを駆け巡る思考を制御しようとした。もっともらしく聞こえただろうか？「ただ、ショーが始まる直前、彼女だと教えられたんです。羽根飾りのついた帽子をかぶっていると言われました。なので、わたしはてっきり……」わたしは戸惑ったように両手を広げてみせた。

「あなたは今夜のショーの招待客のひとりですか？　英国の貴婦人ですよね？」

「ええ、そうです」

「それなら、どうしてあなたがプログラムを担当していたんです？」

「担当していたわけではなくて、ただいいことをしようとしただけです」フランス語でどう表現すればいいのかわからなかったし、ちゃんと伝わったかどうかもさだかではなかった。

警部はまだ疑わしそうにわたしを見つめている。

「さっき言っていた出番というのはどういうことです？　どうして出番を待っていたんです？　あなたはモデルなんですか？」

「そういうわけではありません。マダム・シャネルは友人で、わたしのために特別なドレスをデザインしてくれたんです。わたしは……」さあ、困った。妊娠ってなんて言えばいい？

「赤ちゃんが産まれるので」わかりやすいように、お腹に手を当てた。

警部の疑念がいくらか薄まったようだ。妊娠している英国人女性が、知らない女性を殺すとは考えにくい。

「マダム・シャネルは、わたしのためにデザインしてくれたこのドレスをとても気に入っていたので、観客たちに見せてほしいと頼まれたんです。彼女に呼ばれるまで、奥の部屋で待っていたのはそういうわけです。彼女は、ショーの最後のサプライズにしたかったんです」

「だがあなたは、自分でプログラムを届けにいったんですね？　案内係のだれかに頼むこともできたのに」

ああ、どうしよう。難しいことになってきた。首筋を汗が伝うのがわかった。レディは決して汗などかかず、ただつややかになるだけだということは知っているけれど、なにかが首筋を伝うのが感じられた。じっとりと体が熱くなって、いまにも気を失いそうだ。

「警部、いたって簡単なことだと思ったんです。わたしはプログラムがあることに気づいた。

彼女が欲しがっていたことを思い出したので、こっそりと部屋を出た。みんなが見事な金色のドレスを見つめていたので、だれにも気づかれないと思いましたから」

「だれにも気づかれない。都合がよかったわけですね？　殺人犯は、全員の目がランウェイに注がれていれば、だれにも気づかれないと思ったでしょうからね」

「このわたし――国王陛下の親戚で、貴族の出である英国のレディが、会ったこともない女性を殺そうとしたと言いたいんですか？」言葉がすらすらと口から流れ出た。緊張感でいっぱいのときは、外国語もスムーズに使えるようになるらしい。「そのうえ、ハンドバッグにシアン化物を入れて持ち歩いているとでも？　そんなものがどこで手に入るのかすら知りません。知らない町なんですから、なおさらです」

わたしが言ったことのなにかが、ようやく響いたらしい。「あなたは英国国王の親戚なんですか？」

「ええ、そうです」

「なるほど」警部は歯と歯のあいだから息を吸い、このまま尋問を続けるべきかどうか、もし続けたら外交にはどういう影響があるだろうと考えているようだった。「あなたはただ、いいことをしようとしただけのようですね」

「そのとおりです」わたしは言った。「あの気の毒な女性を殺した人間を見つけたいのなら、彼女が使ったシャンパングラスを見つけて、疑わしい指紋が残っていないかどうかを調べればいいんじゃないでしょうか。わたしの指紋はありませんから」

警部の顔に驚きの表情が浮かんだ。「シャンパングラスが怪しいと思っているんですか？なにか見たんですか？」

「なにも見てはいません。ですが、彼女がシアン化物を飲まされたのだとしたら、シャンパングラスが使われたと考えるのが理にかなっていますよね？　それ以外に、どうやって飲ませるんです？　シアン化物は効き目が速いと聞いています」

「よくご存じですね。わたしはこの目でシアン化物の効力を見たことがある。いい死に方ではありませんが、あっという間だ」

「そのとおり」医者が口をはさんだ。ずっと黙って座っていたので、わたしは彼がいることをすっかり忘れていた。「シアン化物での死はひどく苦しい。心臓が止まる前に、窒息で死ぬ」

「シャンパングラスに毒の痕跡が残っているかもしれないということか」警部はつぶやいた。

「そして、あなたの言うとおり指紋も。洗って片付けたりしていませんよね？」

「はい。警察が調べる必要があるかもしれないと思って、そのままにしておくようにとマダムに言いましたから」

「あなたは聡明な方ですね」彼はカーテンを開けると、ラパン巡査部長を呼んだ。なにを話しているのかは聞こえなかったが、戻ってきた警部は満足そうな顔をしていた。「シャンパングラスを調べるのに必要な道具を部下に持ってこさせます。指紋を取りますよ」

わたしはうなずいた。

しばしの沈黙。警部はなにを考えていたのか自分でもわからなくなったらしく、尋問をどう続ければいいのか、戸惑っているようだった。「予備のプログラムがあることに気づいたとき、あなたはどこにいたんですか？」

「ここです。マダム・シャネルが呼びに来るまで、この部屋にいることになっていました」

「この部屋に？」

「そうです」

「外を見ていましたか？　ショーを？」

「ええ」

「それなら、お尋ねします。全員がモデルに注目していたとき、こそこそと歩きまわっている人物に気づきませんでしたか？」

「残念ながら、気づきませんでした。それが問題なんです。スポットライトがランウェイに当たっていて、それ以外の場所は暗くて、だれもがモデルを見つめていた。だれであれ、気づかれることなく動きまわることができたんです」

「そのとおりですね、残念ですが」警部は言った。「ふむ、いまのところ、質問は以上です。亡くなった女性と、彼女の席に座るはずだったドイツ人女性については、さらに調べを続けます。あなたは連絡先をわたしの部下に伝えてあると思いますが、われわれの許可なしにパリから出て行こうなどとは考えないようにしてください。おわかりですね？」

「はい、警部、わかっています」わたしはそう言ったところで、あることを思い出した。

「亡くなった女性はひとりで来ていたのかと訊いていましたよね？　ひとりではありませんでした。付添人がいました。姪が一緒に来ています」

「その話は聞いていない。彼女はどこにいるんです？　わたしが訊いたとき、彼女はどうして出てこなかったんです？」

「おばの遺体のそばにいられるように、わたしが彼女をこの部屋に連れてきたんです。どこに行ってしまったのか、さっぱりわかりません」

警部は部屋を見まわした。

「あの階段をおりていったと思いますよ」医者が隅にある小さならせん階段を指さした。

「もうひとつ階段が？　別の出口が？」警部は立ちあがり、かりかりしながら階段に近づいた。「どうしてだれも教えてくれなかったんだ？　これは建物の外に通じているんですか？」

「はい。そう聞いています」医者が言った。

「だとすると、だれでも気づかれることなく出入りができたわけだ」警部は行ったり来たりし始めた。「事情がすべて変わってくる。世界をまたにかける暗殺者の仕業なのかもしれない」

「それはどうでしょう、警部。わたしはショーのあいだじゅうずっと、この部屋にいました。入って来た人も、出ていった人もいませんでした。それに、アメリカ人男性がわたしと一緒にいたんです。彼がわたしの証人になってくれるはずです」

「アメリカ人男性？　ほかにもアメリカ人がいたわけですね。彼はいまどこに？」

「友人と一緒に座っていると思います。邪魔にならないところで、案内係の人たちと一緒に。ふたりは椅子を運ぶ手伝いをするために来たんです」

警部は芝居がかった仕草でカーテンを開けると、うなるように言った。「まずはその姪を見つけよう。ロバート、外に出て、この建物から若いアメリカ人女性が出てこなかったかどうかを調べるんだ」

「彼女の名前はなんていうんですか、マイ・レディ？」

「マッジとしか聞いていません。茶色いツーピースのスーツを着ていて、目立たないタイプです」

「聞こえたか、ロバート？」警部は言った。「行って、彼女を見つけてくるんだ。それほど遠くには行っていないはずだ。滞在先はどこです？」

「プラザ・アテネです」わたしは答えた

「ふむ。あの女性は裕福だったわけだ」

「マッジが戻ってきたら連絡するように、ホテルに頼んでおいたらどうでしょう？」

警察官はらせん階段をおり始めた。金属製の階段をおりていく足音が聞こえ、やがて階下のドアを開いたのか、外の物音が聞こえた。さほどもたたないうちに、再び、階段をあがる足音がした。警察官がマッジを連れて戻ってきた。

「見つけました、警部」彼は言った。「すぐ外に立って、待っていました」

まだ四月二六日　日曜日
まだシャネルの店

もうすぐ解放してもらえるだろうか？　わお、トイレに行きたくてたまらない。


つかつかと近づいてくる警部を見て、マッジは怯えているようだ。

「マドモアゼル、犯罪現場から逃げようとしていたんですね？」

マッジは戸惑ったような顔になった。

「彼女はあまりフランス語ができないんだと思います」わたしは言った。「通訳しましょうか？」

「そうしてもらえると助かります、マイ・レディ」

わたしは彼の言葉を通訳した。マッジはぶんぶんと首を振った。

「違います、逃げようなんてしていません。フランクおじさんに電報を打ったほうがいいって、あなたが言ったんです。あの階段で外に出られることがわかったんで、郵便局を探しに行こうって思ったんです。でも、どうやって電報を打つのかもわからないし、フランス語もうまく喋れないことに気づいて戻ってきたら、ドアに鍵がかかっていてなかに入れなかったんです」

わたしはそのとおりに通訳した。警部はうなずいた。

「あなたはおばさんと一緒にフランスに来たんですね、マドモアゼル？」

マッジはそれくらいはわかったようで、うなずいた。

「おばはヨーロッパをぐるりとまわっている途中でした。このあとスイスとイタリアに行くことになっていたんです。おばの夢だったんです」

「お気に入りの姪のあなたを連れてきたんですね？」

その言葉を通訳すると、マッジは苦笑した。「全然違います。わたしの父が破産したんです。わたしたちは家を失いました。おばが付添人としてわたしを引き取ったんです。わたしはおばの荷物を持ったり、なにかを取りに行ったりしています」

「使用人のように扱われていたということですか？」

「そんなところです。おばは奉仕されるのが好きだったんです。とても注文の多い人でした」

「あなたはいらついたでしょうね」

「はい、時々は」

ああ、まずい。罠に引き込まれていることがわからないの？　だが不意に気づいたらしく、マッジは言った。「でも、おばを殺そうなんて思いませんでした。わたしは人殺しなんてできません。敬虔なキリスト教徒なんです。〝汝、殺すなかれ〟って聖書に書いてあります」

「なるほど」警部は言った。「ファッションショーのあいだ、あなたはどこに座っていたんですか、マドモアゼル？」

「邪魔にならないところです。ほかのメイドやあまり重要じゃない人たちと一緒に、階段の脇にいました」

「そこからおばさんは見えましたか？」

「おばが座っているところは見えました。そのあとは部屋が暗くなりましたし、ほかの人たちと同じようにモデルを眺めていましたから」

「ショーが始まる前、おばさんは具合が悪かったりしませんでしたか？」

「まったく。それどころか、戦う気満々でした」（そこまで問題なく通訳していたわたしだが、〝戦う気満々〟でつまずいた。結局、〝彼女はとても元気でした〟と訳した）。「自分はもっと重要な人間だと思っていたのに、うしろの席に追いやられたことに怒っていました。それで勝手に空いている席に座ったんです。そこは自分の席だって女の人が言ってきても、追い払っていました。全然、動じませんでした」

聞いていた話と一致したので、警部はうなずいた。

「ハンドバッグを持っていますね、マドモアゼル？」

「はい」マッジはハンドバッグを見せた。かなり古い、フェイクレザーのハンドバッグだ。

「見せてもらってもいいですか？」

マッジは驚いたようだが、おとなしくハンドバッグを差し出した。警部はなかを調べてから、彼女に返した。「大金を持っていますね、マドモアゼル」

「おばのお金です。おばは外国のお金は信用していないし、フランス人にだまされるかもしれないと思っていたので、支払いをわたしにさせたがったんです」

その台詞を失礼のないように訳すのは難しかった。警部はうなるような声で言った。

「問題ありません、マドモアゼル。おばさんはどうですか？　ハンドバッグを持っていましたか？」

「ここにあります、警部」わたしは口をはさんだ。「彼女は具合が悪いだけだと思っていたときに、ここに持ってきたんです」

警部はわたしが手渡したハンドバッグを調べたが、なにも怪しいものは見つからなかった。だが、ふとなにか思いついたようだ。「あなたのおばさんの精神状態は、好ましいものでしたか？」

「好ましい？」マッジは驚いたように訊き返した。「おばは一緒にいて楽しい人ではありませんでした。いつだって、文句の種を見つけていました」

「なるほど。だとすると、彼女が自分で命を断ったという可能性はありませんか？」

「エルシーおばさんが？」マッジは笑いをかみ殺した。「ありえません。おばは自分をものすごく重要な人間だと思っていました。世界は自分を中心に回っているって考えていたんです」

「あなたたちのどちらも、シアン化物を運ぶ道具を持っている様子はない」警部は言った。「結晶の形だったはずですよね、ドクター？」

「そう判断して、まず間違いないでしょう」医師が答えた。「注射器を使った可能性はありますが、その痕は見つかりませんでした。もちろん、まだひと通り調べたにすぎませんが。解剖を行えば、なにか違う結果が出てくるかもしれません」

警部は、いまはとても平穏そうに見える亡くなった女性をじっと眺めた。「つまり、何者かがシアン化物を持ち込んだわけだ。どこで手に入るかを知っていて、殺す目的でやってきた何者かが。この階段が裏口に通じていることがわかったわけだから、その何者かはマダム・シャネルの客ではなくて、外部の人間だったという可能性も出てきたということだ」

「それはないと思います、警部」わたしは言った。「さっきも言いましたが、わたしはずっとこの部屋にいたんです」

「ショーが始まる前に入ってきて、そのときが来るまでどこかに隠れていたとか？」

わたしは首を振った。「ショーの前は、最後の準備に全員が走りまわっていましたから、だれかが隠れていられたとは思えません」そう言いながら、わたしは自分の首を絞めているのかもしれないと考えていた。

警部は考えをまとめようとしているのか、その視線がわたしを通り過ぎた。

「これは思いつきの行動じゃない。怒りに駆られた衝動的な犯行ではありません。頭のいい人間が入念に計画したものだ。いつなら全員の視線がモデルに向けられているのかも、犯行後は少なくとも現場に五〇人の女性がいることも知っていた。重要な女性たちです。警察の尋問を難しいものにできる女性たち」

それが合図だったかのように、カーテンが乱暴に開けられた。シンプソン夫人が立っていた。

「いったいいつまでここに閉じ込められていなくてはいけないの、警部？」彼女が尋ねた。

「わたしが許可すれば、全員帰ることができます。それまではだめです」警部が答えたので、彼が実は英語を理解できることがわかった。

「わたしがだれだか知っている？」

「はい、知っていますよ、マダム。新聞であなたの写真を見ていますからね。あなたが重要な方だということは承知しています。ですが、この部屋で殺人が起きた。あなたを解放すれば、ほかの女性たちも帰っていいものだと思うでしょう。なので、もう少し辛抱していただきたいんです。みなさん全員から、部下が指紋を採取します」

「指紋？　英国国王の未来の妻を犯罪者扱いするつもり？」

「そうではありません、マダム」警部は、それは初耳だとでもいうように好奇心をたたえて彼女を見つめた。フランスの新聞ではこれまで、彼女はただの〝友人〟ということになっていたのだ。「シャンパングラスを調べて、あなたを除外するためです」

「シャンパングラス？」ウォリス・シンプソンはぞっとした顔になった。「それじゃあ、毒はあそこに入っていたの？　わたしたちはトレイから自分でグラスを取ったのよ。死んでいたのが、わたしたちのだれでも不思議じゃなかった。わたしを狙ったものだったのかも」

「それは考えにくいと思います、マダム。もうしばらく、ほかの方と一緒に待っていていただければ……」

「英国大使に電話するわ。それにもちろん国王にも。この捜査は、ひどくずさんなやり方で行われているって」

「捜査は徹底的に行いますよ」警部は傲慢な口調で言った。「犯人に正義の裁きが下されるまで、われわれは決してあきらめません。そういうわけですから、いまはお戻りください。そうすれば、それだけ早く解決に近づきます」

シンプソン夫人は仰々しい態度で出ていった。警部はマッジに向き直った。

「きみも行っていい。だがあとで指紋を取らせてもらうし、おばさんについてくわしい話も聞きたい。パリに着いてからのことすべてだ。会った人間全員。それから、きみはパリから出たりしないように」

フランス語の指示を理解できなかったマッジは、悲痛なまなざしをわたしに向けた。わたしは警部の言葉を通訳した。

「おばの遺体をアメリカに送る手配をしなきゃいけないのに、どうしてパリを出ていけるっていうんですか？」マッジは手で口を押さえ、震える声で言った。「ああ、とんでもないことになりそう」

「わたしが手伝うわ」わたしは言った。「なにかわたしにできることがあるかもしれない。あなたのホテルまで行ってもいいのよ」

「まあ、本当ですか？　ぜひお願いします。わたしはなにもわからないんです。電報の打ち方も、なにもかも」

「電報は、ホテルに頼めばいいと思うわ」

マッジはまた手で口を押さえた。「フランクおじさんはさぞショックを受けるでしょうね。ものすごく怒るんだわ。おばの面倒をきちんと見ていなかったって、わたしが責められるんだわ」

「あなたを責めることなんてできないわよ。毒を盛られるかもしれないなんて思いながら、ファッションショーに来る人はいない。そうでしょう？」

「でも、いったいだれがおばを殺そうなんて思ったんです？」マッジの声は震え、いまにも泣き出しそうだ。「おばが無礼で不愉快な人間だっていうことは知っていますけれど、でもここにいる人たちのことはだれも知らないんですよ。一度も会ったことはないんです」

「人違いだっていうことがわかってくるんじゃないかしら。あなたもそう言ったのよ、おばさんは違う席に座っていたって」

「どういうことです？」わたしたちの会話を理解した警部が、鋭いまなざしをわたしに向けた。

「警部、ミセス・ロッテンバーガーが別の人の席に座っていたのなら、毒はその人に飲ませるつもりだったという可能性がありますよね？　彼女はただ運が悪かっただけなのかもしれない」

警部はその可能性を考えていなかったようだ。「別の女性に飲ませるつもりだった？　ドイツ人の女性に？　ドイツ人グループは警察が来る前に帰っていった。それだけでも怪しく思える」

わたしはうなずいた。

「いまドイツでなにが起きているかは聞いています。恐怖と冷酷な手段で人々を支配している。ですが彼女たちに尋問するのは難しいですね。ゲーリングの妻がいると知ったいまではなおさらです」警部はため息をついた。「真相はわからないままになるかもしれない」その事実を受け止めているあいだ、警部は無言だった。カーテンの向こうでは、会話（それとも不満の声だろうか？）の声が大きくなっていた。階段を受け持っているふたりの若い警察官は、大変な思いをしているだろうと思った。

「何者かが、そのドイツ人女性を殺すように指示した。彼女が今日、シャネルの店に来ることを彼らは知っていた。彼らは店内に入り込み、暗闇に乗じて目的を果たした」

まさにそのとおりのことをわたしは考えていた。どんな手段を使っても、マイクロフィルムを手に入れるようにと指示された人間がいたのだ。おそらくは、同じドイツ人グループのだれか。

「もちろんここパリでも、戦争に対する反感はまだ残っている」警部はだれにともなくつぶやいた。「ドイツ人全体に悪意を抱いている人間が、ドイツっぽい服装をしているという理由で、この女性を選んだのかもしれない」

「ドイツ人を殺すという万が一の可能性を考えて、シアン化物を持ってファッションショーに来る人間がいますか？」わたしは反論した。「それに、シャネルの招待客リストを見てください。ヨーロッパでもっとも影響力のある女性の半分がここにいるんです」

「ですがマダム、だからこそ、犯人は自分は安全だと考えているとは思いませんか？」彼はわたしに向けて指を振った。「警察が深く追及したり、間違った人間を侮辱したりすることはできないと、犯人はわかっていた。シンプソン夫人が騒ぎを起こそうとしているのを、あなたも見たでしょう？」

うなずいた。確かに彼の言うとおりだ。彼はなにかにふと気づいたらしく、わたしに訊いた。

「マイ・レディ、あなたもドイツとの関わりがあるんじゃないですか？」

「まさか、ありません」わたしはそう答えたものの、すぐに訂正した。「曾祖父母であるヴィクトリア女王とプリンス・アルバートはドイツ人でした。ですがそれだけです」

「それでは、あのドイツ人グループとは関わりはないんですね？」

ああ、どうしよう。自分が罠にはまりかけていることに気づいた。

「ご存じのとおり、母があのグループの一員です」

「ふむ、興味深いですね」警部はじっとわたしを見つめている。「あなたのお母さんはグループのメンバーと意見の相違があった。いや、それ以上だ。グループのだれかがあなたのお母さんを侮辱した。彼女は仕返しがしたかったが、自分ではできない。だが母親のためならなんでもする愛する娘が、暗がりに身を潜め、こっそり抜け出すチャンスを待って……」

わたしは笑いだしてしまった。「警部、あなたはわたしの母のことがわかっていません。母はだれかに侮辱されたら、その場で仕返しをします。けんかっ早い人ですから。それに、わたしは確かに母の娘ですが、わたしたちはそれほど親しくはありません。わたしが二歳のころから、ほとんど会っていないんです。ですから、母がドイツでなにをしているかは、わたしには一切関係のないことです。ただ、母が人に毒を盛るようなタイプではないことは確かです。あの人には、巧妙なことはできません。だれかを殺したいと思ったら、刺すか撃つかのどちらかでしょうね」これだけのことをフランス語で話すのに疲れて、わたしは言葉を切った。「ですが今回の場合、母はこのグループのほかの女性のことをほとんど知りませんし、関わることもなかったはずです」あなたは見当違いのことをしていると言いたかったが、フランス語でどう言えばいいのかがわからなかった。

警部はため息をついたが、わたしに向ける鋭い目つきはそのままだった。

「それだけではないような気がする。ですが、あなたは殺人犯のようには思えない」

「もちろん違います」

「シャンパングラスを調べれば、もう少しなにかがわかるかもしれない」彼はまたため息をついた。

「シャンパングラスと言えば、興味深い点があります」医師が言った。わたしはまた、彼がいることを忘れかけていた。「シアン化物をどうやってグラスに入れたんでしょう？　簡単に扱えるようなものじゃない。それどころか、かなり危険です」

「だれがグラスを配ったのか、わかりますか？」警部はわたしに尋ねた。

「案内係がトレイにのせて配っていました。女の人たちは、自分でそこから取っていたはずです」

警部はため息をついた。「案内係。全員若い男性ですよね？　彼らにも話を聞く必要がある。なかには、第一次世界大戦で愛する父親を失った者がいるでしょう。あるいは、ドイツ人に農家を焼かれたとか……」彼がすでに物語を作りあげているのがわかった。「シャンパンをどこで注いだのか、知っていますか？」

「ええ」わたしは答えた。「見ていましたから。あなたのすぐ脇にあるテーブルです。アメリカ人男性がボトルを開けて中身を注ぎ、案内係がそれを運んだんです」

「そうか！」警部は顔を輝かせた。「そのアメリカ人男性――彼はファッションショーでなにをしていたんです？　シャンパンを注ぐと彼から言い出したんですよね？　彼の名前を教えてください」

「ハリー・バーンステーブルです。あの隅に座っています」

「ラパン」警部が呼んだ。「そのハリー・バーンステーブルというアメリカ人を連れてこい」

22

四月二六日　日曜日
まだシャネルの店　一時間後

わたしはひどく疲れていたうえ、感情的になっていたので、いまにも泣き出しそうだった。裏のあの階段からこっそり逃げ出して、ダーシーを探しに行きたかった。けれどこのドレスでは絶対に階段をおりられないし、脚をここにいる全員にさらしながら同じようならせん階段をあがっていかないかぎり、着替えることもできない。お手上げ状態だ。おそらくは警部も。わたしたちは堂々巡りするばかりで、どこにも行き着くことができずにいる。

ハリーが部屋に連れてこられた。興味津々であたりを見まわし、わたしに気づいてにやりと笑った。

「もう脅されて自白した？」彼が訊いた。

「座ってください」モーヴィル警部が言った。「名前は？」

「もう彼女から聞いているんじゃないですか。ハリー・バーンステーブル」

「フランス語ができるんですね」

「それはそうでしょう。一八年もここに住んでいますから」

「アメリカのどこからいらしたんですか？」

「ニューヨークです。でも戦争前の話だ。おれはいまではフランス国民です」

「あなたはいい趣味をお持ちだ、ムッシュー。いくつかお訊きしたいことがあります」

「いいですとも。どうぞ」ハリーは椅子に腰をおろし、背もたれに体を預けた。

「あなたがシャンパンを注いだと、こちらの女性から聞きました」

「手伝ったんです」ハリーが告げた。「おれは時々バーで働いているんで、シャンパンを開けるのは慣れています。案内係があまりうまくできないようだったので、手伝うと申し出たんです」

「そのシャンパンをあなたが注いだ？」

「何度か手伝いました。そうすればはかどりますから」

「グラスはどこに？」

「トレイの上です。ひとつのトレイに注ぎ終わったら、案内係が持っていき、おれたちは次のトレイのグラスに注ぐ。客全員に行きわたるまで、それを繰り返しました」

「ムッシュー、よく考えてください。シャンパンを注いでいるとき、グラスになにか入っていることに気づきませんでしたか？」

「なにかってなんです？」

「小さな白い結晶のようなものとか？」

ハリーは小さく笑った。「見ませんでしたよ。気づいていたら、だれかがなくしたダイヤモンドだと思って、拾いあげていたでしょうね」

「グラスを配る手伝いはしたんですか？」

「いいえ。おれはちゃんとした格好じゃありませんでしたからね。シャネルは家具を移動させるといったつまらない仕事をさせるために、アーニーとおれを雇ったんですよ。案内係はみんな見た目のいい若者でした。おれたちはむさ苦しくて、ショーの雰囲気には合わなかった」

「もう一度よく思い出してください、ムッシュー。グラスをどうやって配っていたか、見ていましたか？」

「もちろんです。案内係がトレイを持って歩きまわり、女性たちが自分でグラスを取ったんです」

「特定の女性が特定のグラスを受け取ることはできたと思いますか？」

ハリーは背筋を伸ばした。「そういうことなんですか？　彼女はシャンパングラスから毒を飲んだんですか？」そう言って首を振った。「どうやってそんなことができたんだろう。彼女が特定のグラスを受け取ることが、どうしてわかるんです？」

「まったくですよ」警部は首を振った。「謎だ」

「ここに来る前に毒を盛られていた可能性はないんですか？　効き目が現れるまで時間がかかったとか？」

「それは考えにくい」医師がまた声をあげた。「たいていの場合、シアン化物の効き目はすぐに現れる」

「そうですね」ハリーが言った。「それじゃあ、シャンパングラスじゃなかったのかもしれない。シアン化物にはガスもありますよね？　だれかが気付け薬か香水を入れ替えたとか？」

「彼女のハンドバッグに気付け薬はありませんでした」警部が言った。「グラスをちゃんと調べれば、もっとわかってくるでしょう」

ハリーは立ちあがった。「訊きたいことはそれだけですか？　あなたの部下に名前と住所は伝えました。協力したいのは山々ですが、これ以上なにも思い出せません」

彼は部屋を出ていこうとした。

「あとひとつだけ」警部が彼の腕をつかんだ。「亡くなった女性を知っているかどうかを、まだ訊いていませんでした」

「彼女を知っているかって？　知っていると思うんですか？」

「あなたは彼女以外で店内にいたふたりきりのアメリカ人のうちのひとりだ」

「アメリカは広い国ですよ、警部」ハリーは見下すようににやりと笑った。「おれがあそこで暮らしていた年月は、これまでの人生の半分以下だ。それに、これまで聞いたことからすると、彼女は大金持ちらしいが、おれは貧しい。どこかで会うことはなさそうだ」彼は警部の袖を叩いた。「がっかりさせて、申し訳ない。だがアメリカ人がシアン化物で人を殺そうとするとは思いません。おれたちは昔ながらの銃を好むんですよ」ハリーはそう言い残し、部屋を出ていった。

「まったく進展しませんね」モーヴィル警部がつぶやいた。「ですがあなたは、もうひとりのアメリカ人の話をしていましたよね？」

「はい。ハリーと一緒に手伝いに来ているんですが、熱心な素人カメラマンなのでカメラを持ってきています」

「彼も連れてこい、ラパン」モーヴィル警部が命じた。

やってきたアーニーはどこか不安そうだとわたしは思った。だが彼はほんのわずかになまりが残るだけの流暢なフランス語で質問に応じ、名前と住所をさらりと告げ、彼もまた第一次世界大戦以降フランスに住んでいるのだと言った。暴力を美化する国で暮らしたくはないし、フランスのほうがずっと洗練されているからだと説明した。

ベリンダに頼まれて、椅子を並べる手伝いをしに来たのだと彼は言った。シャンパンが配られたときは店の外にいて、新聞社に売るために到着する客たちの写真を撮っていた。そのあとはこの部屋のすぐ脇に当たる店の奥側に立ち、プロのカメラマンに気づかれないことを願いながら――気づかれれば、文句を言われるかもしれない――そこでも写真を撮ろうとしていた。

「あなたの友人にしたのと同じ質問をします。亡くなった女性は知り合いでしたか？」

「いいえ」アーニーはそう答えたが、すぐに言い直した。「ガートルード・スタインの家で彼女に会っています。おれの家族を知っていると言っていましたが、ただ上流階級の人間に取り入って、自分も重要だと感じたいだけだったと思いますね」

「それではあなたの家は著名な一家なんですか？」

「たいしたことはありません。軍人の一家だというだけです。父は陸軍の将官でした。兄たちはウエスト・ポイントを出ています。おれは戦うのが嫌いで、一家の面汚しだったんですよ。だからこの国に来たんです」彼はそこで言葉を切った。「彼女もペンシルベニアから来たと言っていましたよね？　たしかピッツバーグと？　それともフィラデルフィアだったかな。ともあれ、おれの両親とどこかで会っている可能性はありますね。だがおれは会っていません。ああいうタイプの人間からは、さっさと逃げることにしているんです」

「ああいうタイプとは？」警部は淡々と尋ねた。

アーニーはため息をついた。「ガートルード・スタインの家での彼女の態度を見せたかったですよ。最初はヘミングウェイの注意を引こうとして、そのあとは金にものをいわせてガートルードの絵を買いたがった。ガートルードは怒っていましたよ」

「なるほど」警部は一拍の間を置いた。「それではあなたたちアメリカ人ふたりはガートルード・スタインの家で、亡くなった女性とたまたま会ったわけですね？」

「そういうことです」

「警察官としては、簡単に偶然を信じるわけにはいきませんね」

アーニーはいらだったような笑い声をあげた。「おれたちだけがここにいるアメリカ人で、その女性と前に会ったことがあるっていうだけで、犯人にしようっていうんじゃないでしょうね？　またどこかで彼女にばったり会うかもしれないから、シアン化物を持ち歩いていたとでも言いたいんですか？　言っておきますがね、警部、今夜の招待客リストにだれが載っているのか、おれたちはまったく知らなかったんだ。普段は、シャネルの取り巻きたちと関わることはありませんからね」

その返答に警部は満足したらしく、うなずいた。アーニーがその場を去ろうとすると、彼はさらに尋ねた。「あなたの苗字はフランセンでしたね？」

「はい、そうです」

「ドイツの名前ですよね？」

「そうです。祖先が、一八〇〇年代の半ばにドイツから来たと聞いています」

「いまでもドイツとつながりがありますか？」

アーニーは顔をしかめた。「ありません。祖先がどの地域から来たのかくらいは知っていますが、それだけです。おれは一度も行ったことがありません。戦争であんなことがありましたから、ドイツと関わりのあるものからは距離を置くようにしてきたんです」

「ドイツを憎んでいますか？」

「あの国の政治に対しては。でも、おれたちが戦った気の毒なやつらを憎んではいませんよ。

彼らも、おれたちと同じくらいあの国の政治を憎んでいたのかもしれない。ありがたいことに、すべては過去のことだ。いまはただ、あのヒトラーという男が新たな戦争を始めようとしていないことを願うだけです。幸いなことにおれはもう年だから、次は駆り出されないでしょうがね」

警部はアーニーにさらに近づいた。「今日ここに来ていたドイツ人女性のだれかと、言葉を交わしましたか？」

アーニーは驚いたようだ。「おれが？　客と話をするのは禁じられていたんですよ。それどころか、近づかないようにと言われていた。さっきも言いましたが、客たちが到着したとき、おれは写真を撮るために外にいて、そのあとは新聞社のカメラマンたちについて、こっそりなかに入ってきた。部屋の一番うしろで、目立たないようにしていましたよ」

警部は興味を引かれたようだ。「そういうことなら、お訊きします。ショーの最中に、そこそこ歩きまわっている人間を見ませんでしたか？　ほかの客に近づいたとか、なにかを手渡したとか？」

アーニーは眉間にしわを寄せた。「見なかったと思います。ジョージーは別ですが、それはすでにわかっていることですし」

「ジョージー？」

「ここにいるレディ・ジョージアナですよ。途中で彼女が出てきて、その女性に近づくのを見ました。そうしたら戻ってきて、その女性をここに運ぶのを手伝ってほしいと頼まれたんです」

「その女性に近づいたとき、ジョージーはなにをしていませんでしたか？」

アーニーは肩をすくめた。「あまり注意を払っていませんでしたからね。ランウェイに見事なドレスが登場したところだったんです。全身金色の。おれはどうにかしていい写真を撮ろうとしていた。ですが、彼女がプログラムを持っていたのは見たと思います」

「ほらね」わたしは警部に言った。「わたしは彼女にプログラムを持っていった。それだけのことです」

カーテンが開いて、ココが入ってきた。いつもの冷静な彼女ではなく、かなり動揺しているようだ。「いったい、いつまでこれが続くの、警部？　顧客たちが怒り始めているのよ。あの人たちの気分を害するわけにはいかないの。わたしの生計の手段なんだから」

「そうでしょうとも、マダム」警部は彼女をなだめようとした。「これまで判明したところによると、ドイツ人グループのなかにいる殺人犯を探すことになりそうです」

「ドイツ人？」ココはピンときたようだ。「ああ、なるほどね。この運の悪い女性は間違った席に座っていたと考えているのね？　毒は、ドイツ人女性が飲むはずだったと？」

「ほかの客たちは亡くなった女性をだれも知らなかった。つまり彼女の死を望む動機を持つ人間はいませんでしたから、その可能性が高そうです」

「難しいことになったわね」ココは言った。「あのドイツ人女性たちは、国でとても地位の高い人たちとつながりがあるのよ。警察に少しでも疑われていると感じたら、すぐにドイツに帰ってしまうでしょうね。あなたがなにもできないところに」

「まったくもってそのとおりです、マダム。というわけで——いまいる人たち全員の名前や連絡先は、わたしたちの手元にありますね?」

「そのはずよ。それに指紋も。顧客たちはひどく嫌がったけれど」

警部はドア口に移動し、店内を見渡した。女性たちが彼に気づき、お喋りをやめた。

「マダム、座席表はありますか?」

「もちろん」ココがパチンと指を鳴らすと、アシスタントが座席表を持ってきた。警部はそれを見つめながら訊いた。

「亡くなった女性はどこに座っていたんです?」

ココが指さした。

「だとすると、ランウェイの反対側に座っていた人たちは、ミセス・ロッテンバーガーの席に近づくのは難しかったわけだ」

「そういうことね」ココが言った。「ショーの最中に部屋の反対側に移動するのは、不可能だった」

「ショーの前は?」

「やってきた客は係がその人の席まで案内したの。店内は明るかったし、移動すれば気がつくわ」

警部は大きく息を吸った。「そういうことならマダム、ランウェイの反対側に座っていた方たちは、帰ってもらっていいと思います」

「よかった。あの人たちはとても重要な顧客なの」ココは店内に向き直った。「ショーのあいだ、部屋のこちら側に座っていた方たちは帰ってくださってけっこうです。ご迷惑をおかけして、本当に申し訳ありませんでした。あの気の毒な女性のために正義が行われることを、みなさんも願っていらっしゃることと思います。わたしたちみんなが願っています。それから、今回の憂慮すべき出来事のせいで、作品をじっくり選ぶ気分ではなくなってしまった方は、アシスタントに伝えてくだされば、今週のどこかで改めて見ていただく時間を作ります。もしくは、ファッション・ウィークが終わってからであれば、わたしがじきじきにお似合いの服を選ぶお手伝いをさせていただきます。今日は来てくださって、本当にありがとうございました」

「やっとね」シンプソン夫人が立ちあがり、階段に向かって歩きだした。「あなたには、いずれ連絡があるわよ」警部のいるほうに向けて声をあげる。「重要な女性を人質に取るなんて、賢明なやり方じゃない。国王に伝えておくから」

ほかの女性たちが彼女を見つめている。彼女が何者なのかを全員が知っているわけではなさそうだとわたしは思った。わたしの左側にいる女性たちが椅子をきしらせながら立ちあがり、ドレスのしわをさっと伸ばし、ハンドバッグを手に取って階段へと向かっていく。母もそのなかにいた。母は階段をおりようとしたところできびすを返し、わたしに近づいてきた。

「それじゃあね、ダーリン。この件については心配しなくていいわ。大陸の警察がどんなだか、あなたもよく知っているでしょう？　まったくの役立たずなんだから。マックスと三人でリッツでランチしましょう。いつでもあなたの都合のいいときに。それから、あなたの服を一緒に買いに行くのよ。いいわね？」

「わかった」わたしはそう応じながら、母と別れるときにはいつも感じる、なにかをなくしたような、落胆したような妙な感覚を覚えていた。母がドイツ人グループの一員であることを思い出したのは、母が帰った直後のことだった。絶対に、リッツまで母に会いに行かなくては。フラウ・ゴールドバーグと正式に会う機会があるかもしれない。マイクロフィルムと製法を受け取ることができるかもしれない。いい考えだと思えた。フラウ・ゴールドバーグの席に座っていた女性が殺されたことを思い出すまでは。

まだ四月二十六日　日曜日
ようやくシャネルの店の外

こんなことがあったあとで、またパリを楽しめるだろうか？　殺人犯が追ってきているかもしれないと思って、きっとうしろを振りかえってばかりだろう。

わたしたちが解放されたときには、六時近くになっていた。店内に残された人々に、とりあえずいまは帰ってもいいとモーヴィル警部が言った。シャンパングラスはいま調べているところで、出席者全員の指紋も記録に取ったから、これが手がかりになって容疑者を絞ることができると思うと言い添えた。怒りの声があがった。

「この恐ろしい犯罪を行ったのが、わたくしたちのだれかだと言っているの？」ルイ・フィリップの母親だった。隣には高慢そうな顔をした、生気のない痩せた女性が座っている。ベリンダの新しい男友だちが結婚することになっているというジャクリーン？　そうだとすれば、彼は自分にふさわしい相手を与えられたわけで、ベリンダのような愛人を欲しがったのも無理はないと思えた。こんな状況でなければ、このことをベリンダに伝えて、一緒に笑おうと思えたかもしれない。けれどいまは神経がすり減っていて、早く家に帰って紅茶を飲み、心を落ち着かせたいとしか考えられなかった。フランス人が考える紅茶は、レモンの薄切りを浮かべた淡いベージュ色の液体か、あるいはもっとひどいことにハーブ茶――本物の紅茶ですらない――だったりするから、それはかなわないのだけれど。気がつけばわたしは唇をかんでいた。念入りに塗った口紅はすっかりはげているだろう。いまとなってはどうでもいいことだ。

ルイ・フィリップの母親以上に堂々とした年配女性が、警部に詰め寄った。

「あなたはとんでもない間違いを犯したんだと思いますよ。この医者はやぶ医者よ。犯罪なんてなかった。あの女性は発作を起こしたか、心臓が悪くて死んだの。いずれわかるわ。きちんと調べれば、犯罪なんて起きていないことがはっきりして、わたしたちは理由もなくここに閉じ込められたんだということになるでしょうね」

「わたし以上にそうであることを願っている人間はいませんよ、マダム」警部は言った。「もしこれが本当に殺人であれば、解決されないまま終わる可能性があるからです。犯罪者は自由に歩きまわっているかもしれないんです」

「だとしたら、わたしたちはなんのためにあなたを雇っているんです？」同じ女性が問い詰めた。「わたしはあなたの上司をよく知っていますからね。このことを伝えておきます」

「お好きなように、マダム」警部は傲然と言い返した。「一〇〇人もの人がいるところでだれにも気づかれずに行われた犯罪を解明できる人間が、警察にはほかにいるかもしれませんね」

「でも、目の前に答えがあるんじゃありませんか？」三人目の女性が加わった。「その若い英国人。彼女は被害者に近づいたのを目撃されている。彼女が近づいたとき、あの女性がすでに死んでいたかどうかなんて、だれにわかるんです？　すぐに効き目が現れるという毒を自分で飲ませておいて、気の毒なその女性が気を失っていることに気づいたって言っているのかもしれない。彼女の言葉だけで証拠はないんです」

「わたしもその可能性は考えましたよ、マダム」警部が応じた。「なんというか彼女の返答には……不自然なところがありましたから。ですが、彼女が英国国王の親戚であり、被害者であるアメリカ人女性とはなんの関係もないことがわかったので、彼女の証言を信用することにしたんです」

「王族の暗殺者はこれまでにもいましたよね」三人目の女性が言った。

わたしはそれ以上黙っていられなくなった。「あの女性が死んでいるのを見つけて、わたしもあなたと同じくらいショックを受けたんです。ものすごく動揺しています」

ゾゾがわたしの隣に立った。「わたしは個人的にレディ・ジョージアナを知っているの。彼女は誠実で非の打ちどころのない人よ。彼女が犯罪に関わっているなんてほのめかすのは、英国の王家全体に対する侮辱だわ」

「それに、わたしの友人はいま妊娠中の大事なときなのに」ベリンダが付け加えた。

モーヴィル警部は客たちに袋叩きにされるかもしれないと思ったようで、不安そうに全員を見まわした。「みなさん、お願いです、捜査は専門家に任せてください。さあ、どうぞお帰りください」

女性たちは立ちあがり、椅子がきしる音が響いた。何事かを話しながら、出口へと向かっていく。

「心配しなくていいのよ」ゾゾが言った。「さあ、帰りなさい。ゆっくり熱いお風呂に入って、こんなことは全部忘れるの。ダーシーに食事に連れていってもらうのね。彼、ものすごく怒るわ。自分の妻に対する仕打ちを不愉快に思っているって、警察に知らしめるでしょうね」

そもそもこんな面倒な事態にわたしを巻き込んだのは彼なのだとは言いたくなかった。

「気分を上向きにする必要があるなら、いつでもリッツに会いにいらっしゃい。仮縫いをしなきゃいけないから、あと何日かはここにいることになったの。あの金色のドレスを買ったのよ。シンプソン夫人が欲しがっているのを見て、我慢できなかったの」

ゾゾはいたずらっぽく微笑むと、わたしの両頬にキスをした。「ほら、家に帰りなさい」

わたしは急に全身の力が抜けて、ぐったりと椅子に座りこんだ。ベリンダが安心させるように、わたしの肩に手を置いた。「ごめんなさいね、ジョージー。大変だったわね。そのドレスを脱いでいつもの服に着替えたら、家に帰っておいしいワインを飲みましょうよ」

「紅茶のほうがいいわ」わたしは言った。「でもフランスの水っぽい紅茶じゃね」

　わたしたちは控室に向かった。ミセス・ロッテンバーガーの遺体と医師はいなくなっていた。マッジの姿も見えないのは、おそらくおばの遺体に付き添っているのだろう。ハリーとアーニーは椅子を壁際に集めている。わたしは品があるとはとても言えない格好でスカートをたくしあげて階段をのぼり、作業室へと戻った。モデルたちが普段着に着替えたり、化粧を落としたりしている。興味深そうに見つめられて、わたしは顔を赤らめた。

「いったいなにがあったの？」モデルのひとりがベリンダに訊いた。

　そういうわけで、わたしたちはまた一から説明しなくてはならなかった。モデルたちは気の毒そうにうなずきながら、わたしの話を聞いていた。

「フランス警察って、本当にありえないのよ」モデルのひとりが言った。「心配いらないわ。あなたの身にはなにも起きないから。必要なら、さっさと海峡を渡って帰ればいいのよ」

「それはだめよ」わたしは言った。「疑わしく見えるもの」

「でも親戚の国王陛下が守ってくれる」

　下手をしたら、大きな国際問題になってしまうかもしれないと、わたしは考えた。実のところ、英国に帰るというのはとても魅力的な案だと思えた。けれどダーシーはここにいるし、ひとりで帰るつもりはなかった。それに、わたしは尻尾を巻いて逃げ出すタイプではない。わたしたちラノク家の人間は、片方の腕を切り落とされれば、反対の手に剣を持ち替え、スコットランドのあらゆる戦いで最後のひとりになるまで立ち向かってきたのだ。ここにきて、その血を裏切るような真似をするつもりはなかった。

ベリンダの手を借りてドレスを脱ぎ、普段着に着替えた。ベリンダはドレスを再び吊るした。「明日のために」

「ちょっと待って、わたしはまたそれを着るわけじゃないでしょうね？」

「ショーはあと三回あるの」ベリンダが答えた。「シャネルは、三回ともあなたにこれを着てもらうつもりでいるはずよ」

事態はどんどん恐ろしいものになっていく。ドイツ人グループの人たちは別のショーにまた来るのだろうか、フラウ・ゴールドバーグはどうにかして戻ってくるだろうかと考えてみた。けれどももしわたしが彼女だったなら、自分が座るはずだった席でだれかが死んでいるのだから、絶対にこの近くに寄ろうとは思わないだろう。彼女が本来のターゲットだったとしたら、マイクロフィルムを奪い、必要とあらば殺すチャンスはこれからもあるはずだ。彼女のことがものすごく心配になってきた。

「悪いけれど」わたしは切り出した。「もうくたくたなの。タクシーで帰るわ」

「わたしももうすぐ帰れるわ。今日の仕事はだいたい終わったから」

「でも、ダーシーに電話したいのよ。ここでなにがあったのかを話しておかないと。きっと心配する」

「そうね」ベリンダはわたしの肩に腕を回した。「本当にわたしが終わるまで、ここに座って待っていなくてもいいの？　そうすれば一緒にタクシーで帰れるし、あなたの面倒も見られるのに」

　わたしは唐突に泣きたいような気分に襲われた。

「ううん、大丈夫。早くここを出たいだけなの」

「それなら、帰るといいわ、ダーリン」ベリンダはわたしの頬にキスをした。「あなたは気分が優れないってシャネルには言っておく」

　わたしはココに出くわさないことを願いながら、らせん階段をおりた。いまはとても彼女と対峙するだけの元気がない。ショーを台無しにしたと言って、責められるのではないかという気がしていた。わたしが触りさえしなければ、おそらくショーが終わるまでだれも彼女が死んでいることに気づかなかっただろう。あのタイミングでどうしてミセス・ロッテンバーガーに近づいたのか、わたしの釈明に警部が納得したとは思えなかった。ショーは終わろうとしているところだったのだ。わたし自身も納得できているとは言えない。わお。この言葉は二度と口にしないと決めたのに、いまそれ以上にふさわしい言葉は思いつかなかった。

　控室へと戻り、そのまま外に出ようとしたところで、するつもりだったことをしていないことに気づいた。フラウ・ゴールドバーグが製法をどこかに残していってくれたかもしれないから、探してみようと考えていたのだ。わたしはサロンに入った。だれもいない。声が聞こえていたから、ココは客のだれかと一緒に階下のブティックにおりていったのだろう。わたしはフラウ・ゴールドバーグが座っていたとおぼしきあたりに向かった。壁際を探した。大きな花のディスプレイや植木鉢のあいだを確かめた。ランウェイのまわりに垂らしている布の下ものぞいた。視界が届くところにはなにもない。立ちあがろうとしたとき——前に突き出たお腹では簡単とは言えない——背後から声がした。

「なにをしているんだ？」

　わたしは思わず飛びあがり、顔を真っ赤にしてあわてて立ちあがった。ああ、どうしよう。わたしは本物のスパイには絶対になれないだろう。すぐに顔に出てしまう。そこにいたのがグラスののったトレイを控室に運ぼうとしているハリーとアーニーであることがわかると、安堵のため息が漏れた。

「なにかなくしたの？」アーニーが訊いた。「手伝おうか？」

「ううん、大丈夫。問題ないから」わたしは言った。「ただの——イヤリングだから。亡くなった女性を動かそうとしたときに取れたみたい」咄嗟に浮かんだ言い訳だった。普段、わたしはイヤリングはつけない。耳を挟まれるのが嫌いなのだ。けれど今日は、最後の仕上げとしてベリンダにつけさせられていた。すでにはずして上の階に置いてあるけれど、ハリーとアーニーにわかるはずもない。

「わかった、おれも探すよ」ハリーはそう言いながら四つん這いになった。「このあたりのステージの下にあると思うの？」

「そう思ったんだけれど、よく考えてみたらありえないわね」わたしは答えた。「布地が床まで垂れているもの。どこかほかで落ちたに違いないわ。控室かもしれない。気にしないで。ただのガラス玉だから。高価なものじゃないし、朝になれば掃除の人が見つけてくれるわ。

わたしも明日またここに来て、ベリンダを手伝わなきゃいけないし」

「家に帰るの？」ハリーが訊いた。「グラスを全部片づけるまでもうしばらく待っていてくれれば、一緒にタクシーで帰れるよ」

「帰る前に、夫に会いに行こうと思っているの」

「きみのご主人はまだパリにいるの？」ハリーは驚きの表情を浮かべた。

「ええ。彼は仕事があるから、わたしはそのあいだベリンダと一緒に過ごしているの。わたしたち、もう長いあいだ会っていなかったし、彼女はとてもいい友人なのよ」

「そうか。なるほどね。わかった。ここから外に出る？」

「ええ。ココやまだ残っているほかの女性たちと顔を合わせたくないの」

その気持ちはよくわかると言わんばかりにハリーはうなずいた。

「それじゃあ、またあとで」

階段をおりた先は真っ暗で、わたしは不安にかられながらドアノブを手探りした。探り当てたノブを回したが、不意になにもかもが恐ろしくなった。なにひとつ安全だとは思えない。建物の外へと出てみると、空は真っ赤な夕焼けに染まっていた。いま何時なのかをすっかり忘れていて、もう暗くなっているのだとばかり思っていた。けれど目の前にあったのは、散歩する恋人たちや乳母車の赤ん坊やリードにつながれた犬といったごく当たり前の日曜日の風景だった。だれもが穏やかなゆうべを楽しんでいる。わたしはなにをすればいい？　あたりを見まわした。フィルムと製法をわたしから受け取るはずだった人物は、フラウ・ゴールドバーグが車に乗り込むのを見たはずだから、もうとっくに帰ってしまっただろう。

ダーシーに会わなくてはいけない。彼が泊まっているホテルに電話したいけれど、わたしにフランスの公衆電話が使えるだろうか？　彼がホテルにいなければ、メッセージを残せばいい。けれど、ベリンダの家までわたしに会いに来るようなリスクを彼が冒すだろうか？　事態は難しいものになっている。計画がうまくいかなかったわけだから、わたしはもうお役御免だろう。これからマイクロフィルムの受け渡しができるとは思えない。あのシアン化物は自分を狙ったものだとフラウ・ゴールドバーグが考えたとしたら、彼女はどうするだろう？　グループのだれかを疑う？　すぐにドイツにいる夫の元に帰る？　友人であるフラウ・ゲーリングに助けを求める？　わたしだったらどうするだろう？　英国に逃げ帰る？　けれどそんなことをすれば、夫がなんらかの形で拘束されてしまうだろう。わたしは絶対にダーシーをそんな目に遭わせたりはしない。

これからどうすべきかを決めかねて、その場に立ちつくした。ベリンダの家に帰れば、そこからダーシーに電話ができる。どこかで会う手はずを整えられるだろう。まるでわたしの心を読んだかのように、一台のタクシーがすぐ横に止まった。「タクシーがいりますか、マダム」運転手が訊いた。

「ええ、ぜひ。ありがとう。ドゥリール通り三八番地に行きたいの」

後部座席のドアを開け、ほっとして腰をおろした。そこに座っているのがわたしだけではないと気づいたのは、車が走りだしてからだった。

まだ四月二六日　日曜日
パリの町を走るタクシーのなか

最悪のときは過ぎて、もう関わらないですむことを心から願っている。いまわたしがしたいのはただひとつ、家に帰って、しつけのできていない子犬たちと遊ぶことだ。

隣に男性が座っていることに気づいて、わたしは息を呑んだ。彼は手を伸ばして、わたしの脚に触れた。

「大丈夫だよ、ジョージー。ぼくだ」

「ああ、ダーシー。あなたに会えて、どんなにうれしいか」わたしは涙があふれてくるのを感じながら、彼の腕に飛びこんだ。

「なにがあった？」ダーシーが訊いた。「どうなっているんだ？　ぼくは何時間もあそこを見張っていた。かなり前にドイツ人の女性たちが出てくるのを見た。そのあとはだれも出てこない。そうしたら、裏口から警察が入っていったんだ」

「恐ろしかったのよ、ダーシー。女性が殺されたの」

ダーシーは途端に身を硬くした。「ドイツ人グループのだれかじゃないだろうね？　いや、違う。数えて全員いることを確かめた。フラウ・ゴールドバーグがほかの人たちと一緒に出てくるのを見た」

「アメリカ人の女性よ。ミセス・ロッテンバーガー。彼女は間違えて殺されたんだと思う」

「間違えて？」

「そう。彼女は、フラウ・ゴールドバーグが座るはずだったところに座ったの。ものすごく厚かましくて図々しい人だったから、ココのアシスタントはうしろの席を用意したんだけれど、彼女は満足しなかった。最初はシンプソン夫人の席を取ろうとしたけれど、ココがそれは許さなかった。そうしたら彼女は別の空いている席を見つけて、そこに座ったのよ」わたしは顔をあげ、わたしたちの目が合った。「それがフラウ・ゴールドバーグの席だった」

「なんてこった」彼はため息をついた。「奴らは彼女のことを知っていたわけか。だれかが気づいたんだ」

「そうみたい。フラウ・ゴールドバーグはそのアメリカ人女性にどいてもらおうとしたんだけれど、彼女は動こうとしなくて、そうしたらショーが始まってしまったの。だからフラウ・ゴールドバーグはほかの場所に座らなくてはいけなくなったのよ」

「そしてショーの最中に、何者かがその女性を殺したんだね？　どうやって？」

「シアン化物」わたしは答えた。「彼女のシャンパンに入っていたとしか思えないんだけれど、どうやってグラスに入れたのかはわからない」

「古典的なドイツの殺人方法だ」ダーシーはうなずいた。「だがどうして彼女を殺そうとしたんだろう？」

「マイクロフィルムを手に入れるため？」

ダーシーは首を振った。

「ドイツ当局がこのことに気づいてマイクロフィルムを取り戻そうとしたのなら、どうして彼女の部屋を探さない？　彼女を大使館に連れていかない？　ドイツに送り返さない？　彼女を殺して、なにを手に入れられるんだ？」

「彼女が英国に逃げようとしていると疑ったのかも。それとも、口頭で情報を流そうとしているって考えたとか？」

「だとしても、彼女を阻止するための、より簡単で危険の少ない方法があったはずだ。とりあえずまだ彼女は生きていて安全だが、それもいつまでだろう？　急いで考え直す必要がある。きみをベリンダの家まで送っていったら、ぼくはロンドンに電話をかけるよ。どう進めればいいのか、新たな指示が必要だ」ダーシーは言葉を切ると、セーヌ川を渡る車の外に目をやり、それから首を振った。「フラウ・ゴールドバーグは、毒が自分を狙ったものだと気づいているはずだ。だとすると、彼女は次になにをするだろう？」

「彼女がマイクロフィルムと製法をどこかに隠したかもしれないと思って、ショーのあと、サロンを探してみたの。でも見つからなかった」

「いや、彼女がそんな危険を冒すとは思えない。グループのだれかに見張られていると考えているなら、なおさらだ。奴らは彼女から一時も目を離さないだろうが、どうにかして彼女と連絡を取る方法を見つけなければ」

「ダーシー、お願いだから気をつけてね。相手は冷酷な人たちよ」

「それはよく知っているよ。だが、心配いらない。これ以上きみが関わる必要はないよ。あとはベリンダと一緒に楽しむといい」

「それは無理かもしれない。いまのわたしは、第一容疑者みたいだから」

「どういうこと？」

わたしは肩をすくめた。「彼女が死んでいることに気づいたのはわたしなの。計画どおり、プログラムを交換しにいった。でも彼女は返事をしなかった。だから触れてみたら、彼女はそのまま前に倒れたの。死んでいた」

ダーシーはわたしの手を握りしめた。

「さぞ恐ろしかっただろうね」彼は突然、話をしている相手が仲間のスパイではなく、自分の妻であることに気づいたらしかった。両手でわたしの顔をはさんだ。「ジョージー、こんなことに巻き込んで、本当にすまない。きみを危険にさらすと思っていたら、決して頼まなかった。とても簡単なことのように思えたんだ。ああ、ひどい気分だ。ぼくを許してくれるかい？」

「もちろんよ」わたしは彼の心配そうな顔を見あげた。「わたしはあなたの手助けができることがうれしかった――事態がとんでもないことになるまでは」

彼はうなずいた。「ぼくたちもこんなことになるとはまったく予期していなかった。その女性に近づいたとき、フラウ・ゴールドバーグじゃないことに気づかなかったの?」

「気づかなかった。彼女は教えられた席に座っていたし、羽根飾りのついた帽子をかぶってケープを着ていた。あらかじめ言われていたとおりの格好だったわ。それに暗くて顔が見えなかったの」わたしは泣き出しそうになりながら、大きく息を吸った。「それに、どうしてショーの最中にこっそり彼女に近づいたのか、うまい言い訳が思いつかなかったの。彼女のプログラムにシャンパンがこぼれたから新しいものに交換しに行ったんだって咄嗟に言ったけれど、自分でも説得力があるとは思えなかった。警部は絶対にわたしを疑っているのよ、ダーシー」わたしは彼に身を寄せ、上着の温かさにほっとした。「もう一度事情を聞かれたら、なんて言えばいい? ドイツ人女性が重大な秘密をわたしに渡すはずだったなんてこと、言っちゃいけないんでしょう?」

「もちろんだ。いまもまだあの秘密を手に入れるチャンスは残っている。それに、彼女の命をこれ以上危険にさらしたくない」

わたしの命は? わたしは叫びたくなった。怯えが怒りに代わっていた。そもそも、わたしをこんな恐ろしい立場に置いたのは、彼なのに。

「それじゃあ、暗いなかをこそこそ動き回っていた理由をどう説明すればいいの?」

「最初の話のまま通したほうがいい。変えれば、かえって疑いを招く」

「ああ、もう」わたしは彼の上着の袖に頭をもたせかけた。「ダーシー、今回あなたはわたしをひどい苦境に立たせたのよ！　わたしはいったいどうすればいいの？」

ダーシーはわたしの体に腕を回した。

「いますぐ国に帰ったほうがいいかもしれない。ぼくがきみを連れて帰るべきかもしれないな。そうすれば、ロンドンの人間と直接話ができる」

わたしは首を振った。「パリを離れちゃいけないって言われている。みんなそうよ。警察はグラスを押収して、シアン化物の痕跡と指紋を調べているの。グラスには一切触れていないから、わたしに疑いがかかることはないはず……」わたしは言葉を切り、息を呑んだ。

「わお、そうじゃない、触ったわ。ハリーがシャンパンを注いでいたの。途中でトレイがぐらついてグラスがいくつか倒れたから、元通りにするのを手伝ったのよ。すっかり忘れていた。ああ、どうしよう。わたしはどうすればいいの？」

「ベリンダの家に戻って、今夜はなにも考えないことだ。明日までには、全部解決しているかもしれない。ぼくは英国大使館に連絡を取って、最善の方策を模索しておく。フランス警察がするべきことをすれば、きみがそのアメリカ人女性となんの接点もないことがはっきりするよ」

「でも、ドイツ人女性と関わりがあることは知られているのよ。お母さまが彼女たちと一緒にリッツに滞在している。あの女性はグループの一員だったんだもの」

ダーシーはいらだったように小さくため息をついた。「そうだな、確かにややこしいことになる可能性はある」

「グループのほかの人たちとはほとんど関わっていないってお母さまは言っていたけれど、警察は信じないかもしれない。最後はきっと動機に行き着くんだと思うけれど、話すわけにはいかないでしょう？」

長い沈黙があった。クラクションが鳴り響くなか、車は混み合った交差点を抜けた。

「フランスの秘密情報局と話ができるかもしれない。フランスとイギリスは同盟国だからね。ヒトラーを止めるためなら、できることはなんでもするはずだ」

「手を引くようにって、警察に言えるの？」

「言える。でも、きみが心配する必要はないと思うよ、ジョージー。王家と親戚だってこと、警察に言ったんだろう？」

「言ったわ。でも問題の警部は、間違いなく反貴族派ね。ヨーロッパの重要な女性の半分がここにいるんだってココが言ったら、フランスにもう貴族はいないし、法のもとではだれもが平等だって、彼は言い返したの」

「なるほど。そういう人間のひとりか。とにかく、ロンドンから指示があるまで、あれこれ考えないことだ。ぼくは英国に戻らなくてはならないかもしれないから、きみはパリを訪れたごく普通の観光客だと警察に思わせるんだ——あの恐ろしい出来事は、きみには一切関係ないと」

「やってみる。でも簡単じゃないわ。ココは次のファッションショーのために、明日もわたしに来てほしがっているんだもの」

「どうしてだ？　王家の一員であるきみを見せびらかすため？」

「ううん。いまのわたしの体形に合わせて、彼女がドレスをデザインしてくれたの。それのモデルをしなくちゃいけないのよ。ひどいドレスなんだから。お母さまに、細長いハンプティダンプティみたいだって言われたけれど、そのとおりなの。足のまわりは数センチくらいしか余裕がなくて、ちょこちょことしか歩けないのよ」

「もうモデルはしたくないって言えばいいことじゃないか」

「あなたはココを知らないから。彼女にノーって言える人はいないわ」

「そのアメリカ人女性だが……」ダーシーは言いかけてやめた。「名前はなんていうんだ？」

「ミセス・ロッテンバーガーよ。ピッツバーグだかフィラデルフィアだかから来たんですって。どっちだったか、覚えていないわ」

「彼女のこと、なにかわかっている？」

「たいしてなにも」わたしは答えた。「ガートルード・スタインの家で彼女に会ったの」

「ガートルード・スタイン？　なるほど、ぼくたちは芸術界に足を踏み入れたわけか」ダーシーはくすくす笑った。

「アーネスト・ヘミングウェイもいたの。そのアメリカ人女性は彼に言い寄っていたのも同然で、彼はあわてて逃げ出したわ」

「彼女も芸術家だったの?」

「全然違う。彼女はものすごくお金持ちで、ガートルードの絵を買いたがったの。断られても引きさがらなかった。また戻ってくるって宣言して、そうしたら、ガートルードはわたしが生きているかぎりは無理って返事をしたの」

「興味深いね。そして、死んだのがそのロッテンバーガーという女性だったというわけだ。なにか関係があるんだろうか?」

「彼女が絵を買いたがったから殺されたって言っているの? それは筋が通らないわ。売らないって言って、二度と彼女を家に入れなければいいことだもの」

「彼女が金持ちだったということは、その遺産を受け継ぐ家族がいるはずだ。彼女はだれかと一緒だった?」

「無給の付添人のような姪がいたわ。わたしも最初は彼女を疑ったけれど、気の弱い子で、ファッションショーの最中におばを殺せるような度胸があるとはとても思えない。なにより、旅のあいだじゅう、彼女はずっとおばと一緒だったの。殺すのなら、もっといい機会があったはずじゃない? それにお金はミセス・ロッテンバーガーの夫のものだと思うわ。彼はなにかの実業家で、いまもちゃんと生きている。だから姪が彼女を殺す動機はないわね。そもそも、ミセス・ロッテンバーガーの彼女に対する態度を見るかぎり、遺産を残すほど気に入っていたとは思えない。溺愛している息子がいるんだもの」

「家に?」

「そう。彼は病弱みたい――肉体的にも精神的にも。第一次世界大戦で衝撃的な体験をして、それ以来、元通りにはなれなかったんですって。でも、母親があんなに彼を甘やかさなければ、もっとましだっただろうって姪は言っていた」

「それはなんとも言えないね」ダーシーが言った。「あの戦争のせいで、あまりに多くの男性が戦争神経症になって、回復できないほどの精神的ダメージを受けたからね」

「とにかく、この線を追ってみる価値はあるでしょう？　犠牲者は、だれも知り合いのいないファッションショーで殺された裕福なアメリカ人女性。あの毒は、秘密を受け渡そうとしていたドイツ人女性を狙っていたものだって言う可能性のほうが、ずっと高い」

「確かに」ダーシーはうなずいた。「だが、きみのおじいさんのロンドン警視庁時代のボスは、明らかなことから始めろって言ったんだろう？　いま明らかなのは、何者かがミセス・ロッテンバーガーを殺したということだ。明白な動機はなく、彼女の死を望む理由があるかもしれない人間はひとりだけだ」

わたしは笑わずにはいられなかった。

「彼女と会ったことがあって、彼女の死を悲しんでいない人なら、何人か思い浮かぶわよ。彼女はココのアシスタントたちをいらつかせたの。だれよりも先にコレクションを見たがったのよ。作業室にこっそり入ろうとしているところを見つかっていた。でも彼女の死を悲しまないことと、殺そうと企てることは同じじゃない。これは計画されたものでしょう？　だれかにいらいらさせられるかもしれないからって、シアン化物を持ち歩いたりしないもの」

「確かにそうだ。これは慎重に計画されたもののように思える。彼女はショーの前は生きていた。犯人は、全員の目がどこかほかのところに向けられた隙に行動した。プロの仕業のように思えるね」

「でも、あの部屋は女性でいっぱいだったのよ」

「ドイツ人グループの女性のひとりが、秘密情報部の一員で、訓練を受けた殺人者だったのかもしれない」

わたしは身震いした。「やめて。恐ろしすぎる。お母さまがそんなところで暮らしているなんて。手遅れになる前に、逃げ出してくれるといいんだけれど」

「マックスと結婚したら、手遅れになる」ダーシーが言った。「彼と結婚したら、英国のパスポートを返還しなくてはいけないいんだよ」

「わお、そうなの？　そうなったら、お母さまは身動きができなくなる。説得するわ、ダーシー。分別を持ってもらわなきゃ」

「これまでだれかが彼女に分別を持たせることができたかい？」ダーシーは鼻を鳴らして笑った。「彼女が人の意見を聞いていたなら、ブラジル人のポロ選手のためにきみのお父さんを捨てたりはしなかっただろうね」

「アルゼンチン人よ」わたしは訂正した。「彼はものすごくハンサムだったの。それにスコットランドで暮らすには慣れが必要だもの」

「きみはひとり娘を捨てた彼女の肩を持つの？」

「お母さまの考え方はわかっているって言っているだけ。あの人は男性の扱い方を心得ている。あの警部ですら、興味を抱いたみたいにお母さまを見つめていた。でもお母さまはマックスのお金を気に入っているのよ。それに自分がもう若くなくて、この先はあまりチャンスがないことに気づいているのかもしれない」わたしはため息をついた。「お母さまがドイツに帰る前に、話をしてみるわ」

「さあ、着いた」ダーシーが言った。「ここでお別れだ」

「今度はいつ会えるの？」自分の声が震えているのがわかった。

「二、三日は会えないかもしれない。英国に帰る必要があるかもしれないからね。でもきみにはベリンダがいる。彼女が面倒を見てくれるよ。もしなにか問題が起きたら、マダム・シャネルを頼るんだ。パリの人間はみんな、彼女を恐れているからね」ダーシーはわたしの手を取った。「でも、なにも問題なんて起きないさ。警察は捜査をして、あの女性の死にきみは無関係だと結論づけるよ。きみは楽しく過ごせばいいんだ」

「楽しく過ごす？」わたしはきつい口調で訊き返した。「フランスの留置場に放り込まれるのはあなたじゃないものね」

　ダーシーは両手でわたしの顔をはさむと、そっとキスをした。

「ジョージー、きみをこんなことに引っ張りこんで、本当に悪かった。ひどい気分だよ。ぼくはこの手のことを当たり前だと感じすぎていたんだと思う。だが絶対にきみを……」彼の声が途切れた。その顔があまりに辛そうだったので、わたしは彼の頬に手を当てた。

「あなたは一番いいと思ったことをしたのよ。問題が起きるなんて、わからなかった」

「二度ときみを巻き込まないよ。約束する。ベリンダのところに戻って、もうなにも考えないようにするんだ」ダーシーは身を乗り出して、わたしのためにドアを開けた。

言うは行うよりやすし。わたしはそう思いながら歩道に降り立ち、タクシーは走り去った。

25

まだ四月二六日　日曜日
ベリンダの家

午後のできごとを考えまいとしたが、難しかった。わたしがどれほど怪しく見えるかに気づいた――あの女性を知らないことを除けば。けれど、もしわたしの指紋が彼女のグラスに残っていたら？　そうしたら、どうなる？　子犬たちと一緒に、愛しい我が家にいられたらどんなにいいだろう。おじいちゃんも一緒に。おじいちゃんならどうすればいいかを知っている。いまはクイーニーにすら、会えたらうれしいと思うだろう。

紅茶を入れるためにお湯を沸かそうとしたちょうどそのとき、ベリンダとハリーが帰ってきた。

「早かったのね」ベリンダが明るい口調で言った。「すぐにタクシーを拾えたのね」

「ええ」

「気分はどう？　サロンではひどく顔色が悪かったけれど。いまにも気を失うんじゃないかと思ったわ」ベリンダはそう言いながらコートを脱ぎ、玄関ホールのフックにかけた。

「実を言うと、まだ少しふらつくの。殺人の容疑者にされるのは、愉快な経験とは言えないわ」

「そのことなら心配いらないよ」ハリーが言った。「フランスの警察は役立たずだからね。あいつらは推測で動くが、だれかを捕まえられたためしがない。それにきみのうしろには、英国の王室がついているじゃないか。国王の親戚だとわかっているきみを逮捕するような危険を冒したりはしないさ。きみはあの女性を知りもしないんだしね。彼女と一度も会ったことがないのは証明できるさ」

「実際に言葉を交わしたことはないけれど、ガートルード・スタインの家に行ったとき、彼女もいたわ。警察は、偶然が重なりすぎるって考えるかもしれない」

「パリでは、みんなだれかに出くわすのさ。ここは小さな町だ」ハリーは言った。

「わたしが証言できるわ」わたしのあとを引き継いで紅茶をいれながら、ベリンダが言った。「あなたが来てからずっと、ハリーとわたしでパリの町を案内していたし、あなたがパリに滞在するのは初めてだって証言する。あの女性と会ったことは一度もないって」

「わたしたちが共犯だって警察が考えなければね」

「どんな動機があるっていうの？　あなたもわたしもアメリカには一度しか行ったことがないし、それも西海岸だった。どこだか知らないけれど、彼女が住んでいる場所じゃない。たしか東側のどこかだったわよね？」

「おれはアメリカをあとにしてから、かれこれ二〇年になる」ハリーが言った。「アメリカ人だと思われるかもしれないが、もうアメリカのパスポートすら持っていない。それに——たとえあの国に住んでいたとしても、彼女みたいな人間に近づこうとは思わないね」

わたしはふたりの顔を見比べた。わたしが考えていることを——少なくともその一部を話すべきだろうか？

「だれかが彼女の死を望んでいたわけじゃないと思うの」わたしは言った。「彼女は運が悪かった。間違ったときに間違った場所にいたのよ。彼女はほかの人に割り振られた席に座っていた」

「そうなのか？」ハリーは興味を引かれたようだ。「だれが座るはずだったんだ？」

「フラウ・ゲーリングと一緒にきたドイツ人女性のひとり」

「なんてこと」ベリンダがつぶやいた。「だとすると、まったく事情が変わってくる。最近は、だれもドイツ人に盾突いたりしないのよ。それじゃあ、そのドイツ人女性を殺す動機のある人間がいたっていうこと？」

「そう考えている」わたしは言った。

「でもどうして？　政治的な暗殺？　敵対する政党？　共産主義者？」

「彼女はただの人妻よ。政治家の候補じゃない」わたしは指摘した。

「シャネルのファッションショーにやってくる共産主義者はあまりいないな」ハリーが言っ

た。「あいつらは、そんな金は使わない」

その言葉にわたしたちは声をあげて笑い、耐えがたいほどの緊迫感が和らいだ。

「ヒトラーをばかにするような漫画を描いたのかも」ベリンダが言った。「ヒトラーはすごく虚栄心が強いもの」

「だがそれなら、どうしてドイツでやらないんだ？」ハリーはベリンダに向かって指を振った。「外国の警察が関わってややこしいことになるというのに、どうしてわざわざフランスで？　ドイツではナチスに反論したというんでしょっちゅうだれかが暗殺されていて、だれも眉ひとつ動かさないのに」

「ドイツでは警備が厳しいのかも」ベリンダは言った。

「それにしてもファッションショーで？　妙だと思わないか？」ハリーは顎ひげを撫でた。

「そのうえ、とんでもなく危険だ。それに、何者かが殺人目的で送り込まれていたとして、どうしてターゲットを間違えたりする？　彼女の外見は知っていたはずだ」

「暗いところでは、ふたりは似ているように見えたと思う」わたしはできるだけ、客観的な態度を取ろうとした。

「案内係のだれかがドイツ人じゃなかったかどうかを調べるべきね」ベリンダが言った。

「そうでなきゃ、だれがなかに入ることができた？　シャネルは店の出入りを厳しく管理していたんだから」

「新聞記者」わたしは不意に気づいて言った。「かなりの数がいたわよね？　あのなかのだれかがドイツの記者で、殺人のために送り込まれていたんだとしたら？」

「いい点をついているね」ハリーが言った。「彼らはいい写真を撮るために、ずいぶんとうろうろしていたよね？　それにフラッシュをたけば、まわりにいる人間は一瞬、なにも見えなくなる」

わたしは初めて、希望の光が見えた気がした。なにかをつかみかけているのかもしれない。この新しい思いつきをダーシーに伝えたかった。重要なことかもしれない。いつでもそうしたいときに、ホテル・サヴィルを訪ねることができればよかったのに。けれど彼は、今週、英国に戻るかもしれないと言っていた。これはわたしが解決すべき事件ではないのだと、自分に言い聞かせた。巻き込まれないかぎり、フランス警察に任せておけばいい。そう考えたところで、すでに巻き込まれていることを思い出した。わたしはまだ第一容疑者だ。

「こんなことは言いたくないけれど、ミセス・ロッテンなんとかはほかの人の席を盗んだ報いを受けたのよ」ベリンダは首を振った。「本当に嫌な人だったわ。そうじゃない？　厚かましくて、要求ばかり多くて。彼女が家で死んでいたなら、動機のある人はきっと山ほど見つかったでしょうね」

「怪しいのは家族だと思う？　毎日毎日、彼女に我慢しなくちゃいけないとしたら？」ハリーが訊いた。

「夫は彼女を崇拝しているみたいなことを言っていたわよ」わたしは言った。

「趣味がいいとは言えないわね」ベリンダは笑った。「子供はいるの？」

「息子がひとり」わたしは答えた。

「おれは彼に同情するね。戦争で大勢の若者たちが傷を負った。体だけじゃなく、心にも」

「母親が彼をすっかり甘やかしているって付添人の姪が言っていたから、今後は回復の見込みがあるかもしれない」わたしはそう言ったものの、彼の人生はよくなっていくのか、それとも母の死が傷ついた彼の心に与えるとどめの一撃になるのか、どちらだろうと考えた。

「おれなら、その付添人を調べるね」ハリーが言った。「一番危険なのは、いつだって目立たないやつなんだ。彼女が毒を研究していたんじゃないか」

「あのマッジがおばのグラスにシアン化物を入れるところは、想像できない」わたしは反論した。「ああいうことをするには、ずぶとい神経と冷静な頭が必要よ。警部に事情を聞かれたとき、彼女はひどく取り乱していたの」

「シアン化物ってどうすれば手に入るの？」ベリンダが訊いた。「薬局に行って、〝致死量のシアン化物をください〟なんて言うわけにはいかないでしょう？」

「果物の種から抽出できるはずよ。さくらんぼとか、アンズとか。そうよね？」

「あいにくだけれど、いまは四月よ。その手の果物にはまだ早いわ」

「精製されたものが買えるはずだ。そういうものを使う産業がある。だが薬局で買うときに、署名をしなきゃいけないから、警察が調べるだろうな」

「犯人がドイツ人なら、おそらく国から持ってきたんでしょうね」

ふたりはうなずいた。

「そして、警察が結論に達する前にドイツに帰ってしまう」

「とにかく、恐ろしいことではあるけれど、わたしたちにできることはなにもないのよ」ベリンダは立ちあがり、お湯が沸いたケトルをコンロからおろした。「わたしたちは自分の人生を楽しむだけ。ジョージーは家に帰って、かわいい赤ちゃんを産む。ハリーは素晴らしい小説を書いて、わたしは……」ベリンダはしばし考えこんだ。「自分がなにをしたいのか、よくわからないわ。ここにずっといるわけにはいかない。楽しかったし、たくさんのことを学んだけれど、でも……」

「コーンウォールに帰って、またあそこの家の改装に取り組んだら？」

「そうね、それもいいかも。とにかく、フランスの伯爵の愛人になる気はまったくないもの」

「どういうこと？」ハリーが訊いた。

ベリンダは気まずそうに笑った。「ルイ・フィリップを知っているでしょう？ ここ最近、頻繁に贈り物をしてきていた人。彼はもうずっと前から別の人と婚約していたことがわかったの。わたしと結婚する気なんてまったくなくて、それどころか、どこか近くて便利なところに小さなマンションをわたしのために用意するなんて言い出したのよ」ベリンダはわたしからハリーへと視線を移した。「まったく図々しいったら！ 彼に思い知らせるために、パウロと駆け落ちしようかと思ったくらいよ」

「ちょっと待ってくれ」ハリーが片手をあげた。「よくわからなくなってきた。パウロってだれだ？」

「ベリンダの昔の恋人」わたしが説明した。「イタリアの伯爵なの。とてもハンサムな人」

「彼もパリに？」

ベリンダはうなずいた。「あのろくでなしのルイ・フィリップのところに滞在しているのよ。わたしを捨てたふたりの男が同じ部屋にいるわけ。女性の自尊心にとっては最悪よ」

「きみを捨てるなんて、そいつらは頭を検査したほうがいいな」

「あなたって本当に優しいのね」ベリンダは彼に近づくと、髪を撫でた。「どうして男の人はみんな、あなたみたいに優しくないのかしら？」

ハリーは彼女の腰に手を回した。「立候補したいところだが、おれはどうやっても、きみが慣れ親しんでいるような暮らしをさせてあげることはできない」

ベリンダはハリーの頭頂部にキスをした。「あなたって、本当に優しい。でもわたしの好みはお金がかかるの。それに家に帰れば、別の人もいる。彼が、階級の違いを気にするのをやめてくれればだけれど」

「まだ階級が重要だと考えている人がいるの？」ハリーが訊いた。「貴族の息子が煙突掃除人の息子の隣で死んでいった戦争を経験したあとなのに？」

「そうね、でもまだ重要なのよ。そうでなければいいと思うけれど、英国ではいまもそうなの。どんな話し方をするのか、どこの学校に通ったのか……全部、重要なのよ」

「だがだれかを深く愛していれば、そんなことは乗り越えられるはずだろう？　おれがだれかを深く愛していたら、ほかの人間がどう思おうと一切気にしないな」

「あなたはだれかを深く愛したことがある？」ベリンダは彼から離れると、紅茶を注ぎ始めた。

「一度だけ。遠い昔だ。親友に奪われたよ。おれたちはどちらも若かった。それ以来――パリでは軽い関係はたくさんあるが、だれかを愛したり情熱的になるおれの能力は戦場で死んでしまったような気がしている。以前の自分ではなくなって、参加者ではなく傍観者になってしまったんだ」

「悲しいわね。英国に帰る前に、あなたにふさわしい女性を見つけてあげなきゃいけないわね」

「金持ちの女性にしてくれ」ハリーは皮肉っぽく言った。「おれは彼女を養えないからね」

四月二七日　月曜日
再びシャネルの店

二日目のファッションショーのために、ココの店に戻らなくてはいけない。怖くてたまらないけれど、逃げるのはどうにも無理そうだ。もう一度あのドレスのモデルをしなければ、ココは怒るだろうとベリンダは言っていたし、それにあそこに行けばなにか手がかりがつかめるかもしれない。今回はカメラマンたちをよく観察して、グラスにシアン化物を入れる機会があるかどうかを見極めよう。

カンボン通りに向かうタクシーのなかで、わたしは本当に吐き気がしていた。

「そんなに心配そうな顔をしないで」ベリンダが言った。「今日はだれも殺されたりしないわよ。あんなことは一度きり。それに今日はドイツ人女性は来ないの。来るのは、昨日のことをなにも知らない、お金をたくさん使いたくてうずうずしているほかの女性グループよ。

あなたはただ彼女たちの前に出て、ドレスにうっとりさせればいいの」

「うっとりする人は、半分目が見えていないんでしょうね」わたしはつぶやいた。

ベリンダは驚いたようだ。「あなたはあれが好きじゃないの？　オートクチュールなのよ」

「ハンプティダンプティみたいに見えるってお母さまに言われたし、わたしも同じ意見よ。なにより、足首あたりのスカートがぴっちりしすぎて、歩けないんだから。だれかの膝の上に転げ落ちるんじゃないかと思ってびくびくしているのよ」

「以前のファッションショーでそういうことがあったから、心配になっているだけよ」

「そうね。あのときの不快なフランスの警察官がどんなふうだったか、忘れていないわ。今回の警部も同じくらい不快だし、二度と会いたいとは思わない」

「会わないわよ」ベリンダは安心させるようにわたしの手に手を重ねた。「あなたは容疑者じゃないもの。国王の親戚だってことを、警部は知っている。それにあなたにアメリカ人の知り合いはいない。だからリラックスして、楽しんで。シャンパンを飲んで」

「やってみる」わたしはため息交じりに言った。

ショーの準備は昨日ほど殺気立ってはいなかった。ハリーとアーニーが椅子を並べ直していたり、案内係たちがシャンパンのボトルを運んでいたりと、せわしげではあったが、昨夜のような雰囲気ではない。上の階のモデルたちも、昨日ほど緊張はしていなかった。ひとりなどは煙草を吸っていて、フランス煙草のハーブっぽいにおいにわたしは吐き気を催した。

今日もまたベリンダがお化粧をしてくれ、あの悪夢のドレスを着る手助けをしてくれた。控室に行くためにダ段をおりるときには、やっぱりスカートを膝の上までたくしあげなくてはならなかった。控室にはだれもいなかった。テーブルにグラスののったトレイが置かれている。シャンパンのボトルが入った氷の容器があるのも、昨日と同じだ。違うのは、床の上にミセス・ロッテンバーガーの死体がないこと。わたしは彼女が横たわっていたあたりの空間を見つめ、体を震わせた。

案内係のひとりが入ってきて、シャンパンボトルを開け始めた。ハリーのようにうまくはできないようで、彼はいったいどこに行ったんだろうとわたしはいぶかった。また外で煙草を吸っているのかもしれない。案内係は最初のトレイのグラスにシャンパンを注ぎ終え、ふたつ目のトレイに取りかかった。階下から聞こえてくる声が、最初の客の到着を告げている。ココが、黒っぽいミンクをまとい、小さな黒い帽子を挑発するように深くかぶった女性に付き添って階段をあがってきた。「昨日は本当に申し訳なかったわ」ココが言った。「不運な出来事でした」

「ええ、そうね、本当に不運だった」ココに続いて、その女性の姿が見えた。またシンプソン夫人だ。

「だれの仕業だったのか、警察は見当がついたのかしら?」シンプソン夫人が尋ねた。「あれほど大勢の人がいるファッションショーでだれかを殺そうとするんだから、その人はよほど切羽つまっていたのね。ほかにもっといい機会があったはずなのに。偶然に行われたことではないわね。犯人は被害者を知っている人間に違いないわ。最悪の場合は、コンコルド広場まであとをつけていって、バスの前に突き飛ばせばすむことなんだから」

わたしも同じことを考えていた。もっと簡単にできる機会があったはずだ……ドイツ人グループの警護が厳しくて、犯人が外部の人間であれば、話は別だが。秘密の書類が国外に持ち出されたことが判明して、何者かがベルリンから直接送り込まれた？　あるいは、大胆にもユダヤ人と結婚した女性を排除しろと、ヒトラー本人から命じられた？　警部はドイツ人女性たちにどんなふうに事情を聞こうとしたんだろうとわたしは考えた。あまりうまくはいかなかったに違いない。

「戻ってくるつもりはなかったの」シンプソン夫人が言った。「もう来ないって決めていたのよ。だって今年はスキャパレリが最高に大胆なものをデザインしているんですもの。彼女のマーメイド・ドレスを見た？　あれを着て、どうやって歩けばいいのかしら？　でもゆうべ国王陛下に電話をして、あの金のラメのドレスの話をしたの。そうしたら、〝ウォリス、欲しいのなら自分のものにしなきゃだめだ。きみのようなスタイルの持ち主だけが手に入れられるんだよ〟って言われたから、もう一度見ておこうって決めたのよ」

ココは案内係に向かっていらだたしげに指を鳴らし、シャンパンを持ってくるように命じた。彼はトレイを持ってそちらに近づいていき、シンプソン夫人に差し出した。そう、このとおりのことが昨日行われていた。案内係たちはグラスに触れなかった。トレイを差し出しただけだ。シンプソン夫人はグラスをひとつ手に取ると、自分の席に腰をおろした。ほかの女性たちも到着し始め、部屋はいっぱいになった。昨日のショーにも来ていた人は多くなかったから、ほとんどが見たことのない顔だった。戻ってきた客のなかにゾゾの姿があって、少なくともひとりは味方がいることがわかって、わたしは安堵した。ミセス・ロッテンバーガーたちが座っていた場所に、今夜はほかの女性たちが座っている。わたしは彼女たちがトレイからシャンパングラスを手に取る様を眺めた。案内係のひとりが指示を無視して、ミセス・ロッテンバーガーに直接グラスを手渡したのでないかぎり、理屈が通らない。警察は案内係たちの素性を調べたのだろうかと考えた。ハリーとアーニーがここで働いているのだから、案内係のなかにもアメリカ人が混じっていて、被害者の女性を知っていた可能性はあるだろうか？　どれも考えにくいことばかりだ。

ショーが始まる直前になって、カメラマンたちが入ってきた。壁に沿って立ち、客のなかにいる有名な女性たちの写真を撮っている。けれど彼らは二列に並んだ椅子のずっとうしろにいて……窓とは反対側の部屋の奥に行くことは許されていなかった。壁際に三列目の椅子が並べられているのは、そちらの側だ。つまりカメラマンがミセス・ロッテンバーガーに近づこうとすれば、壁際に座っている女性たちの視界を遮ることになり、そこをどけと即座に命じられていただろう。この仮説もだめだ！

だれかが毒を入れたのだ。被害者の両隣に座っていた女性にはその機会があっただろう。ミセス・ロッテンバーガーがランウェイのモデルに気を取られているあいだに、グラスになにかを入れるのは簡単なことだ。だが彼女たちはふたりともフランス社交界で申し分のない経歴があるようだし、アメリカ人の邪魔者を、あるいは——より重要なことに——ドイツの科学者の妻を殺す理由はない。

　明かりが消えた。鏡張りの階段をスポットライトが照らし、ココが貫禄たっぷりに登場した。事件には触れることなく、昨日と同じようなスピーチをした。まだ新聞沙汰にはなっていなかったから、昨日も来ていた観客以外はだれも事件のことを知らなかった。ショーが始まった。わたしがこっそりのぞいている控室のほうに向かって、モデルたちがランウェイを闊歩してくる。椅子を並べ終えたハリーとアーニーの姿は見当たらなかった。また必要とされるまで、どこかのカフェにでも行っているのだろう。彼らが二度もファッションショーを見る理由はない。アーニーはいい写真が撮れただろうかとふと考え……つかの間、息が止まった。アーニーの写真に、昨日わたしたちが気がつかなかったことが写っているかもしれない。どうしていままで思いつかなかったんだろう？　彼はもう現像しただろうか？　一刻も早く確かめたかった。

　ショーは進んでいく。部屋の右側で移動している人はだれもいなかった。フラッシュがたかれると、確かに一瞬、なにも見えなくなった。フラッシュの直後なら、素早く移動するのは可能だということだ。金のドレスが登場し、盛大な拍手が起こった。壁沿いでフラッシュがたかれる。だれも動く者はいない。そもそも……だれかがわたしの前を通れば気づいたはずだ。

　恐れていた時間が近づいてきた。モデルたち全員が熱烈な拍手のなか、ランウェイを歩く。ココが締めくくりのスピーチをし、部屋を横切ってきてわたしの手を取った。今日は死体の説明をする必要がなかったから、わたしの足取りは昨日ほど重くなかった。このドレスで歩けないことには変わりなかったけれど、女性たちがわたしを取り囲み、おめでとうと言ってくれた。そのなかには若いころのわたしを知っている英国人の女性たちもいた。

「真っ先にしなくてはいけないのは、ちゃんとした子守を雇うことよ」そのうちのひとりが言った。「わたしには三人の小さな怪物がいるけれど、ありがたいことに一日に一時間だけ会えばいいし、一番上はそろそろ寄宿舎に入るのよ。子守のおかげで、人生がずっと楽になるわ」

それはまさに、わたしがするつもりのないことだった。子供にはうんと関わろうと思っていた。男の子であれ女の子であれ、わたしがパリで楽しい日々を送っているあいだ、ひとりきりの子供部屋で寂しく過ごさせるようなことはしない。ゾゾが人込みのあいだを縫って、近づいてきた。「ダーリン、まだとても心配そうな顔をしているのね。昨日の出来事でひどく動揺したのね」

「そうなんです」わたしはうなずき、彼女に顔を寄せて言った。「それに、このひどいドレスでは歩くこともできないし」

「あなたが自分で選んだと思ったから、なにも言わなかったんだけれど」ゾゾも小声で言った。「こんなひどいドレスは初めて見たわ。すぐに燃やしてしまうことね」

彼女の言葉を聞いていくらか気が楽になり、わたしの頬は緩んだ。また控室に戻ってこらせん階段をあがろうとしたちょうどそのとき、鏡張りの階段から騒ぎが聞こえてきた。モーヴイル警部と数人の警察官たちが現れ、女性たちは驚きと困惑に息を呑んだ。

「今度はなにかしら、警部?」ココがいらだった口調で訊いた。

「いくつかお訊きしたいことがあるんですよ。とりわけ、あの若い英国人女性と話がしたい。いますか?」

「レディ・ジョージアナ? ええ、います……あそこに」ココはわたしを指さした。

ゆったりしたスカートをはいていたら、逃げ出していたかもしれない。けれど、わたしはこのとおり、身動きができない。警部が近づいてきた。「少し、いいですかな、マイ・レディ」

「ええ、もちろん」動揺していることを知られるつもりはなかった。

「捜査に進展はあったのかしら、警部?」ココが訊いた。

「少しありました」

「ドイツ人グループの人たちに話を聞くことはできたんですか?」攻撃は最大の防御だと考えながら、わたしは尋ねた。

「彼女たちのひとり、フラウ・ブリューラーと話ができました。ミセス・ゲーリングの親しい友人であるフラウ・ゴールドバーグを傷つけようとする人間がいるなんて、ばかげていると言われました。ですが、フラウ・ゴールドバーグとは会わせてもらえませんでした。頭痛がしているとかで」

「それで、毒はどうやって入れられたのかわかったの?」ココが訊いた。

「シャンパングラスのひとつから痕跡が見つかりました」どういうわけか、彼の視線がわたしから逸れた。

「そのグラスに指紋はあったの？」

「アメリカ人女性の指紋がありました」警部は答えた。「そしてこちらの若い女性の指紋も」

そして警部は再びわたしを見つめた。

四月二七日　月曜日
シャネルの店。悪夢の真っただ中

　部屋中の目がわたしに向けられている。顔が赤くなるのが感じられた。筋道の通ったことを考えようとしたけれど、様々な考えが頭のなかで飛び交っていて、なにひとつつかまえることができない。なにか間違いがあったに決まっている。

「ばかげているわ、警部」わたしは言った。「わたしが知りもしない人を、なんの知識もない毒を使って殺したと非難しているの？」

「非難などしていませんよ。ただ、あの女性を殺したグラスにあなたの指紋が残っていた理由をお尋ねしているだけです」

「説明できるわ」安堵感が広がった。「若い男性がシャンパンを注いでいたとき、わたしも控室にいたんです。空のグラスがいくつか倒れたので、それを元通りにして、シャンパンを注ぐあいだ支えていました。いくつかのグラスにわたしの指紋が残っているはずです。それに」わたしは言葉を継いだ。「今日、注意深く観察していたんです。案内係がトレイを差し出して、女性たちが自分でグラスを取っていました。特定のグラスになにかを入れることができた人間はいません」

「だとしても、シアン化物は確かにグラスに入っていたんですよ」

「それはわかっています。でも入れたのはわたしではありません」

「ですが、死んだ女性に近づくのを目撃されたのはあなただけだ」警部はわたしを見ながら、片方の眉をくいっとあげた。

怒りが不安を上回った。「そのことなら説明しました。その女性を知らないことも、なんの関わりもないことも話したわ。あの席に座るはずだったドイツ人女性とも、関連はないと言ったはずです」

「だがあなたのお母さんは、ドイツから来た女性グループの一員ですよね?」一本取ったと言わんばかりに、警部はにやりと笑った。

ゾゾの姿を求めて、わたしは部屋を見まわした。こんな状況では、支持してくれる人間がいたほうがいい。そのとき、毅然とした声があがった。

「警部、英国王家の人間を非難する前によく考えることね!」シンプソン夫人だった。立ちあがり、わたしのほうへと歩いてくる。「わたしは何年も前から彼女を知っているし、親戚である国王陛下は彼女をとても大切に思っているの。どこかのアメリカ人女性を殺したなどと言って彼女を非難するのは、まったくもってばかげている。英国大使から苦情を入れさせるから、覚悟しておくことね」

初めのうちこそ英語なまりのひどいフランス語だったが、途中から英語に戻っていた。警部は理解できたのだろうかとわたしはいぶかったが、わかったようだ。

「マダム、もちろんわたしはだれのことも非難などしていません。捜査のいまの段階では、事実を集めているにすぎません。そしていま、わたしがつかんでいる事実というのは、ひとりの女性がまさにこの部屋でファッションショーの最中に死んだということ。死因がシアン化物であること。シアン化物の痕跡がグラスに残っていて……その同じグラスにこちらの若い女性の指紋があったということです。教えてください、わたしはどう考えるべきですかね？」

「なんの痕跡も残していない利口な殺人犯がいるんだと考えるのね」彼女はわたしの前に立った。「ジョージー、ハニー、大丈夫？　いまは普通の体じゃないのに、こんな目に遭うべきじゃないわ。わたしと一緒に国に帰りましょうか？」

シンプソン夫人が味方をしてくれたことで、最後の糸が切れそうになった。いまにも泣きだしてしまいそうだ――妊娠して以来、感情が高ぶりがちだった。シンプソン夫人はこれまで、わたしに優しくしてくれたことは一度もないが、いまは共通の敵に立ち向かう味方同士になったらしい。彼女はデイヴィッドを崇拝している。デイヴィッドはわたしを大切に思っている。そういうわけで、彼女はわたしを擁護しようとしている。わたしはほとんど彼女をハグしてもいいくらいの気持ちになった。ほとんど、だけれど。ウォリス・シンプソンは、ハグしたいと思えるような人間ではない。

「わたしがいいと言うまで、だれもこの国を出ることは許しません」警部は、金も力もある新たな女性たちを前にして、主導権を失いかけていると感じたようだ。

わたしは不意に切り札があることを思い出した。「警部、ゆうべ友人たちと話をしていたときに気づいたことがあります」気をもたせるように、間を置いた。「ショーのあいだずっと、カメラマンが写真を撮っていました。何者かが彼女のシャンパンになにかを入れるところが、写真のどれかに写っている可能性はないでしょうか？」

今度はわたしが一本取ったようだ。「なるほど。その可能性はありますね」警部は考えこみながらうなずいた。「ここに入る許可を与える際に、マダムはカメラマンの身元を確認しているのですよね？」

「もちろんよ」ココはいらだったように答えた。警察にはいい加減うんざりしているようだ。「わたしのサロンにくだらない人間は入れないの。世界でも有数の新聞社だけよ」

警部は納得したように小さくうなずいた。「でしたら、ここにいた新聞社のリストをいただければ、彼らが撮った写真をすべてわたしの部下たちが調べます。よろしいですか、マダム？」

「アシスタントに訊いてみるわ。カメラマンの身元を確認して、サロンに入れるかどうかを決めたのは彼女なの」ココが言った。「彼女に伝えておく」

「わたしたちはもう帰ってもいいのかしら？」横柄な口調で尋ねる声があった。

「マダム、ゆっくりしていってください。モデルたちをじっくり眺めて、お好きなものを選んでいただきたいわ」ココがあわてて言った。

「どなたのことも、引き留めるつもりはありません」警部が告げた。「ここにいる方々は昨日はいなかったわけですから、アメリカ人のミセス・ロッテンバーガーかドイツ人のフラウ・ゴールドバーグを知っているというのでないかぎり、わたしの捜査とは関連がありません」

どちらの名前にも心当たりがないらしく、何人かが肩をすくめた。

「助けてくれてありがとうございます」わたしは小声でシンプソン夫人に言った。

「いいのよ、ハニー」彼女はわたしの腕を叩いた。「弱い者いじめは嫌いなの。それに、あなたがだれかのグラスにシアン化物を入れたりしないことは、よくわかっているもの」そう言ってから、いたずらっぽく笑った。「あなたのお母さんには、同じことは言えないけれど」

「わたしもです！」

わたしたちはくすくす笑った。上の階で服を着替えるつもりで、わたしは肩の荷がおりた気分で控室に向かった。けれどほんの数歩進んだところで、藤色のドレスを着てスカーフをたなびかせた大柄な女性が目の前に立ちはだかり、興奮した様子でわたしに指を突きつけた。

「あなたを覚えているわ！」彼女が言った。「数年前、ニースであったココのファッションショーにいたわよね？」

「え――ええ、いました」わたしは口ごもりながら答えた。

「あのときもモデルをしていた。つまずいて、ランウェイから転げ落ちて、そして……」彼女は一度言葉を切った。「あなたがつけていた高価なネックレスがなくなった」

「どういうことです？」モーヴィル警部が駆け寄ってきた。「ネックレスがなくなった？」

「そうなんです」その女性は生き生きした様子で、両手を振り回している。「あなたに見覚えがあるような気がしていたのよ。どこで見たのか、やっと思い出したわ」興奮のあまり、ほとんど飛び跳ねんばかりだ。

「こちらの若い女性が高価なネックレスをつけていて、転んだ拍子になくなった？　なんとも都合のいい話だ」警部は威嚇するような顔でわたしに詰め寄った。「これでわかってきた。あなたがファッションショーに行く。ネックレスがなくなる。目的は殺人ではなくて、被害者の宝石を奪うことだったのかもしれない」

「ばかばかしい」わたしは反論しかけたが、警部に遮られてそれ以上言うことができなかった。

「なるほど」警部は活気に満ちた足取りで行ったり来たりし始めた。「前にも見たことがある。紳士泥棒、いや、この場合は貴婦人泥棒ですかね。名家の出で上流階級の人間だから、だれにも疑われない。立派な屋敷に住んでいる。だが……そういう生活を続けるには金がかかるんじゃありませんか？　マドモアゼル・スタインの家でミセス・ロッテンバーガーに会ったと言いましたよね？　あなたはそこで彼女がつけている高価な宝石に目をつけ、シャネルの店で行われるファッションショーに彼女が来ることを知って、この計画を立てた。彼女に毒を盛り、彼女が死ぬと、死体を移動させるふりをしてひそかに目的の宝石を奪った。ニースでしたように」

「ちょっと口を閉じて、わたしの話を聞いてくれますか？」わたしはようやく口をはさむことができた。「ニースでは、わたしが転ぶように仕向けた人間がいたんです。ネックレスを盗んだ人間はほかにいたんです。利口で腕のいい泥棒が」

「あなたがそう言っているだけですよね？」

「ネックレスはその後、匿名でわたし宛てに送られてきました。英国王妃から借りていたものなので、お返ししました。なにも問題はありません。バッキンガム宮殿に電話すれば、確かめられる……」バッキンガム宮殿にメアリ王妃はもういないことを思い出して、その先の言葉を呑みこんだ。いまは彼女の息子が国王だ。

「あなたも認めざるを得ないと思いますがね、レディ・ジョージアナ」警部は味わっているかのようにわたしの名前をゆっくりと発音した。「二度の妙な出来事が起きたシャネルの催しに、あなたがどちらも出席していたというのは相当な偶然だ。わたしは偶然というものを信じていないので、なにか理由があるはずだと思わざるを得ないんですよ」

「それなら、宝石がなにかなくなっていないかどうか、ミセス・ロッテンバーガーの付添人に確かめたらどうですか？」緊張が限界に達しようとしていた。わたしを犯人に仕立てるのがどれほど簡単なことかが、はっきりわかってきたからだ。指紋、死んだ女性に近づくのを目撃されたこと、彼女が死んでいるのに気づいたのがわたしだったこと、ネックレスがなくなった以前のシャネルの催しに出席していたこと。それらを考え合わせれば、わたしを有罪にできるだろう。フランスはまだギロチンを使っているんだろうか、痛いだろうかと、わたしはいつしか考えていた。

「それはなんの証拠にもなりませんよ。目的の宝石を奪う前に、邪魔が入っただけかもしれませんからね」

「わたしが覚えているかぎり、彼女がつけていたのはひどくけばけばしいものだったから、全部人造だったんじゃないかしら」間違ったことを言ったらしい。彼の目が輝いたのがわかった。

「ふむ、彼女がつけていた宝石に気づいたというわけだ。その女性のことは知らないと言っていたのに！」

「彼女が死んだあと、控室に連れていったときに気づいただけです」わたしは言い返した。「警部、これは度を越しているわ。夫に訊いてください。わたしに人殺しなんてできないことを証言してくれます。ネズミを殺すのさえ嫌なのに」

「ご主人もこの町にいるんですか？」

「ええ、います」

「なにをしているんです？」

「人と会っています」

「ご主人は、どんな仕事を？」

ああ、困った。スパイだなんて言えるはずもない。わたしは、ヴィクトリア女王になったつもりで言った。「彼はわたしと同じ貴族です。彼に仕事はありません」

「ほお、興味深いですね。海外を旅し、立派な家を持つ貴族に仕事がない。その暮らしを続けるには金が必要でしょうね。あなたたちが一緒になってやったことかもしれない。手段を選ばないふたり組の宝石泥棒……」

彼を殴りたくなったが、そんなことをしてもなんの役にも立たないと思い直した。

「あなたは真犯人を見つける努力をもっとするべきじゃないかしら」わたしは言った。「わたしが人を殺すような人間ではないと証言してくれる人が、この部屋にはたくさんいます。あなたの態度について苦情を入れることのできる重要な人たちです。親戚である国王は……」

「改めてお教えする必要がありそうですね、マダム。あなたがいまいるのはフランスだ。何世代も前に、国王を排除した国ですよ。この国にいるかぎり、あなたはほかのだれとも同じ一般市民なんです」

警部は口を閉じた。このあとなにをすればいいのか、わからないらしい。観客たちはざわめき始めている。立ちあがって、出口に向かっている者もいた。

ココが近づいてきて、わたしの肩に腕をまわした。

「もうたくさんよ、警部。ニースでの不運な出来事と恥知らずの宝石泥棒については、彼女がもう説明したでしょう？　彼女はいい子だわ。それに妊娠している。こんなふうに動揺させるべきじゃない――赤ちゃんによくないもの。もう家に帰すべきよ」

「いまのところは、帰ってもいいでしょう」警部は言った。「だが、パリから出ようなどとは考えないように。見張っていますからね。それから、南フランスの警察に連絡を取るつもりです」

ココがベリンダを手招きした。「バスティーユ牢獄に閉じ込められる前に、このかわいそうな子を連れて帰ってちょうだい」

「その前に着替えないと」わたしはいまにも泣き出しそうだった。

「ばか言わないの。カミーユ、レディ・ジョージアナの服を上から取ってきて。ベリンダ、下まで彼女に付き添ってあげて」

そういうわけで、わたしは大勢の目にさらされながら部屋を横切り、歩くのがほぼ不可能なドレスで鏡張りの階段をおりなくてはならなくなった。いまいましい階段に近づいたところで、ゾゾが出てきてわたしの反対側の腕を取った。

「さあ、帰りましょう」そう言ってから、小声でささやいた。「そうしたければ、いますぐ飛んで帰れるわよ。オルリーにわたしの小型飛行機を待たせてあるから」

28

四月二八日　火曜日
パリのあちらこちら

事態はまさに悪夢になりつつある。あの不愉快な警部は、どうしてもわたしの仕業だということにしたいらしい。どうすれば無実を証明できるのかわからない。


ゾゾとベリンダがわたしと一緒にタクシーに乗りこんだ。

「わたしの飛行機で英国に帰る？」ゾゾが訊いた。

「とてもそそられるけれど、いまはこの国を出るべきじゃないと思います」わたしは答えた。

「国際問題になりそうだもの。それに、自分の無実を証明しないと」

「どうやって証明するの？」ベリンダが訊いた。

「わからない。ダーシーに会わなきゃいけない。彼と一緒にいたいの」

「そうでしょうとも」ゾゾが優しく応じた。「彼はどこのホテルに泊まっているの？」

「ホテル・サヴィル」わたしは身を乗り出して、運転手に住所を告げた。

「そのホテルは知らないわ。新しいの？」ゾゾが訊いた。

「その逆です。かなり古い」

「なんてこと」老朽化した建物の前にタクシーが止まると、ゾゾが声をあげた。「いったいどうして彼は、こんなところに泊まっているの？　ひどいじゃないの」

「節約しているんだと思います」

「ばかばかしい。そこまで貧しい人なんているはずがないわ」生まれてこのかた貧しかったことのないゾゾが、手を振りながら言った。わたしは思わず笑いそうになった。つい最近まで、パリのホテルはどこであれ、わたしには手が出なかった。

タクシーを降りようとしたところで、あることを思い出した。

「わお、まだこのドレスを着ていたんだったわ。これじゃあ、階段をあがれない」

「わたしが一緒に行くわよ」ゾゾが言った。「そんな体のあなたをパリでひとりきりにしているあの子に、ひとこと言ってやらなくちゃね」

ゾゾはしっかりとわたしの腕を抱え、ホテルの入り口をくぐった。ベルが鳴り、経営者が現れた。「ボンジュール、マダム」

ミスター・オマーラはいるかと尋ねると、彼女は驚いた様子だった。

「いいえ、マダム。おられません。今朝、出発されました。部屋はこのままにしていくし、今週中には戻るとおっしゃっていましたよ」

彼女は、わたしの落胆した表情に気づいたようだ。「聞いていらっしゃらなかったんですか？」

「ロンドンに戻るかもしれないとだけ。彼が戻ったら、すぐにわたしに会いにくるように伝えてもらえますか？」

「もちろんですとも、マダム」彼女は訳知り顔でうなずいた。夫が妊娠中の妻を置いて、愛人と過ごしていると考えているのだろう。わたしはそれ以上なにも言わずにタクシーに戻り、ベリンダのマンションに向かった。ふたりともとても優しかった。ベリンダは紅茶をいれ、トーストを焼いてくれた。飛行機でわたしを英国に連れて帰れないなら、大使に会いに行くとゾゾは言った。

「わたしがロンドンに行って、ダーシーを連れて帰ってくるのはどう？」彼女が訊いた。

わたしは笑みを浮かべ、首を振った。「彼には大切な仕事があるんです。極秘の仕事が」

「あなたの夫にはお説教が必要ね。いいかげん田舎暮らしの貴族らしく振る舞って、狩りや釣りをするべきなのよ」

「わたしたちには収入が必要だし、彼が仕事をすることでお金が入ってくるんですもの」

「あなたたちには立派な地所があるじゃないの。そこで稼げばいいのよ。家畜を育てる。お金になる作物を植える。豚を飼う」

笑わずにはいられなかった。「ダーシーが豚を飼っているところなんて、想像できないわ。でもあなたの言うとおりですね。使われていない土地がたくさんある」

「ほらね」これですべては解決だと言わんばかりに、ゾゾはわたしの膝を叩いた。

すべてがそれほど簡単だったらどれほどいいだろう。その夜わたしはベッドに横たわり、開いた窓から入ってくる見知らぬ町の物音を聞いていた。頭のなかを駆け巡る思考をどうすることもできない。この殺人事件が解決されないまま終わる可能性はかなり高そうだ。フラウ・ゴールドバーグを殺して秘密の書類を手に入れるため、訓練を受けた暗殺者がベルリンから送り込まれたのではないかとわたしは考えていた。彼は必ずもう一度試みるだろうし、それを防ぐためにわたしにできることはない。同じように、わたしの無実を証明するためにできることもない。わたしはこれまで、いくつかの事件の解決に手を貸してきた。どうやったんだった？　振り返ってみても、見事な推理の結果というよりは、単に運がよかっただけのように思える。たいていの場合、なにかおかしなことやささいな出来事に気づき、その結果、正しい道筋に導かれたにすぎない。

今回はなにに気づいただろう？　実のところ、秘密の書類を受け取ろうとしているときに、いまにも転びそうなドレスを着ていたことでパニックになっていて、あまり気づいたことはなかった。配られていたシャンパンのことを思い出そうとした。案内係がトレイを持って出ていき、会場にやってきた女性やすでに座っている女性に差し出した。グラスのいずれかにシアン化物が入っていたとして、どうやって目当ての人物にそのグラスを取らせることができるだろう？　できないというのが答えだ。それにシャンパンは控室で注がれ、ハリーが手伝い、わたしが見守っていた。だれもグラスになにかを入れることはできなかった。そんなことをすれば、わたしたちが気づいたはずだ。わたしではない怪しい人間が写真に写ってさえいれば！　ダーシーが戻ってきてくれさえすれば。どうすればいいのか、彼なら知っているだろうに。

　ようやくのことで浅い眠りについたようだったが、目覚めたときには目の下に隈（くま）ができていたし、胃はむかむかしていた。朝早くから起き出したベリンダはばたばたと動き回っていて、楽しそうにコーヒーをいれてくれた。わたしは朝のコーヒーは以前から苦手にしていたのだが、案の定、慣れ親しんだ吐き気が戻ってきた。

「ひどい顔ね」ベリンダが言った。「今日は一日、寝ていたら？　シャネルのところには行かなくてもいいわよ。今回のことがどれほど負担だったか、彼女だってわかってくれる」

「ベッドで過ごすのはいやだけれど、ココとはまったく関係のない一日を送りたいわ。ただ座って、セーヌ川を行くボートを眺めていられたら、どんなにいいかしら」

「そうするといいわ、ダーリン。悪いけれど、わたしはもう出かけなくちゃ」

「でもショーが始まるのは午後遅くでしょう？」

「そうなんだけれど、あなたの素敵なお母さんに会いたいのよ。婚礼衣装をデザインしてほしいって言われたのを覚えているでしょう？　ドイツに帰ってしまう前に、採寸して、ざっとデザインも作っておきたいの。だから今朝のうちに行こうと思って」

　頭のなかでなにかが光った気がした。お母さま。リッツにいる。ほかのドイツ人女性たちがまだパリを発っていなければ、一緒にいるかもしれない。なにかつかめるチャンスかもしれないし、それどころかフラウ・ゴールドバーグと会えるかもしれない。

「考えたんだけれど、わたしも一緒に行く。いいかしら？　お母さまとはなかなか会えないんだもの」

「もちろんよ。そのほうが助かるわ。かわいい娘がいるほうが、彼女もリラックスできるでしょうし。それに、もしマックスがその場にいたら、彼の相手をしてね。男の人はいつだって、邪魔でしかないんだから」

「いつも邪魔なわけじゃないでしょう？」

ベリンダはため息をついた。「そうね、いつもじゃない。昨日、パウロから手紙が来たのよ。言っていなかったけれど。彼、すごくわたしに会いたがっているの。わたしがどれほど特別な存在だったかに気づいたんですって。わたしたちはどちらも大人なんだし、ひとりきりでパリにいるんだから、この機会をできるだけ有効に使うべきだろうって」

「わお。いい加減にしてほしいわね。まさか、応じるつもりじゃないわよね？」

「息子の話をもっと聞きたいのは確かだし、かつてはパウロを愛していたのも事実だけれど、わたしは強くなるつもり。だれかの愛人になんてなりたくないの。一夜の情事はもうたくさん。あなたみたいに、幸せな結婚がしたいのよ」

「ジェイゴとはそれができないの？」

ベリンダは恥ずかしそうに微笑んだ。

「どうかしら。彼が階級の違いを乗り越えることができればの話ね。コーンウォールの主婦になったわたしを想像できる？」

笑わずにはいられなかった。

「ベリンダ、あなたがただの主婦になれるとでも？　でも、おばあさんの古い屋敷で領主夫人になって、コーンウォールの貴族の人たちを招いてパーティーをしているあなたなら想像できるわ」

「そうね、それは楽しそう。そして時々ロンドンに行って、わたしの最新のコレクションを披露するのよ」

「殺人は抜きで」わたしは指摘した。

ベリンダは笑いながらうなずいた。「殺人は抜きで」


母を訪ねて探偵の真似事をしようと決めたわたしは冷たい水で顔を洗い、ゾゾが買ってくれた新しい服に着替えた。ジャムを塗ったバゲットをひと切れ、なんとかお腹に収めてから、わたしたちは出発した。当然ながら母は、一〇時に起き出したばかりだった。まだ黒いサテンのローブ姿のままだったが、まわりに朝刊が散乱している長椅子にもたれるその様子は、まさに映画スターのようだ。スイートルームは母のためのステージのセットと言ってもいいかもしれない。あらゆるところに飾られた大きな花のディスプレイや、椅子の背にさりげなくかけられた黒いミンクに、わたしたちの人生がどれほど異なっているかを改めて思い知らされた気がした。

「ずいぶん早いのね」母はわたしたちを見ると、物憂げに手を差し出した。「この時間は、あまり調子がよくないのよ」

「ベリンダは、お母さまの服のデザインを始めたいんですって」

「ああ、そうだったわね」それがかなりの負担であるかのように、母は芝居がかったため息をついた。

「マックスはどこなの？」わたしは訊いた。

「ばかみたいな会議に出かけたわよ。さらに一〇〇万台の自動車の注文を受けているんじゃないかしら。フランスでは銃や戦車は必要ないから。そういうものは全部ドイツに送られるのよ」

ドアをノックする音がして、コーヒーとクロワッサンをのせたトレイが運ばれてきた。母はブラックコーヒーをカップに注ぐと、再びけだるそうに長椅子にもたれた。

「コーヒーはありがたいわ」

「ドイツ人グループのほかの人たちはどこにいるの？」わたしは何食わぬ顔で訊いた。「結局、ココのところで服をオーダーしたのかしら？　日曜日は急いで帰っていったけれど」

「どうかしらね。わたしたちは礼儀正しく挨拶を交わすだけなのよ。ここだけの話だけれど、あの人たちにはうんざりしているの。向こうもわたしが外国人だからって嫌っているのは確かね。わたしは金髪で、アーリア人なのに。それにヒトラーはけっこうわたしを気に入っているのよ」母はにんまりと笑った。

「部屋は近くなの？」

「同じ階よ」

「フラウ・ゴールドバーグは？　最近、彼女を見かけた？　話をした？」

「会釈くらいしかしたことがないわ。隣の部屋のはずだけれど、ここのところ見かけていないわね。ゆうべのディナーにはいなかった。具合が悪いってだれかが言っていたわ。どうしてフラウ・ゴールドバーグのことを訊くの？　グループのなかでも、一番面白くない人なのに。すごく野暮ったいんですもの」

「あのアメリカ人女性——殺された人が座っていた席に座るはずだった人だから」

「まあ、ジョージー、また探偵の真似事をしているんじゃないでしょうね？」

「身の潔白を証明しようとしているだけ」わたしは答えた。「あの警察官はわたしが犯人だって決めつけているの。だから、どうしてもフラウ・ゴールドバーグと話がしたいのよ。彼女の部屋のドアをノックしてみるわ。具合はどうなのか、訊いてみる」

「幸運を祈るわ」母が言った。「廊下をうろついている見張りの人間がいるのよ。来たときに、会わなかった？」

「廊下の突き当たりに男の人がいた。ホテルの従業員だと思っていたわ」

「ドイツ人よ。乱暴な大男。グループを見張っているの」

「ぞっとする」

「慣れるものよ。それにマックスは気に入られているから、わたしはほかの人たちほどは監視されていないの」母はペストリーのボウルに手を伸ばした。「話はこれくらいにして、朝食にさせてちょうだい。クロワッサンは温かいうちに食べないと」

母が朝食を終えるまで、ベリンダは辛抱強く待っていた。「公爵夫人、どんなものを考えているのか、教えてください」ベリンダはスケッチブックを取り出した。

そのあいだに、わたしは窓に近づいた。床まである美しい窓で、ヴァンドーム広場を見渡せる錬鉄の柵がついたフレンチバルコニーに出られるようになっている。わたしは窓を開けて、バルコニーに出た。外壁に作られている棚のような出っ張りが隣のバルコニー——母の言葉が正しければフラウ・ゴールドバーグの部屋だ——まで続いている。わたしは背後を振り返った。ベリンダと母はドレスのデザインにすっかり夢中で、テーブルの上のスケッチに視線が釘づけになっている。わたしは一瞬たりとも無駄にすることなく、スカートをたくしあげると（ありがたいことに、今日のスカートはたっぷりしていた）、バルコニーの手すりを乗り越えた。出っ張りは充分な幅があったが、それでもそこが三階でかなりの高さであることを意識するくらいには恐ろしかった。たまたまそこにあった排水管をつかみ、そろそろと進んだが、自分のお腹が以前よりも空間を必要としていることを改めて意識した。

隣のバルコニーの手すりを乗り越えたときには、心臓が早鐘のように打っていた。カーテンは半分閉じられていて、部屋のなかはよく見えない。わたしは窓を叩いた。

「フラウ・ゴールドバーグ」窓越しに小さく声をかけた。「いますか？」

彼女はあまり英語ができないだろうし、わたしはドイツ語がまったくだめだ。ほかのドイツ人女性に聞かれると困るので大声で叫ぶわけにはいかないから、もう一度窓を叩いた。返事はない。カーテンの隙間から見えるかぎり、部屋のなかに動きはない。死んで横たわるフラウ・ゴールドバーグの姿が脳裏に浮かんだ。犯人は目的を果たし、マイクロフィルムを奪っていったのだろうか。窓の取っ手を揺らしてみると、幸いなことに動いた。わたしは窓を開けて、部屋のなかに入った。ベッドは整えられている。目につくところに服はなく、人がいる気配はなかった。衣装ダンスに近づいた。空だ。バスルームのドアを開けた。歯ブラシも櫛もない。なにもない。フラウ・ゴールドバーグはここにはいない。

ドイツに連れ帰られたんだろうか？　それとも殺されて、死体は密かに始末された？　突き止めるすべはない。取引に失敗したのだと、わたしはひどく落胆した。英国はもう、貴重な製法を手に入れることはできない。そして気の毒なフラウ・ゴールドバーグ――勇敢だったことの代償を払ったのだ。

部屋を見回した。彼女は連れ帰られることを予測していて、わたしたちのだれかが見つけられるようにマイクロフィルムだけでも残していったというのは、ありうること？　わたしは部屋じゅうを調べた。ベッドの下、バスルームのキャビネットのなか、衣装ダンスの上……。けれど母の部屋とは違ってここは質素で、うまい隠し場所などは見当たらなかった。バスルームに戻り、メイドが掃除しにくい場所はどこだろうと考えてみた。便器の裏？　貯水タンクのなか？　便座の上に立ってごそごそと探していると、背後で物音がした。

「窓が開いていたんです」なまりのあるフランス語だった。「だれかがここに入ったんです」

あたりを見まわした。隠れる場所はない。息を止めて振り返ると、ドイツ人グループの監視役であるあの恐ろしいフラウ・ブリューラーを背後に従えたモーヴィル警部がわたしを見つめていた。

四月二八日　火曜日
暗くてじっとりしているフランスの留置場

自分の身に起きていることが信じられない。ひどくなっていく一方の悪夢のようだ。ギロチンもそれほど遠くないのかもしれない。ああ、ダーシー、どうして行かなきゃいけなかったの？

「無実を主張している英国の若い貴婦人ですか」警部は言った。「驚きはしませんよ。ここでなにをしているのか、お尋ねしてもいいですかね？」

わたしになにが言える？　脳みそは働いてくれなかった。フラウ・ゴールドバーグはスパイで、英国に情報を流そうとしていたのだと言えば、彼女がドイツに連れ戻されてひどい目に遭わされるだけでなく、英国のネットワーク全体が危ういものになってしまうかもしれない。だが、バルコニーづたいに人の客室に忍び込んだ人間にはそれなりの理由がなくてはいけない。それも、便座の上に立ち、片手をタンクに突っ込んでいるところを見つかったときには。

「母が隣の部屋に泊まっているんです」事情を聞かれたときには話を合わせるくらい、母が機転がきくことを祈りながら、わたしは言った。「母のダイヤモンドのブレスレットがなくなってしまって。母は騒ぎを起こすのはいやがったんですが、窓が開いていたことに気づいて、だれかが盗んで窓から逃げたのかもしれないって言うものですから」

咄嗟に頭に浮かんだのがこれだった。説得力はない。話しながら、自分でもそう感じていた。

モーヴィル警部は顔をしかめたまま、わたしが便座からおりるのに手を貸してくれた。

「泥棒が高価なブレスレットを盗んだとして、どうしてそれをトイレのタンクに隠そうとするんです？　ごく最近までほかの女性が泊まっていた部屋に入って、警察に通報されるような危険を冒すんです？　それを持って、出ていけばいいことじゃないですか？　ポケットに収まるくらい小さなものなんですから」

「わかりません」わたしは応じた。「母は時々、妙なことを思いつくんです。彼女は有名な女優ですから。想像力が豊かなんです」

「彼女は明らかに嘘をついています」フラウ・ブリューラーが、威嚇するようにわたしに向かって一歩踏み出した。「犯罪グループの一員なのに決まっています。フラウ・ゴールドバーグは具合が悪くなってドイツに帰ったことを知らずに、彼女からなにかを盗むつもりで、

窓から入ってきたんだわ。もしくは——」彼女はわざとらしく間を置いた。「——彼女を殺

そうと思っていたのかもしれない。ファッションショーの毒はあなたが言っていたとおり、

彼女を狙ったもので、いまあなたはトイレのタンクにシアン化物の容器を隠している最中だ

ったのよ」

　モーヴィル警部が大声で命じると、パリ警察の制服警官がわたしを押しのけて便座にあが

り、タンクのなかを調べた。「なにもありません」便座からおりながら、彼は告げた。

「窓からこの下の茂みに捨てるほうが簡単なのに、どうしてシアン化物の容器をトイレのタ

ンクに隠さなきゃいけないんです？」わたしは、彼女のことなどまったく怖がってはいない

ことを示そうとした。本当はスカートの下で膝ががくがくしていたけれど。

「なにかよからぬことをするためにここにきたのは間違いないわ」フラウ・ブリューラーが

言った。「彼女を逮捕してください。彼女は巧妙な泥棒か、そうでなければ第一次世界大戦

のせいでドイツに恨みを抱いているんだわ」

「それはありません。わたしにはドイツ人の祖先がいますから」

「どういう祖先かしら？」

「ヴィクトリア女王とプリンス・アルバートです」できるかぎり好戦的な口調で言ったつも

りだ。「わたしの曾祖父母に当たります」

　それを聞いて、彼女の勢いがいくらか削がれたようだ。だが充分ではなかった。

「少なくとも彼女は、ドイツ政府が支払いをしている部屋に無断で侵入したんです。ここに

いるもっともらしい理由も言えなかったし、なにより罪のない観光客を殺した容疑者じゃありませんか。なにをぐずぐずしているんです、警部？　仕事をしてください。いますぐ、彼女を連行してください」

警部はわたしに向き直った。「マイ・レディ、署まで同行してもらわなくてはいけません。あなたの身分に敬意を表して手錠をかけることはしませんが、騒いだりせずに一緒に来てください」

若い警察官がわたしの腕を取り、部屋から連れ出そうとした。フラウ・ゴールドバーグをどうしたのだと、わたしはフラウ・ブリューラーを問いただしたかった。彼女はまだ生きている？　けれど、理由を説明しないかぎり、もちろんそんなことはできない。ドアから出たところで、足を止めた。「待ってください。連行されることを母に言っておかないと。わたしがいなくなったら、心配します」

「いいでしょう」

わたしはドアをノックした。ベリンダがドアを開けた。母はまだ長椅子に寝そべっている。

「警察に連れていかれるの」わたしは一気に言った。「隣の部屋にいるところを見つかったのよ。お母さまのブレスレットがなくなったことを話したのに、信じてくれないの。だれかが隣の部屋から忍び込んだんだって、お母さまは考えたのよね？　だからわたしがあの部屋を捜していたのに、警察は信じてくれないのよ」

「ブレスレットがなくなった？」母の大きな青い目が警部に向けられた。母はそれからわたしを見て、わたしたちの目が合った。「ああ、あのブレスレットね。あれはそれほど価値のあるものじゃないのよ。ほとんど忘れていたわ。わざわざ捜してくれるなんて、優しいのね」母はときにしらばくれることがあるけれど、実はとても頭が切れる。警部の眉間にしわが寄ったのがわかった。

「ともあれ、我々はこちらの若い女性に訊きたいことがあります。シアン化物が入っていたグラスに、どうして彼女の指紋が残っていたのか？　死んだ女性の席に近づいたのを目撃されたのが、どうして彼女だけだったのか？　そして今度は、その席に座るはずだった女性の部屋にどうして彼女がいたのか？　偶然があまりにも多すぎるので、我々は答えが欲しいんですよ。急ぎはしないので、よりふさわしい場所でこちらの女性に考える時間を与えようと思いましてね」警部の視線がわたしのうしろにいる母に受けられた。「あなたがこの……スキャンダルになんらかの形で関わっていないことを祈りますよ、マダム」

わたしは通訳した。

母は立ちあがって、黒いローブをなびかせながら警部に近づいた。

「わたしはドイツ政府を代表してパリに来た婚約者に同行してきただけで、なんにも関わってなどいませんわ」母は言った。「ずいぶん不快なことをおっしゃるのね」

わたしは母の返答をそのとおりに訳した。警部は苦々しい顔になった。

「さあ、もう行きますよ」彼は言った。

「ベリンダ、ダーシーに連絡して。それからゾゾとシンプソン夫人にも。バスティーユに連れていかれるんだって伝えて」

「我々は、もう一〇〇年以上もバスティーユに囚人を連れていってはいません」警部は冷ややかに告げた。

エレベーターに連れていかれ、好奇のまなざしを向けられながら玄関ホールを抜け、玄関を出て、待ち受けていたパトカーに乗せられるのは、とても現実とは思えなかった。車はセーヌ川を渡って、シテ島に向かった。川に面したその建物は飾り気がなくて、恐ろしくて、中世っぽい――わたしの考えるバスティーユによく似ていた。中庭にギロチンが立っているのではないかと、半分本気で考えた。わたしは無実だから必ず釈放されると自分に言い聞かせてはいたものの、あまりの恐怖に警察官に連れられて階段をあがるのがやっとだった。テーブルと椅子が四脚ある小さな部屋に連れていかれた。窓はない。黒く塗られた壁。恐ろしい。座るようにと言われた。これ以上、脚がわたしを支えてくれそうになかったから、ほっとした。

どれくらい待たされたのかはわからない。永遠のように思えた。部屋は寒くてじっとりしていた。ハンカチが欲しかったけれど、母のホテルの部屋にハンドバッグを置いたままだったことを思い出した。持ってきてもらう理由になるだろうか？　ベリンダは頼んだことをしてくれた？　だれかが、どこかで、わたしのために動いてくれている？　ようやくのことでドアが開き、モーヴィル警部と年配の男性が入ってきた。ふたりはわたしとテーブルをはさんで座った。

「彼はデュポン警部だ」モーヴィル警部が言った。「この事件が、ドイツの重要な貿易代表団のメンバーに関わっている可能性があるので、捜査に加わることになった」

「彼女はフランス語ができるのか？」デュポンが訊いた。

「できます。流暢に。それに、南フランスで起きた盗難事件にも関わっていたということだから、頻繁にこの国に来ているんでしょう」

「わたしがフランス語が話せるのは、スイスの学校に通ったからです」わたしは言った。「列車で通り過ぎたことを除けば、フランスに来たのはこれが二度目よ」

「南フランスでの盗難事件というのは？」デュポンは初耳だったようだ。

「シャネルのファッションショーでモデルをしてくれと頼まれたんです」わたしは説明した。「メアリ王妃から借りたとても高価なネックレスをつけていました。ショーでとんでもなくヒールの高い靴を履かされたんです。つまずいてランウェイから落ちて、立ちあがったときにはネックレスがなくなっていました。あとになって、匿名で返却されました。くわしいことが知りたければ、ニースのラフィット警部補に確かめてください」

「確かめたのか？」デュポンが訊いた。

「ニースからの返事を待っているところです」

デュポンは肩をすくめた。「なにを期待している？　南部だぞ。時間がかかるに決まっている」

「マダム・シャネルに訊いてください。その場にいましたから。彼女が王妃陛下からネックレスを借りたんです。彼女は全部見ています。わたしは泥棒ではありません」

「それなら」モーヴィル警部が言った。「ホテルの他人の部屋に侵入して、なにをしていたんです？　犯罪以外、ありえない」

ひとりでいるあいだに、わたしはいくらかもっともらしい言い訳を考えついていた。

「フラウ・ゴールドバーグは助けが必要なんじゃないかと思ったんです。食事のときにも姿を見せていないから、彼女は拘束されているかもしれないと母から聞きました。本当ならアメリカ人女性が殺された席に座っていたのは彼女でしたから、なにかあったのかもしれないと思いました。彼女の夫はユダヤ人ですし、ドイツでユダヤ人がどんな扱いを受けているのかはわかっていますから」

「どうしてそんなことを知っているんです」デュポンが鋭く尋ねた。

わお、喋り過ぎたらしい。どうしてわたしは知っているの？「ゴールドバーグはユダヤ人の名前ですし、夫は一緒に旅することを許されていないと母に言っていたそうです」納得のいく説明になったはず。そうでしょう？

デュポンはまだなにか訊きたそうにわたしを見つめている。「どうしてその女性を助ける役目を引き受けようと思ったんです？　そういうことをする習慣でもあるんですか？」

「彼女が助けを必要としていないかどうかを確かめたかっただけです。廊下が見張られていることは知っていましたから、ドアから入るわけにはいかなかった。部屋に行ってみたらだれもいなかったので、さらわれてしまったのかと思いました。だとしたら、メッセージが残されているかもしれないと思ったんです」

素晴らしい言い訳とは言えないが、これで納得してもらおう。

「レディ・ジョージアナ」デュポンがゆっくりと切り出した。「あなたはすべてを話してくれていないようだ。これまでにも英国政府は、国際的な陰謀に貴族を使ったことがある」

「だが殺人だ」モーヴィルが割って入った。「グラスに彼女の指紋があった。それにショーの最中に死んだ女性に近づいたのは彼女だけだ。それをどう説明するんです？」

「わたしが説明できます。シャンパンを注いだとき、トレイの上のグラスがいくつか倒れたんです。わたしはそれを元通りにして、シャンパンを注ぐあいだ支えていました。それに、シャンパンはトレイにのせたまま振る舞われて、女性たちは自分でグラスを取ったんです。シアン化物をどうやってグラスに入れることができたのか、わたしにはわかりません」

「そのドイツ人女性、フラウ・ゴールドバーグが問題の席に座るはずだったとあなたは考えているんですね？」

「そうです。なので、本当は彼女が目的だったのかもしれないと思いました。近頃のドイツでは、そういったことが行われているようですから」

「確かに」デュポンが言った。「それではお尋ねしますが、ふたりの女性のどちらかを知っていましたか？」

「いいえ。わたしがあのファッションショーにいたのは、シャネルのところで服のデザインをしている友人のベリンダ・ウォーバートン＝ストークの手伝いをするためです。フラウ・

ゴールドバーグと会ったことは一度もありません。アメリカ人女性は、彼女がガートルード・スタインのサロンに来たときとシャネルの店で見かけましたが、言葉を交わしてはいません。とても自己主張の強い人のようで、マドモアゼル・スタインは彼女にとても腹を立てていました」

「本当に？」デュポンはちらりとモーヴィルを見た。「その女性がほかの人を怒らせたという可能性はありますかね？」

「おおいにあると思います。でもさっきも言いましたが、彼女を見かけたのはその二度だけですから」

「興味深い」デュポンが言った。「モーヴィル、その女性を知っている人間に話を聞いたのか？」

「一緒に旅をしている姪がいるだけだ。おばの死にひどく動揺している。夫は、アメリカからこちらに向かっているところだ」

長い沈黙があった。デュポンが咳払いをした。「レディ・ジョージアナ、今日のところはこれで終わりにします。あなたの話は大変参考になりました。無罪放免ということではありません。あなたが話してくれたことのいくつかは、確認する必要があります。ですがこれ以上、あなたを拘束する理由はありません。パリから出てはいけないということはおわかりですね？」

「はい、わかっています」安堵の思いが顔に出ないようにしながら、わたしは答えた。付き添われて部屋を出たところで、玄関ホールから騒ぎが聞こえてきた。女性が叫んでいる。

「いますぐ彼女に会わせなさい！　困ったことになるのはあなたたちよ」アメリカ人の声だ。驚いたことにその声の持ち主はシンプソン夫人で、そのうしろには品のいい年配男性がひどく気まずそうな様子で立っている。

彼女はわたしを見ると、駆け寄ってきた。「ジョージアナ、ハニー、大丈夫なの？　尋問されたの？　拷問されたりしていないわよね？　あなたのお友だちから電話をもらって、すぐに来たのよ。デイヴィッドに電話をしたら、彼がすぐに英国大使に連絡してくれたの」

「レディ・ジョージアナ、このような事態になってまことに遺憾です」大使に違いない男性が言った。「王家の親戚のこちらの女性をすぐに釈放するように要求します」

「ご心配なく。もう解放されましたから」わたしは言った。「アメリカ人女性を殺したのがだれなのかが判明するまで、パリから出られないだけです」

「英国国王は、親戚の女性がこんな扱いを受けたことでとても気分を害しているのよ」シンプソン夫人が口をはさんだ。

「英国国王？」デュポンはその意味を理解できなかったようだ。

「わたしは彼の婚約者なの」シンプソン夫人は勝ち誇ったように告げた。

そしてわたしたちは署をあとにした。

四月二八日　火曜日
パリの貴婦人の家

傍観しているわけにはいかない。どうにかして真実を探り出さないと、わたしの潔白は永遠に証明できない。お願い、早く帰ってきて、ダーシー。

みんなとても親切だった。シンプソン夫人と大使はわたしをリッツまで送ってくれた。母とベリンダはこんなことがあったにもかかわらずなんとか作業を続けようとしていたが、わたしを見ると抱きついてきた。
「助けてくれて、ありがとう」わたしはふたりを抱き返しながら礼を言った。「シンプソン夫人に連絡してくれたのね。英国大使と一緒に乗り込んできて、わたしを連れ帰ってくれたのよ。素晴らしかったわ。こんなことを言う日が来るなんて思ってもみなかったけれど、彼女のことを誤解していたのかもしれない」

「わたしたちはウォリス・シンプソンに感謝しなきゃいけないって言っているの？」母が訊いた。「わたしは優れた女優だけれど、それでもできないことはあるわ」

「でも彼女はお母さまのひとり娘を助けてくれたのよ」

母はため息をついた。「そういうことなら、感謝するべきなんでしょうね」わたしの顔を両手ではさみ、なにか傷はないかとしげしげと眺めた。「ダーリン、死ぬほど心配したのよ。あの野蛮人たちにひどい扱いをされなかった？」

「とても礼儀正しかったわ」わたしは答えた。「幸いなことに立場が上の警察官がいて、彼はわたしをある程度は信じてくれたみたいなの。とりあえず、ある程度だけれど。でも疑いが完全に晴れたわけじゃない」わたしはベリンダに訊いた。「ダーシーは見つかった？」

「あなたの家も含めて、何ヵ所かに伝言を残したわ。外務省にも連絡してみたけれど、だれも彼を知っていると認めなかった。それ以上どうすればいいのか、わからなかったの」

「できることはなにもないわ。彼のいまいましい秘密人生が、時々本当に腹立たしくなるのよ。今後は腰を落ち着けて、銀行で働いてもらうわ！」

わたしの言葉にふたりは笑った。

「わたしの家に戻って休んだら？」ベリンダが言った。

「それとも、なにか食べるものをここで注文しましょうか？」母が提案した。「顔色が悪いわよ」

「警察署の窓もない小さな部屋にいたら、顔色も悪くなるわ。本当はとても怖かったの。トイレに行きたくてたまらなかった」

「ダーリン、わたしがあなたを家まで連れて帰るわ。ミセス・ホルブルックに面倒を見てもらうのよ」母が言った。「パリはもう充分でしょう?」

「だめよ。パリから出てはいけないって言われている」

「ばかばかしい。大使に電話をかけて、あなたを英国に帰すように言うわ」

「やめて、お母さま。そんなことをしたら、わたしは逃亡犯だって思われる。真相を突き止めなきゃいけないの」

「どうやって突き止めるの?」

肩をすくめた。「フラウ・ゴールドバーグの隣に座っていた人に、もう一度話を聞かなきゃいけない。見過ごしていたなにかささいなことを思い出しているかもしれない。それに、ミセス・ロッテンバーガーの姪に、おばさんの死にまつわるいろいろな書類手続きを手伝うって約束したの。そうすれば、彼女ともう一度話ができるわ。彼女が関わっているって考えているわけじゃないけれど。彼女はおばの近くには座っていなかったもの」わたしはため息をついた。「フラウ・ゴールドバーグのことを考えると、心が痛むわ。彼女がドイツに帰るってお母さまは知っていたの? なにか物音を聞いた?」

「どんな物音?」

「わからない。争っている音とか?」

「聞こえるはずがないでしょう。リッツの部屋は防音がしっかりしているんだから。なにを言うかと思ったら」

「それじゃあ、彼女がドイツに連れ帰られたのか、それとも殺されて死体が運び出されたのか、永遠にわからないままなんだわ」

母は怪訝そうな顔をした。「どうして彼女を殺そうとするの？　さらおうとするの？」

「お母さま、彼女はあの席に座るはずだったのよ。あそこは暗かった。何者かが勘違いして……」

「でも、どうして？　彼女はなんの害もない女性に思えるけれど」

「彼女の夫がユダヤ人の科学者だから」

母は目を細くした。「あなたはなにかを知っているのね」

「これ以上は話せない。でも彼女には殺されるだけの理由があるのよ」

「気の毒に。わたしが知っていたら、もっと親しくしていたんだけれど」

それができていたらと、思わずにはいられなかった。わたしが母を信用していて、秘密を打ち明けることが許されていたなら、母と彼女は親しくなっていたかもしれないし、マイクロフィルムを受け取っていたかもしれない。いまさらどうにもならない。けれどだからといって、あきらめなくてはいけないということではない。「ベリンダ、ミセス・ロッテンバーガーの隣に座っていた女性の名前と住所はわかる？」

ベリンダは腕時計を見た。「どちらにしろ、もうシャネルのところに行かなきゃいけないわ。ここにいて。電話するから」

わたしになにか食べさせる必要があると考えた母は、かなりたっぷりした食事とシャンパンのボトルを注文した。「元気づけには最高よ、ダーリン」

ベリンダは帰っていき、わたしは自分がお腹を空かしていたことに気づいた。澄んだスープとハーブオムレツとクレーム・ブリュレをたいらげた。ちょうど食べ終えたところでベリンダから電話があって、ファッションショーでわたしを見かけた女性の名前と住所を教えてくれた。フロントで尋ねてみると、そこはセーヌ川にほど近い区にある通りだという。「とても高級な住宅地です、マダム」フロント係はうなずきながら言った。わたしはタクシーに乗り、川沿いを走り、フランソワ・プルミエ通りを曲がった。みずみずしい若葉をつけたプラタナス並木が続き、両側にはマンションではなく一軒家が並んでいる。あの最低男のルイ・フィリップ伯爵が暮らしているような、錬鉄のバルコニーがある石造りの屋敷だ。そのうちの一軒の前でタクシーが止まった。

「待っていましょうか、マダム？」運転手が訊いた。

わたしは素早く考えた。「ええ、お願い」母がいる。今回はお金の心配をする必要はない。大きく深呼吸をしてから玄関前の階段をあがり、呼び鈴を押した。黒いお仕着せに糊のきいた白いエプロンと帽子という姿のいかめしい顔のメイドが現れた。名刺を渡すべきだったのだと気づいたが、手遅れだった。

「なんでしょう？」非難がましい目つきでメイドが言った。

「わたしはレディ・ジョージアナ・ラノク」ミセス・オマーラを使うのはやめた。「いらっしゃるなら、こちらの奥さまにお会いしたいの。緊急の要件で」

「どういったことでしょう？」

「わたしもシャネルの店にいたのよ。女性が亡くなった……」

「聞いています。奥さまはとても動揺しておられます」

「こちらの奥さまはその運の悪い女性の隣に座っていたの。わたしたちは真実を突き止めようとしているのよ。入ってもいいかしら？」

メイドが渋々わたしを通した先は、見事な玄関ホールだった。白い大理石の床、片側には弧を描く階段。台座に飾られたローマ胸像、春の花の巨大なディスプレイ、金の額に縁どられた鏡。メイドが戻ってきたときにも、わたしはまだあたりを眺めていた。

「奥さまがお会いします」彼女は言った。

居間に案内された。大理石の暖炉には火が入っている。どの窓にもベルベットのカーテンがかかっている。家具は金メッキとシルク。どれもとてもフランスっぽい。ルイ一四世がそこにいても驚かないだろう。その代わりに暖炉の脇に座っていたのは、シンプルなウールのスカートと白いブラウスという装いのマダム・ド・モレだった。彼女はわたしを見ても、親しげに微笑むことはなかった。

「どうしてあなたがわたしに会いたがるのか、さっぱりわからない」彼女は言った。「わたしの証言を変えてほしいと思っているのなら、残念ながら時間の無駄よ」

敵意も露わなその言葉にわたしは驚いた。「マダム、あなたが見たものや言ったことを変えてほしいとは思っていません。わたしが彼女に近づいて、死んでいることに気づいたという事実を否定するつもりはありませんから」

彼女は首を振った。「あの出来事にはものすごく動揺させられたので、もう思い出したくないのよ」

「ご迷惑をおかけして申し訳ないと思っています。ですが、どうしてもあなたの手助けが必要なんです。わたしが死んだ女性に近づいたのを見たとあなたが証言したために、警察はわたしを犯人にしようとしています。殺すどころか、わたしは彼女を知りもしないんです。だから、無実を証明しなくてはなりません。そのために役立つなにか、あなたがこれまで見過ごしていたなにかがあるかもしれないと思ったんです」

ほんの少しだけ、彼女の表情が和らいだ。「残念だけれど、お役には立てないわね。ランウェイだけしか見ていなかったから。隣に座っているのは知らない人で、そのうえかなり不愉快な女性だとわかったあとは、まったく注意していなかったのよ」

「あの午後のことを最初から順に思い出してもらえますか？　あなたは店に到着した。案内係が席までお連れしたんですよね？」

「そのとおりよ」

「そのときには、右側の椅子にはだれも座っていなかった？」

「ええ、そのとおり」

「シャンパンが運ばれてきたのはそのときですか？」

彼女は眉間にしわを寄せた。「いいえ。死んだ女性が来て、隣に座ったのが先だったわ。ごそごそとうるさかったのよ。なかなか落ち着かないし、わたしの理解できない言葉でなにかをつぶやいているし。フランス人ではないとわかったわ。わたしたちのように挨拶をしなかったから」彼女は顔をしかめて、記憶を探っている。「それから、シャンパンが配られたの。トレイからグラスを取った。隣の女性はすぐに飲んだわ。一気に飲み干した。まったく品がないったら」

「彼女はすぐにシャンパンを全部飲んだんですか？　ショーが始まる前に？」

「そうよ」

わたしはしばし考えた。シアン化物は即効性がある。彼女はショーが始まってすぐに死んだんだろうか？　いや、違う。そのあとでドイツ人女性とのやりとりがあった。

「それから彼女は指を鳴らして、お代わりが欲しいって言ったの」

ようやく進展があった。「だれかがお代わりを注いだんですか？」

「いいえ。さっきも言ったとおり、わたしは彼女のほうを見たくなかったの。不愉快な人だったから。でも案内係のひとりが彼女のグラスを受け取って、新しいグラスを渡したんだと思う」

「渡したんですか？」声がいくらか震えているのがわかった。

「トレイを差し出したの。彼女はグラスを取ったけれど、今度はすぐには飲まなかった。ドイツ人女性が近づいてきたから」

「そうですか」

「彼女はアメリカ人女性の肩を叩いて、そこは自分の席だと言ったの。でもアメリカ人女性はフランス語がわからなかった。だからドイツ人女性は英語で同じことを言い直したのよ。〝席をお間違えですよ。ここはわたしの席です〟って。でもアメリカ人女性は〝残念ね、わたしが先に座ったの〟というようなことを言い返した。本当に不快だったわ。ちょうどそのとき明かりが消えて、マダム・シャネルのスピーチが始まったのよ。ドイツ人女性は仕方なく、その場を離れていった」

「それから？」

「ショーが始まった。だれもがランウェイを見つめていたわ。彼女が死んでいることにあなたが気づかなければ、わたしもあなたが近づいてきたことに気づかなかった」

「それじゃあ、ショーのあいだはずっと、だれも近くには来なかったんですか？」

「わたしは気づかなかった。カメラマンはうしろでうろうろしては、フラッシュをたいていたわ。そのうちのひとりはすぐ近くまで来ていたから、フラッシュの音にひどく驚かされたのよ。一瞬、なにも見えなくなった。あれも不愉快ね。シャネルはカメラマンを決まった場所から動かさないようにして、うろつかせるのはやめるべきね。観客の邪魔だわ」

「それは、わたしがあの女性が死んでいるのを見つける前のことですか？」

「ええ、そうよ」

わたしは大きく息を吸った。「マダム、死ぬ前に彼女が苦しんでいる様子はなかったでしようか？」

マダム・ド・モレは考えこんだ。「あの人は、少しもじっとしていない人だったの。もぞもぞと椅子の上で身じろぎしていた。本当に迷惑だった。だから、彼女のほうは見ないようにしていたの。なにか音もしていたと思うわ。一度息を呑んだのが聞こえたけれど、モデルのひとりが登場したときだったから、そのドレスに驚いたんだろうって思った。わたしはショーに集中したかったの。彼女が運ばれていったあとは、わたしは気もそぞろで、集中できなくなっていた。午後がすっかり台無しになってしまったのよ」

「わたしも同じです」わたしの言葉に、彼女は笑みを浮かべた。

「あなたは英国の貴族なのよね？」

「はい」

「国王の親戚だと聞いたわ」

「そのとおりです」

「そういうことなら、あなたにあの不愉快なアメリカ人女性を殺す理由がないわね」

「ええ、ありません」わたしたちは笑みを交わした。

彼女はため息をついた。「あなたを助けられるようなことを、もっとお話しできればよかったんだけれど。でも警察がきっとすぐに真実を探り出して、あなたは心配しなくてもよくなるわ」

「そうなることを願っています」

切り上げどきだった。わたしは家を出て、待たせていたタクシーに乗った。なにかわかったことがあるだろうか？　ミセス・ロッテンバーガーが二杯目のシャンパンを手に取ったこと。カメラマンがマダム・ド・モレのすぐうしろまでやってきて、フラッシュのせいでつかの間なにも見えなくなったこと。彼女のまわりの人たちも、視界を奪われたのだろうか？　犯人はその瞬間を狙ったのだろうか？　それともシャンパングラスにシアン化物をいれたのは、カメラマン本人だとか？　ドイツ政府から送り込まれた人間であれば、新聞社の身分証明書を見せ、フラッシュをたいてシアン化物をグラスに入れるのは簡単だろう。だが残念なことに、わたしたちにはそれを証明するすべがない。フラウ・ゴールドバーグが本当にドイツに帰ったのかどうか、わかる日がくるだろうかと考えた。わたしの疑いが晴れることはあるのだろうか。ダーシーが早く帰ってくることを祈るほかはなかった。

四月二九日　水曜日
ベリンダのマンション

みんなとても親切だ。母は今日、買い物に行こうと誘ってくれた。ベリンダは今日のファッションショーには行かずに、一緒にいるようにすると言った。ゾゾは彼女の小型飛行機で家まで連れて帰ってくれると言ったけれど、それはそれで、さらなる尋問のために警察に連れ戻されるのをここで待つのと同じくらい恐ろしい。そもそも、わたしはパリから出ることを許されていない。警察がどうやってわたしを阻止するつもりかはわからないけれど、ここを見張っている警察官がいるのかもしれない。それにわたしは、一生逃亡犯でいたくはない。

目が覚めると、ベッドの脇にだれかが立っていた。男だ。黒い服を着た見知らぬ男。わたしは息を呑み、体を起こそうとしたが、その人物はそうさせまいとわたしの肩を押さえた。

「興奮しないで」聞き慣れた低い声がした。「ぼくだ」

「ダーシー！　驚かせないで。犯人がわたしを殺しにきたのかと思ったわ」

「ばかだな」彼はベッドに腰かけると、わたしの額にそっと唇を当てた。

「いつ戻ってきたの？」

「夜行列車を使った。ついさっき着いて、まっすぐここに来たんだ。ベリンダが送ってきたらしい、よくわからないメッセージを受け取ったよ。きみが留置場に入れられたって？」

「そうなの。わたしは昨日逮捕されて、まだ完全に容疑が晴れたわけじゃないのよ」

「逮捕された？　どうして？」

「偶然が重なったの。なにもかもばかげているのよ。殺された女性に近づいたところを目撃されたのが、わたしひとりだった。それから、数年前のニースでのファッションショーにいたわたしを覚えていた別の女性がいて、わたしが転んで、つけていた高価なネックレスがなくなったことを警察に話したの。そうしたら警部は、窃盗がうまくいかずに彼女を殺したっていう結論に飛びついたのよ」

「ばかばかしい」ダーシーはつぶやいた。「きみが何者なのかを話さなかったの？」

「話したわ。そうしたら〝紳士泥棒〟の事例もあったって言われた。でも最悪なのは、わたしがフラウ・ゴールドバーグの部屋にいるところを見つかったことなの。どうしてそんなところにいたのか、わたしは説明できなかった」

「なんだって？」ダーシーはわたしをにらみつけた。「フラウ・ゴールドバーグの部屋でなにをしていたんだ?」

「彼女の部屋は母の隣だったの」自分がばかみたいに思えてきた。「彼女と話ができるチャンスかもしれないと思って、バルコニーを乗り越えて窓から部屋に入った。でも彼女はいなくなっていたの。なにも残っていなかった。もしかしたら、わたしたちが見つけられるようにマイクロフィルムをどこかに隠していったかもしれないと思って、探してみた。そうしたら、便器の上に立っているところを警部とドイツ人グループの監視人のフラウ・ブリューラーに見つかったの」

「ジョージアナ、いったいなにを考えていたんだ?」ひどく怒っているようなダーシーの口調だった。「ひとつ目、きみは妊娠しているというのに、バルコニーを乗り越えた。ふたつ目、ドイツ政府が注視していて、暗殺の対象になっているかもしれない人物の部屋に入った。きみの言うところの監視人が、フラウ・ゴールドバーグと一緒にいるきみを見つけていたら、彼女の立場がさらに悪くなるだけじゃなく、きみにとってもひどく危険なことだと思わなかったのか?」

「だれにも見られずに、ふたりきりで彼女と話ができたらいいと思ったの」わたしは力なく答えた。「バルコニーを乗り越えたのはよくなかった。ばかだったわ」訴えるように彼を見つめた。「役に立ちたかっただけなのよ、ダーシー。あなたに頼まれた任務をやり遂げられなくて、すごく申し訳なく思っていたんだもの」

ダーシーは両手でわたしの顔をはさんだ。「ジョージー、どんな任務よりもぼくにはきみのほうがずっと大切だって、わからないのかい？　バランスを崩して、落ちていたらどうなった？　ドイツの情報員が待ち受けていて、その場できみを殺そうとしていたら？」

「いまここにはいなかったでしょうね」わたしは気まずくなって笑った。

「そもそもきみをこんなことに巻き込んだ自分が許せないよ」ダーシーは立ちあがり、部屋をうろうろと歩き始めた。とても狭い部屋だったから、動物園の檻のなかの豹を見ているようだ。「ぼくたちにできることはあまりない。フラウ・ゴールドバーグがドイツに連れ帰られたことはわかっている。今後、ぼくたちの仲間と接触できるとは思えない。彼女の夫はまず間違いなく収容所に送られる。おそらくは彼女も」

「なんてこと」わたしは暗い気持ちで彼を見つめた。「それじゃあ、マイクロフィルムも彼女と一緒にドイツに戻ってしまったっていうこと？」

ダーシーはうなずいた。「彼女がどうにかして郵便で送っていないかぎりはね。見張られていることを考えれば、その可能性は低い」

「気の毒に。彼女を助ける方法はないの？　英国に連れていけないの？」

「提案したよ。そうしたければ、安全に英国に連れていけると話したんだが、夫を置いては絶対に行かないと言われた。とりわけ、いまは」

「わお。勇敢な人ね」わたしは言葉を切り、考えた。「でも、わたしでもあなたを置いていくことは絶対にないわ」

「同じような事態になったら、ぼくはきみに行ってほしいよ。だが重要なのは、この件はもなかった」

彼女がどれくらいの情報を持っているのか、彼らもわかっていないんだ。だが、殺す計画はなかった」

に連れ帰られたのは、英国とフランスが接触しようとしていると彼らが考えたからららしい。彼女がドイツ

よれば、フラウ・ゴールドバーグの命を奪おうとする計画はなかったそうだ。彼女がドイツ

うぼくたちがどうこうできるものではなくなったということだ。問題は別にある。情報源に

「それじゃあ、あの殺人は本当にミセス・ロッテンバーガーが目的だったっていうこと？」

わたしは座って彼を見つめていたが、やがて口を開いた。

「そのようだ」

また〝わお〟と口から出かかったが、寸前で呑み込んだ。

「それじゃあ、だれが彼女を殺したかったの？」

「ぼくが知りたいよ」ダーシーはまたベッドに座った。「ファッションショーに彼女の知り合いはいなかったって言ったね？」

「姪のマッジ以外はね。あ、彼女が服を盗み見ようとしたときに、ココのアシスタント数人ともめたことはあったわ。でも観客のなかに、彼女を知っていることを認めた人はいなかった」

「あそこにいたアメリカ人は彼女だけ？」

「シンプソン夫人がいた――そういえば、彼女は素晴らしかったの。こんなことを言う日が来るなんて思ってもみなかったけれど、彼女にはたくさん借りができたわ。わたしを助ける

ために、あっという間に英国大使を警察署まで連れてきてくれたのよ。親切じゃない？」

「驚いたね。彼女にも優しいところがあったというわけか。そんなことをしてくれるなんて、だれが考えただろう？　それに、彼女がきみの味方をするなんて、想像した人がいるだろうか？」

「デイヴィッドのためね。彼の親戚の身に悪いことが起きてほしくないのよ」

ダーシーはうなずいた。「だが彼女が殺人事件の容疑者とは考えにくい」

「それはないわ。絶対にない。まず彼女はランウェイの反対側にいたの。ショーの最中にミセス・ロッテンバーガーがいたところまで行くことはできなかった。それに、彼女が毒を使うようなタイプだとは思わない。だれかを殺したいと思ったら、さっさと撃ち殺すでしょうね」

ダーシーはにやりと笑った。

わたしはダーシーの言葉の意味を考え続けていた。すべてはマッジを示唆しているんじゃない？　不愉快なおばを排除したいというのは立派な動機だし、特徴がなく、物静かな彼女はほかの人に見過ごされてしまうタイプだ。シャンパンのお代わりを持っていったのは案内係ではなくて、彼女だったのかもしれない。さぞ簡単だったことだろう。はい、おばさま、お代わりを持ってきました……

「ミセス・ロッテンバーガーの姪と話をしなくちゃいけないわ。彼女には動機も機会もあった。平凡な子だと思ったけれど、物静かな人が犯人だっていうのはよくあることじゃない？

ひそかに計画を立てているのよ。彼女は化学を勉強したのかもしれない……探偵小説を読むのが好きだったのかも」

「ぼくたちはなにもするべきじゃない」ダーシーがきっぱりと告げた。「今後きみはこの件からすっぱりと手を引いて、すべてを専門家に任せるんだ」

「でも、ダーシー」わたしは彼の肩に手を置いた。「わたしは身の潔白を証明しなきゃいけない。それにマッジはフランス語が話せないから、わたしが通訳をするって言ったの。だからとりあえず彼女に会って、どうしているかを確かめることはできるわ。あなたが一緒に来てくれれば、彼女がおばの死に関わっているかどうかの感触をつかめるんじゃないかしら」

ダーシーはため息をついた。「フラウ・ゴールドバーグがドイツに連れ帰られたいま、この件はぼくらの手から離れたんだよ、ジョージー。フランス警察の捜査に首を突っ込んだりすれば、面倒なことになるだけだ」

「それじゃああなたは、妻の身の潔白を証明したくないの？」

「したいに決まっているじゃないか。警察がまたきみを捕まえにきたりしたら、もちろん介入するよ。仲間にアメリカと連絡を取ってもらって、ミセス・ロッテンなんとかについて調べさせる。彼女がパリでどんな人間とつながりがあるのかとか、彼女の夫がなんらかの国際犯罪に関わっていないかどうかとか。だが、現場にほかのアメリカ人はいなかったってきみは言ったよね？　彼女はほかのだれのことも知らなかったって」

「警察に訊かれたとき、彼女を知っているって答えた人はいなかった。ただ、あそこにはほかにアメリカ人がふたりいたの。ここの上に住んでいる人と彼の友人のアーニーよ。椅子を並べる手伝いをしてもらうために、ベリンダが誘ったの。でも、ふたりとも第一次世界大戦以降、ずっとパリで暮らしているから、つながりがあるとは思えないわ。アーニーはガートルード・スタインのサロンでミセス・ロッテンバーガーと会っているけれど」

興味を引かれたらしく、ダーシーの表情が変わった。「当日以前に会っていたということか？」

「そうよ。彼女はガートルード・スタインのサロンに押しかけてきて、絵を買おうとしたの。ガートルードは激怒したわ」

「どれくらい？」

わたしはぎこちなく笑った。「ファッションショーに忍び込んで、だれかを殺そうとするほどじゃなかった」彼の表情に気づいて、さらに言った。「自分の代わりに、取り巻きのだれかを送りこんだりもしない。彼女はとても教養のある人よ」

「教養のある人間でも、必要に迫られれば人を殺すことはある」

「それはそうだけれど……自分の絵を買いたがったからって、人を殺したりはしないでしょう？」

「そのアーニーという男はその場にいたんだね？　彼女と話をした？」

「ハリーもアーニーもいたけれど、彼女がとんでもない人だってわかると、ハリーはすぐに逃げ出した。アーニーは逃げられなくて、彼の家族を知っているってミセス・ロッテンバーガーが言いだしたの。ばかばかしいってアーニーは反論したけれど」

「それじゃあ、ほんのささいなものにしろ、つながりはあったわけだ。そのふたりの男の名前を教えてくれないか。ワシントンにいる仲間に調べさせてみる」

「でも、彼らにあの女性の死を願うどんな理由があるっていうの？　ふたりがショーを手伝うって決まったのはぎりぎりになってからだし、彼女が来ることも知らなかったのよ。万が一に期待して、シアン化物を持ち歩いたりはしないでしょう？」

「だとしても、あらゆる可能性を調べる必要があるんだ。一番もっともらしい動機があるのが姪だというのは、ぼくも賛成だ。だがそのふたり――彼らのフルネームと出身地はわかるかい？」

「ハリー・バーンステーブル。ニューヨークから来たって警察に言っていたけれど、それが市なのか州なのかはわからない。でも彼は戦争が終わってからずっとここにいるし、家族とも連絡を取っていないの。とても感じのいい人よ。親切で、親しみやすくて、面白くて」

「アーニーはどこから？」

「ミセス・ロッテンバーガーと同じで、ペンシルベニアだったと思う。軍人一家の出身で、それが嫌でここに来たんですって。戦争が本当はどんなものかを知ってしまったのに、家族は彼を英雄扱いしたうえに、戦争を賛美したって言っていた。彼もハリーも戦争で精神的にひどく打ちのめされたの。ふたりとも作家よ。っていうか、作家になろうとしている」

「どうやって暮らしているんだ？　仕事はあるの？」

「そのときどきにできることをしているみたい。ハリーはバーや露店を手伝っているし、アメリカの新聞にたまに記事を書いているんですって。アーニーはカメラマンでもあるの。ファッションショーの写真を撮ろうとしていた。新聞社のカメラマンが認めるとは思えなかったけれど。ちょっとした騒動になって、ひとりが彼のカメラを取りあげようとしたの。ハリーが取り戻したわ」

「アーニーの名前は？」

カフェで彼と会ったときのことや、彼が警察に話を聞かれたときのことを思い出そうとしたが、頭が働いてくれなかった。なにかドイツっぽい名前じゃなかった？

「覚えていないわ。ベリンダに訊いてもらえる？　手伝いをふたりに頼んだのは彼女なの」

「わかった。きみは横になっているんだ。ぼくが朝食を運んでくるから。今日はゆっくりしていてほしい。ぼくは大使と話をして、きみを家に連れ帰れるように頼んでみる。きみはもうパリを充分に堪能したと思うよ」

「わたしもそう思うわ。子犬たちとどうやって遊ぼうって、いまはそればかり考えているのよ」

「いまごろは家をぼろぼろにしているんじゃないかな」ダーシーは笑いながら言った。「でも、家に帰れるのはいいことだ」

四月二九日　水曜日
パリのプラザ・アテネ

ダーシーが戻ってきたことがわかって、気分がぐっとよくなった。一緒にホテル・サヴィルに移りたかったけれど、彼は外出することが多いし、あのホテルはあまり居心地がよくないから、このままベリンダのところにいたほうがいいと言われた。けれど、今後は頻繁に連絡をくれるようだから、安心だ。

ダーシーはとても優しくて、紅茶とバゲットとジャムを持ってきてくれた。わたしはとてもお腹がすいていたので、夢中で食べた。体を休めるようにと、彼は言った。散歩でもするといい、でもそれ以外はなにもしてはいけないよ。ベリンダは、できあがった仮デザインを母に届けるつもりらしく、一緒に行くかと訊かれた。だがフラウ・ブリューラーやほかのドイツ人女性たちがまだ滞在していることがわかっていたから、リッツにはあまり行きたいと思えない。

「わたしのことは気にしないで」わたしは言った。「散歩してくるわ。気持ちのいい日だもの」

「気をつけるんだよ」ダーシーに念を押された。「ばかなことはしないように」

「ええ、しない」わたしは彼に投げキスをした。ばかなことをするつもりはない。ただミセス・ロッテンバーガーの姪のマッジに会いに行くだけだ。あの事件のあと、ホテルを訪ねると彼女に約束した。けれど、言い訳をするわけではないけれど、わたしはほかのことで手一杯だった。

ベリンダがリッツに出かけていくと、わたしはコートを着て、セーヌ川に沿って歩きだした。四月というよりは三月を思わせる風の強い日で、そのうち雨になりそうだ。襟を立て、セーヌ川を渡ってコンコルド広場へと向かう。それから左に曲がって、昨日、タクシーでマダム・ド・モレの家を訪ねたときと同じ道をたどった。モンテーニュ通りに出ると、旗が風にたなびく華麗な建物が見えてきた。ホテル・プラザ・アテネだ。ミセス・ロッテンバーガーの姪に会いたいと告げると、歓迎されるどころか、うさんくさそうな顔を向けられた。服が風で乱れていたし、彼女の苗字を知らないという事実も不利に働いた。

「彼女の部屋に電話をかけることはできますが」フロント係が言った。「そのマドモアゼルが滞在しているのかどうかは知りません。彼女のおばの身に起きた悲劇をもちろんご存じですよね？」

「ええ、知っているわ。わたしはあの場にいたの。目撃したのよ。マドモアゼル・マッジは手助けを必要としているかもしれないと思って、ここに来たの。彼女はあまりフランス語ができないし、いろいろな手続きが必要でしょうから」

わたしは見た目ほど好ましくない人物ではないと判断したらしく、フロント係はうなずいた。「どなたが来たとお伝えすればいいでしょう?」

「レディ・ジョージアナ・ラノク」わたしはそう答え、彼の反応に満足した。わたしはミセス・オマーラでいることにこれから慣れていかなくてはいけない。わたしの肩書を継承させることはできないから、わたしたちの子供はただのミスター・オマーラか、ミス・オマーラになる。ダーシーのお父さまが亡くなれば彼がキレニー卿になるから、子供たちも貴族になるけれど、それまでわたしたちはただの一般市民だ。けれど肩書がときに役立つことは間違いない。

「承知しました、マイ・レディ」フロント係は小さく会釈をした。「座ってお待ちください。マドモアゼルの都合を確認します」

数分後、マッジがエレベーターから降りてきた。

「ジョージー」両手を広げて駆け寄ってくる。「ああ、来てくれて本当にうれしい。悪夢のようだったわ。フランス語で書かなきゃいけない書類が山ほどあったんです。手伝ってくれるってあなたは言ったけれど、どうやって連絡すればいいのかわからなかった」

「わたしも問題を抱えていたの」わたしは釈明した。「あなたのおばさんを殺したのはわたしだって、警察は半分信じこんでいるのよ」

「そんなの、ありえない！　あなたはおばを知りもしないのに」

「そうなの。わたしもそう言ったわ」

「わたしも話を訊かれました。でも彼らがなにを言っているのか、わたしはほとんどわからなくて、間違ったときに〝ウイ〟とか〝ノン〟とか答えてしまったら罪を認めることになるんじゃないかと思って、すごく怖かった」

マッジは椅子を引き寄せ、わたしの隣に腰をおろした。「部屋にあがってもらいたいところなんですけれど、いまおばの荷物をまとめている最中なんです。警察が調べたがるかもしれないと思って、いままで触っていなかったんです。フランクおじさんが来ることになったんですけれど、おばさんの荷物をどうしたがるのかわかりません。家に送る必要はないですよね？」

「ないでしょうね。それじゃあ、おじさんはこっちに向かっているの？」

「はい。昨日船で、ニューヨークを出ました。週末までには着くはずです」

「そのあいだ、おばさんの遺体はどこに？」

「警察が運んでいきました。解剖をしたんだと思います。まだ返すという連絡はもらっていません」

「解剖の結果はもらった？」

マッジは首を振った。「わたしにはなにも教えてくれないんです。わたしの荷物も調べられました。シアン化物を入れていた容器を探していたみたいです。ばかげていますよね？　わたしは毒のことなんて、なにも知らないのに。どこで手に入れられるのかも、どうやって使うのかも、わたしはさっぱりわかりません。そもそも、どうしてわたしがおばを殺そうなんて思うんです？　おばが引き取ってくれなかったら、わたしには行くところもなかった。いまごろは餓死していたかもしれません」

「彼女は少しばかり……」わたしはふさわしい言葉を探した。

「態度が偉そう？」マッジはうっすらと笑った。「そうですね。世界で一番いい人とは言えない。でも一緒にパリにいるほうが、飢えたり、すごくいやな仕事をしたり、安宿で暮らしたりするよりはずっとましです」

わたしは彼女の顔を観察した。不安の色はない。わたしと一緒にいても落ち着いている。わたしは慎重に言葉を選んで、訊いた。「わたしが見たかぎり、彼女はとても無礼だった。パリで彼女が怒らせたかもしれない人は、ほかにはいなかったかしら？」

マッジは声をあげて笑った。「あら、山ほどいます。すごく恥ずかしかったです。あの女性の絵を買おうとしたり、レストランで一番いいテーブルに座りたがったり。それにファッションショーでは、ほかの人の席を取りましたよね。おばはいつもあんなふうでした。でもどれもそのときだけのことです。だれかにいらついたからといって、普通はその人を殺したりしませんよね？」

「そうね、しないわね。それにシアン化物を使うのは、計画的な犯行だもの」

マッジは身震いした。「恐ろしいですよね。本当に悪い人があんなことをするんだわ」

「もしくは切羽つまっているか」わたしは言った。「教えてくれないかしら。彼女はパリでだれか知っている人に会わなかった？　犯人は彼女が知っている人、彼女の死を望むだけの理由がある人に違いないのよ。なにか理由に心当たりはない？」

マッジは顔をしかめた。「知っている人には会っていないと思います。アメリカでもおばは、上流社会の一員とは言えませんでした。そうなりたがっていましたけれど。いろんな委員会とか慈善事業とかに首を突っ込んでいました。偉い人だって思われるのが好きだったんです」なにかを思い出したように、言葉を切った。「サロンであの若い男の人に会ったと言って、うれしそうにしていました」

「アーニーのこと？」

「名前は覚えていません。彼の家族を知っているって言っていました。その人たちの息子に会ったことを早く伝えたくて待ちきれないって」

一気に気持ちが高ぶった。ようやくなにかがつかめたのかもしれない。アーニーが見つかりたくなかったのだとしたら？　なにかの疑いをかけられて、アメリカから逃げてきたのだとしたら？　罪を犯して逃げ出し、ここで新しい人生を始めていたのだとしたら？

ほかにも気づいたことがあった。アーニーはカメラマンだ。写真を現像するのに、シアン化物を使うのではなかった？　彼はあの場にいた。カメラを持って、後方に立っていた。移動してミセス・ロッテンバーガーの背後にまわり、彼女のグラスにシアン化物の結晶を入れても、だれにも気づかれなかっただろう。ダーシーにこのことを話さなくては。

「あなたが来てくれて、本当によかった」マッジが言った。「書かなきゃいけない書類があるんです――全部フランス語で。ホテルの人たちはとてもよくしてくれるんですけれど、お願いばかりしているわけにもいかなくて。よかったら手伝ってもらえますか？　部屋まで来てもらえませんか？　散らかっていますけれど」

アーニーに会って真実を探り出したくてたまらなかったけれど、ここでマッジを放り出すわけにはいかない。立ちあがり、彼女についてエレベーターに乗った。ふたりで小さな箱に乗り込み、上へとあがっていくにつれ、ばかなことをしているのかもしれないとわたしは思い始めた。部屋に入れば、彼女とふたりきりだ。彼女はとても率直で、親しみやすくて、純真に見える。けれど、もしそうじゃなかったら？　この旅のあいだに、おばを殺そうと画策していたのだとしたら？　エレベーターが止まった。彼女が言っていたとおり、係員がドアを開けてくれ、わたしはマッジのあとを追って廊下を進んだ。彼女が言っていたとおり、部屋は散らかっていた。ふたつあるベッドのうちの片方には、服が積み上げられている。衣装ダンスは開いていて、そこにも服が吊るされているのが見えた。

「これを全部アメリカに持って帰る意味があると思います？」マッジが訊いた。「おじに連絡がつくといいんですけれど。勝手に荷造りはしたくないんです。おじはこれを貧しい人たちに寄付するんでしょうか？」マッジは不安そうに微笑んだ。「そもそも、おばの服が貧しい人たちにふさわしいとは思えなくて。おばは……目立つのが好きだったんです」

ベッドの上の服はどれも鮮やかな色合いで、ビーズやスパンコールや毛皮や羽根飾りがついているものが多かった。ミセス・ロッテンバーガーは見過ごされるような女性ではない。ホテルに彼女を訪ねてきた人がいただろうかとわたしは考えた。いれば従業員が気づいたはずだ。けれど、アーニー以外、パリに彼女の知り合いはいなかったとマッジは言った。マッジは窓の脇の机に近づいた。

「これが書類なんです。おじが来るまで待っていてもいいんですが、おじはフランス語がまったくだめなので、とりあえず始めておこうって思ったんです。わたしがまったくの役立たずじゃないことを証明するために」振り返ったその顔にうろたえたような表情が浮かんでいることに気づき、わたしは彼女がなにを考えているかを悟った。彼女はミセス・ロッテンバーガーの付添人だった。こんなことになったいま、夫妻の家に彼女の居場所はあるだろうか？　出ていくように言われたら、彼女はどこに行けばいい？　つまりマッジには、おばに生きていてもらいたい立派な理由があるということだ。

わたしたちは様々な書類と格闘した。かなりフランス語が流暢なわたしでも、山ほどの法律用語とその難解さにはお手上げだった。

「ごめんなさい」ついにわたしは降参した。「これはわたしの手には負えないわ。知らない法律用語が多すぎるの」

「来てくれただけでありがたかったです。本当のことを言うと、ひとりぼっちですごくこわかったんです。このあと、どうなるのかと思って。わたしを疑っているようなことを警察にほのめかされたから、なおさらです」

「こうしたらどうかしら？　おじさんが到着したら弁護士を雇って、この書類を全部書いてもらうのが一番いいと思うの。もしくは公証人でもいい――フランスでは、法的なことには公証人を使うはずだから。そうすれば、間違いを犯すことはないわ」

マッジはほっとしたような顔になった。「いい考えですね。フロントでお勧めの人を訊いてみます」

「これがわたしが滞在している友人のマンションの電話番号よ」わたしは番号を書き出した。「なにが用があるときには、いつでも電話してね」

マッジは恥ずかしそうに微笑んだ。「よかったら、一緒に食事に行きませんか。おばのお金があるんです。だれも文句は言わないと思います」

「いいわね。行きましょう。おじさんが到着するまで、時間を有効に使わないとね」

マッジはうなずいた。「もう二度とヨーロッパには来られないかもしれませんから」

「ずっとヨーロッパにいればいいのよ」わたしは思いついて言った。「オペア（現地の家庭に住み込み、居住費のサポートと引き換えに育児などを手伝うプログラム）か付添人の仕事をここで見つければいいんだわ。世界大恐慌の被害は、ここではそこまでひどくないみたいだから」

「まあ、本当にそれができると思いますか？」マッジの顔が輝いた。「すごいわ。考えてみます。とりあえず――散歩に行きませんか？　お洒落なお店をのぞいて、それからランチでもどうですか？」

アーニーに会いに行くことを考えた。それはもちろん重要だ。けれど、ひとりで行くのは賢明とは言えないだろう。ダーシーに一緒に行ってもらう必要がある――それともハリーのほうがいいかもしれない。ふたりはいい友人なのだから。三人で話をすれば、アーニーが不安を抱いているかどうかはきっとわかるだろう。わたしは心を決めた。友人たちがいるカフェにもう一度連れていってほしいとハリーに頼もう。

そんなことを考えながら、わたしは部屋のなかを見まわした。銀のフレームに入った数枚の写真が机の上に飾られている。いまよりも若くてほっそりしているミセス・ロッテンバーガーが頑固そうな顔つきの長身の男性と並んで立っている写真と、水着姿で桟橋に座っているふたりの少年の写真があった。ふたりともほっそりしていて、額に髪を垂らし、生意気そうな笑みを浮かべている。ひとりは手に煙草を持っていて、煙草を吸うにはまだ若すぎることはわかっているとその顔に書かれていた。

「このどちらかがあなたのいとこ？」わたしは写真を指さして尋ねた。

マッジはうなずいた。「左側の人です」

「一緒にいるのは？」

「戦争で亡くなった、彼の親友です。粉々に吹き飛んだんだそうです。かわいそうに、彼は立ち直れませんでした」

希望に満ちた若いふたつの顔から目が離せなかった。彼らの目には、写真を撮っている人間に挑んでいるような、反抗的な光があった。戦争が起きる前、彼らは可能性に満ちた素晴らしい人生が待っていると思っていただろう。だがその後信じられないほどの恐ろしい目に遭い、生き残ったひとりは二度と元通りにはなれない。わたしは写真を机に戻した。「買い物に行きましょうか」

33

四月二九日　水曜日
ベリンダの家に戻る

マッジとわたしは、わたしたちにはなにひとつ買えない店ばかりが並ぶサントノーレ通りでウィンドショッピングをして、楽しい午前を過ごした。脇道にある小さなカフェでランチをとった――ごく安い価格でボリュームたっぷりのシチュー。気がつけばわたしはリッツと比べていた。あそこでの食事はこれよりもっと楽しかった？　お洒落で上品だったことは確かだ。けれどどこの店のランチはとても満足できるものだったから、すでにわかっていたことをわたしは再確認した。お金がなくても幸せになれる。生きていくためには、ある程度は必要だけれど。マッジも同じことを考えていたようで、ホテルに歩いて帰りながらこう言った。

「見るものすべて、この町の音もにおいも味も、全部覚えておこうと思います。もう二度と、旅はできないでしょうから」セーヌ川の向こうに目をやった。「実を言うと、わたし怖いんです。これからどうなるのか、わからない」

「おじさんがあなたを寒空の下に放り出すはずがないわ」わたしは言った。「そこまで冷酷なはずがない」

マッジは唇を噛んだ。「あなたはフランクおじさんを知らないから。彼は弱い者いじめをするような人で、気に入らない相手には怒りをぶちまけます。おばの死をわたしのせいにするかもしれない」

「どうしてあなたのせいになるの？」

マッジは肩をすくめた。「わたしはおばの付添人なのにって、おじは考えるでしょう。おばの面倒を見るべきだったって。おばから目を離さないようにしていれば、だれかがグラスに毒を入れたことに気づいていたかもしれない」

「それはないわ。あなたが気づけるはずがなかった。たとえ彼女の隣に座っていたとしても、だれかが近づいてきて二杯目のグラスを渡したり、うしろに立って写真を撮ったりするのを見て、怪しむ理由がないもの。それにシアン化物は即効性があるから、あなたがなにもできないうちに彼女は死んでいたでしょうね」

「本当に？」

うなずいた。「教えてほしいんだけど、彼女が知っていると言ったアメリカ人は、ファッションショーにいたのかしら？」

「わかりません。おばがだれのことを言っていたのかも、はっきりわからないんです」

「背が高くて、やせていて、頬がこけていて髪は白髪交じり。サロンで写真を撮ろうとしていたわ。明かりが消えたあと、撮れたのかどうかはわからない」

「ああ、あの人。見ました。見覚えがある気がしたんです」

「おばさんの近くで写真を撮っているところを見なかった?」

「見ていません。ショーが始まってからは、おばのほうは全然見ていなかったんです。モデルばかり眺めていましたから」

そういうことだ。完璧なタイミング。犯人がミセス・ロッテンバーガーの背後から近づいて、彼女のグラスにシアン化物の結晶を入れたとき、だれもそちらを見ていなかった。わたしは早くマッジと別れて、ダーシーと話がしたくてたまらなかった。けれどマッジはもう一度ホテルの部屋に来てほしいと言った。

「おばの服を見てもらえませんか? 処分することになったときには、あなたに好きなものを持っていってほしいんです」

思わず頬が緩んだ。「あなたのおばさんとわたしの趣味は合わないと思うわ。わたしはシンプルなツイードの服を着るような、田舎の娘なの。あなたのおばさんはもっと――派手よね」

「上等のミンクがあります」

「そういうことなら、あなたが好きなものを選んだらいいんじゃないかしら? なにか価値のあるものがあれば、売ればいい。ヨーロッパを旅する資金になるわ」

「まあ。それができれば、どんなにいいかしら。あなたが言ったことを考えていたんです。

うことなんです」

ここに残って、仕事を探すっていう話。問題は、わたしは外国語がまったくできないってい

「アメリカ人が大勢集まっているカフェに行ってみるといいわ」わたしは言った。「そのうちのだれかが、なにかいい提案をしてくれるかもしれない」わたしはそう言いながら、アーニーともう一度会ううってつけの口実になると考えていた。ミセス・ロッテンバーガーが死んだ話を持ち出して、彼の反応を見ることができる。最悪の場合でも、彼が写真を撮ったかどうかを確かめることはできるだろう。「今夜、行きましょう」

「わかりました。そうします」マッジは浮き立ったような笑顔を見せた。「ああ、ジョージー、あなたに会えたのは本当に幸運でした。わたしひとりだったら、すっかり途方に暮れて、どうすればいいかもわからなくて、フランクおじさんに会うのがきっと怖くてたまらなかった。よかったら――おじが着くころにもホテルに来てもらえませんか？　一緒にいてくれたら、うれしいです。なにを言えばいいのか、わたしじゃわからなくて」

「そのときにまだここにいればね」わたしは答えた。「おじさんはいつ到着するんだったかしら？」

「週末までには来ます。まだいますよね？」

「いまのところ、帰ることを許されていないのよ」

「どうしてですか？」

「警察はいまも、わたしをあなたのおばさんを殺した容疑者だと考えているから」

マッジは声をあげて笑った。「まったくばかげていますよね。どうしてあなたが、知りもしない人を殺すんです？」

いい質問だった。見知らぬ人間を殺すのはサイコパスだけだ。ミセス・ロッテンバーガーを殺した人間は、彼女をよく知っているに違いない。

地下鉄のオデオン駅でマッジと改めて待ち合わせをすることにして、それまで家に戻って体を休めることにした。一緒に行こうとベリンダを誘ったが、母の婚礼衣装のデザインを完成しなければいけないからと断られた。とても興奮している様子だった。「あなたのお母さんがわたしのドレスを着てくれれば、いろいろな新聞に載るわ。デザイナーとして名前が売れるのよ」

「それがあなたの望みなの？　働く女性になることが？　ココがどれほど忙しく働いているのか、知っているわよね？　顧客の女性たちのご機嫌を取らなきゃならないことも？」

ベリンダはため息をついた。「そうなのよね。毎日毎日、お針子たちでいっぱいの部屋で働いているところなんて、想像できないわ。でも自分に才能があるってわかるのは、いいものよね」彼女はわたしの頬を軽く叩いた。「ほら、行ってくるといいわ。ハリーたちと楽しい夜を過ごして」

カフェに連れていってほしいとハリーに頼んでいないことに気づいたのはそのときだった。もちろん、頼まなくてはいけない。そもそもあそこは、彼の特別な場所なのだから。

「ハリーは今日のショーで働いていた？　疲れているでしょうね」

ベリンダは首を振った。「彼もアーニーも今日は来なかったわ。シャネルは怒り狂っていた。ハンサムな案内係たちが力仕事もしなくてはならなかったのよ」

ハリーの部屋の前まで行き、ドアをノックした。返事はない。そういうわけで、わたしはひとりで待ち合わせ場所に向かった。カフェに着いたが、そこにもハリーとアーニーの姿はなかった。気難しいスウェーデン人が、鮮やかな緑色のリキュールを前に座っている。もうひとりのアメリカ人ダンと、フランス人もふたりいた。わたしたちに気づいたピエールが近づいてきて、わたしの隣に腰をおろした。

「ファッションショーはどうだった？」彼が訊いた。

「アーニーかハリーから聞いていないの？」

「ふたりとも今週は来ていないよ」

「アーニーの写真を現像するのに忙しいんだよ」ダンが言った。「いい写真が撮れたらしくて、アメリカの雑誌に売りたがっているんだ。大金を払ってくれるところにね」

思い浮かんだことがふたつあった。ひとつは、その写真になにか手がかりになることが写っているかもしれないということ。暗がりのなかをこそこそと移動する人物とか、ミセス・ロッテンバーガーのグラスにシアン化物を入れている手とか。ふたつめは、もっと気がかりなこと——以前にも考えたことだ。シアン化物は写真の現像に使う。ちょうどそのときドアが開き、冷たい風と共にアーニーが、そしてそのうしろからハリーが入ってきた。

「おや、また貴族が来てくれるとは光栄だね」アーニーがわたしたちのテーブルに加わった。

「またアブサンを飲んでいるのか、スヴェン？　内臓がいかれるぞ。頭も」

「人は時々、なにもかも忘れる必要があるのさ」スヴェンが言った。

「ところで、今日のファッションショーはどうだったの？」わたしはなに食わぬ顔で訊いた。

「おれたちはサボったんだ」アーニーが答えた。「現像しなきゃならないいい写真が山ほどあったからね。ハリーがよく手伝ってくれて、興味を持ちそうなアメリカの雑誌社のいくつかに連絡を取った。おれのビッグチャンスになるかもしれない」興奮した面持ちのアーニーは、急に若く見えた。

「その写真だけれど――」わたしは切り出した。「わたしにも見せてもらえない？　あなたがどんなスナップ写真を撮ったのか、興味があるの」

「もちろんさ。明日、見に来るといい」アーニーはそう言ったところで、マッジに気づいた。「彼女はだれだい？　やっぱり王家の人？」

「マッジよ。ミセス・ロッテンバーガーの付添人。ほら、殺された女性よ。マッジは仕事を失ってしまったわけだから、これからどうすればいいのか途方に暮れているの。なにかお金を稼ぐ方法があるようなら、パリに残りたいと考えているのよ」

「きみはなにができるの？」ピエールが訊いた。「料理はだめだよ。ぼくも思い知らされたことだけれど、パリには料理人が多すぎるんだ」

「お裁縫は得意です」マッジが答えた。

「それなら、簡単だ。ベリンダはシャネルと知り合いだ。彼女の作業場で仕事をもらえるよ」

「まあ、わたしにそこまでの腕はないと思います」マッジは言ったが、わたしはいい考えを思いついた。

「ベリンダはいま、わたしの母のために服をデザインしてくれているの。それを縫ってくれる人が必要になるわ。あなたにできるのならの話だけれど」

マッジは大きく目を見開いた。「すごいわ。本当にやらせてくれると思いますか?」

「ベリンダに訊いてみるわね」わたしは答えた。

ハリーが彼女の腕に触れた。「きみのおばさんは気の毒だったね。あんな恐ろしいことが起きるなんて」

「本当に怖かった」マッジはいまにも泣き出しそうに見えた。「それに、あの不愉快な警察官たちに、わたしがおばの死を望んでいたみたいなことを言われたんです」

「あの人たちは、容疑者を見つけようとしてなんでもかんでも疑っているみたい」わたしは言った。「わたしを犯人に仕立てあげようとしたわ」

アーニーはくすくす笑った。「あいつらはよっぽど頭の回転が悪いんだな。もしくは切羽つまっているのか」

「両方ね。あなたは警察からまたなにか訊かれた? あのアメリカ人女性の死に関して?」

「ここ二日ほどはないね」

「どうして警察がアーニーに興味を持つんだ?」スヴェンが訊いた。「彼は人を殺すようなタイプには見えないぞ」

「死んだ女性を知っていたのが、彼だけだったからじゃないかしら？」

「おばを知っていたんですか？」マッジが尋ねた。「あなたの苗字は？」

「フランセン。でもおれは彼女を知らないよ。彼女もおれもペンシルベニアから来たというだけじゃ、親友ということにはならないさ。それにおれは一九二〇年以降、実家には帰っていない。もうずいぶんになる」

「でも彼女はあなただってわかったわ」そう口をはさんでしまってから、危険な領域に踏み込んだかもしれないと思った。

「それはどうだろう。苗字に聞き覚えがあっただけじゃないかな。おれの家はかなり有名だからね。おれ自身を見分けたわけじゃないと思うね」

そう話す彼はとても落ち着いて見える。彼が人を殺したばかりだとは考えにくかった。

「おれが見たところ、彼女はかなり感じが悪かった」アーニーは言葉を継いだ。「彼女を排除したくなった人間がいたんだと思うね」笑いながら言う。「ヘミングウェイかもしれないな。ガートルードのところで、彼女はずいぶんと色目を使っていたからな。ヘミングウェイは熟練した殺し屋なんだ」

「だが彼なら、素手で首を絞めるだろう」ダンが言った。

アーニーは笑い続けている。「確かに」そう言ってから、真面目な顔でマッジに向き直った。「すまない。失礼なことを言った。気を悪くしただろうね」

「おばは気持ちのいい人ではありませんでした」マッジが応じた。「でも、死んでいいはずがありません」

「第一次世界大戦で死んだ若者たちみんなもそうだった」アーニーが言った。「生き残ったおれたちは、いまもそのことが忘れられないでいる」

ピエールが立ちあがり、テーブルに食べ物を運んできた。魚のパテ、焼き立てのパン、オリーブ、チーズ。何週間も食べていなかったかのように、彼らはがつがつと食べ始めた。わたしは食べられなかった。当惑していた。アーニーはいたって落ち着いた様子で、ミセス・ロッテンバーガーが死んだことなど少しも気にしていないようだ。わたしの勘は間違っていたのかもしれない。マッジはひどく落ち込んでいるように見える。つまりすべては振り出しに戻ったということだ。けれどなにか……なにかがわたしの意識の端に引っかかっていた。今夜聞いたなにかが……。

四月二九日　水曜日
ベリンダのマンションに戻る

探偵の真似事をするのはやめようと思う。わたしには才能がないらしい。わたしが疑った人は、みんな無実のようだ。

やがて一行は解散した。ハリーと一緒に地下鉄の駅までマッジを送っていった。翌日また会おうと彼女と約束して別れ、わたしたちはベリンダのマンションまでセーヌ川沿いを歩いた。

「きみはあとどれくらい滞在する予定？」ハリーが訊いた。「ご主人の仕事は終わったの？」

「だいたいは。家に帰るのが待ちきれない気分よ。自分の家や犬たちや静かな暮らしが恋しくてたまらない」

「そうだろうな。きみは自分がいるべきところに帰ったほうがいい。きみは幸運だよ。それができない者もいるんだ」

ハリーは自分の鍵で玄関を開けた。管理人が小部屋から急いで出てきた。

「ああ、あなただったのね。ご主人がいらしていましたよ、マダム。手紙を置いていかれました。緊急だと言って」

「ありがとう」

彼女から封筒を受け取り、開いた。

たったいまアメリカから連絡があった。ニューヨークの兵士名簿にハリー・バーンステーブルという名前はなかった。死亡の記録もない。

気にかかっていたふたつの事柄を思い出したのはそのときだった。初めてハリーと会ったとき、彼は確かにペンシルベニアから来たと言った。けれど警察にはニューヨーク出身だと告げていた。ペンシルベニア。ミセス・ロッテンバーガーの自宅があるところだ。そしてもうひとつ……今夜彼はマッジに、おばさんはお気の毒だったと言った。けれどわたしはミセス・ロッテンバーガーの付添人だと言って、彼女を紹介した。どうして知っていたんだろう？　彼女がシャネルの店で警察に尋問を受けているときに、盗み聞きをしていたとしか考えられない。それに彼は、ミセス・ロッテンバーガーの息子が第一次世界大戦で痛手を受けたというようなことを言っていた。彼がいるときにそのことには触れていないという確信がわたしにはあった。

そんなことを考えているあいだに、ハリーがエレベーターのドアを開けてくれて、わたしは乗りこんだ。彼も乗った。ドアが閉まり、エレベーターはゆっくりとのぼり始めた。ハリーのほうを見ると、彼がじっとわたしを見つめていた。その目……年を取って、もじゃもじゃの顎ひげを生やして、見た目は変わっている。けれど目だけはそのままだった。ミセス・ロッテンバーガーの机の上にあった写真で、わたしはその目を見ていた。ハリーは、戦争で死んだことになっている彼女の息子の友だちだ。

思わず息を呑んだのだと思う。ハリーはわたしの反応に気づいた。

「わかっているんだろう？」ハリーは静かに訊いた。

ここは小さなエレベーターのなかだ。外に出られるまで、なんとか言い逃れなくては。

「なんのこと？」

「きみは嘘が下手だね」ハリーは笑った。「きみは気づいたんだ。実はおれだということをわかっていながら、きみがアーニーにあれこれ訊いているのを見ていたよ。ここなら安全だと思っていた。だれもおれだとはわからないだろうと思っていた。おれがまだ生きていると悟られることは、絶対にないだろうと。だが彼女は気づいた。おれを見る彼女の目つき。おれを判別しかけていた。確信したわけじゃないようだったが、時間の問題だ。彼女は家に戻って、世界中にぶちまけるだろう」

「あなたがなんの話をしているのか、わからない。彼女がなにを喋るっていうの？」

「おれが戦争で死ななかったこと。脱走兵だっていうこと。彼女の息子が神経衰弱になったのはおれのせいだっていうこと。おれは誇り高い一家の恥さらしだっていうこと。そんなことをさせるわけにはいかないだろう？」

「そうでしょうね」落ち着いて同情しているようなふりをしながら、わたしは用心深く応じた。二階を通り過ぎ、三階が近づいてきた。

「わたしはここで降りるわ」ボタンに手を伸ばした。

「いいや、だめだ。すまないね、ジョージー。こんなことはしたくないんだが、きみを行かせるわけにはいかない」

「あなたのことは知られているのよ、ハリー。もう手遅れなの。夫がすでにアメリカの警察に連絡を取っている。あなたが仮名を使っていることはわかっているの」

「ヘンリー・カニンガム三世」彼は言った。「ペンシルベニアの輝かしいカニンガム家のひとりさ。バーンステーブルは、おれたちの夏の家があったところだ。おれはあれ以上、耐えられなかったんだよ、ジョージー。塹壕（ざんごう）のことだ。毎晩毎晩、砲撃を受ける。塹壕を出て攻撃するように命じられ、粉々に吹き飛ばされるのを待つ。だから炸裂弾が近くに落ちて泥のなかに吹き飛ばされたとき、おれはいちかばちかの賭けに出たんだ。無傷だとわかったときには、本当にうれしかったよ。起きあがって、かわいそうな仲間の残骸の近くに認識票を放り投げ、暗いなかを這って逃げた。農地にたどりつき、納屋に潜りこみ、やがてフランスの農夫がかくまってくれた」

エレベーターは上昇を続けている。三階を通りすぎた。大声で叫んだら、ベリンダは気づいてくれるだろうかと考えた。彼を喋り続けさせなければいけないとわかっていた。わたしは同情していると思わせなければいけない。助かるためにはそれしかなかった。

「だからあなたは予定を変えて、ファッションショーに来たのね」

「そのとおり。素早く行動しなきゃいけないことはわかっていた。幸運だったのは、フラッシュの機材を持つのを手伝ってくれって、アーニーに頼まれたことだ。彼の現像室からシアン化物の結晶を盗んであった。彼が写真を撮っているあいだ、そのうしろをついて回り、ミセス・ロッテンバーガーに近づいたところで彼女のグラスに結晶を入れた。だれにも見られなかったよ。カメラマンたちがいい写真を撮ろうとしてうろつきまわっていたから、だれにも奇異には思われなかった」

エレベーターは五階を通り過ぎた。あたりにはだれもいない。助けてと叫んだら、管理人の耳に届くだろうか？　彼女はなにかしてくれる？　警察に通報してくれる？　電話はある？　けれどそのころには、わたしはすでに死んでいるだろう。

「わたしをどうするつもり？」声が震えているのが悔しかった。

「エレベーターが故障するんだよ。残念なことにね」ハリーは相変わらず落ち着いた様子だったけれど、目が不安そうに泳いでいるのがわかった。彼は生まれながらの殺人者ではない。人を傷つけるのは、彼にとって簡単なことではないのだ。それを利用しなくてはいけない。

「お腹に赤ちゃんがいるの。この子に生まれてくるチャンスをあげてくれない？　あなたは人が死ぬところも苦しむところも、たくさん見てきたんでしょう?」

「見てきたとも」彼の声が裏返った。「毎晩寝るたびに悪夢を見るんだ。粉々に吹き飛ばされる直前、恐怖に顔を歪ませた一八歳の若者たちをね。どうやったら忘れることなんてできる?」

「あなたの親友のリッチーは、あなたが死んだと思ってずっと苦しんでいるのよ。彼を楽にしてあげたいとは思わないの? いまのあなたにできる唯一のことよ。彼の母親を殺した償いとして」

「きみにはわからないよ。ヘンリー・カニンガムは本当に死んだんだ。そしてハリー・バーンステーブルも死ぬ。ここを出たら、おれはひげを剃って、髪を染めて、別の人間になる。銀行口座もないし、あとを追う手がかりはなにもない。イタリアに行くかもしれないな。スイスでもいい。自分ひとりなら、どこにだって行けるさ」

エレベーターは最上階に止まった。ハリーはわたしをつかんで、乱暴に押し出した。腕をつかんだまま、ボタンを押してエレベーターを再び降下させた。彼がなにをしようとしているのか、これでわかった。エレベーターのシャフトにわたしを突き落とそうとしているのだ。あたりを見まわした。狭い踊り場にいくつかドアはあるけれど、どれも閉まっている。エレベーターが一階に着いた音が聞こえた。

「悪いね。ほかに方法があればそうするんだが、残念ながらないんだよ」

わたしは彼の手を振りほどき、階段に向かって走った。もちろん間に合わなかった。ハリーはわたしの髪をつかんで乱暴にひっぱったので、あやうく仰向けに倒れそうになった。物音が聞こえて、わたしたちはどちらも動きを止めた。はるか下でエレベーターのドアが閉まり、またあがってくる音がした。どうすればいいのか決めかねているらしく、つかのまハリーはその場に立ち尽くした。あがってくるエレベーターの屋根にわたしを突き落とそうとしている？　わたしを殺すのに充分な高さがあるだろうか？　別の物音が聞こえたのはそのときだった。これ以上ないくらいうれしい音。

「ジョージー？　どこにいる？」ダーシーの声が階段に響いた。

「ここよ、ダーシー！　最上階」ハリーがわたしの口を押さえようとした。「ハリーがわたしを――」

ハリーはエレベーターの外側のドアを開け、赤いレバーを引いた。エレベーターががくんと止まった。警報が鳴り始め、あちこちの部屋から住人が出てきたのか、階下から叫び声が聞こえ、さらには階段をあがる足音が大理石に反響した。駆けあがってくる。けれど間に合いそうにない。ハリーはあたりを見まわし、〝屋上〟と記されたドアを開けた。わたしの首を抱えるようにして、引きずっていこうとする。わたしはありったけの力でドア口に手を突っ張って逆らった。するとハリーは手を放し、わたしの顔を引っぱたいた。よろめいたところを突き飛ばされて、わたしは前方の暗くて狭い階段に倒れこんだ。ハリーがドアを閉めようとしたところに、息を切らしたダーシーが現れた。

「妻から手を放せ」ダーシーは冷ややかに言うと、ハリーの顎に見事なパンチをお見舞いした。ハリーはがくんと顔をのけぞらせ、板のように倒れた。ダーシーはわたしを抱き起こした。

「もう大丈夫だ、ダーリン。もう安全だよ」

四月二九日水曜日と三〇日木曜日
ベリンダのマンション、その後母と

わお、二度とあんな目には遭いたくない。これから先は赤ちゃんと庭の世話をしながら、アインスレーで静かに暮らしたい。

夜遅くになって、わたしたちはようやくふたりきりになれた。警察がハリーを連行していった。医者が呼ばれてわたしは診察を受け、赤ちゃんにもわたしにもなにも問題はないけれど、体を休める必要があると言われた。ベリンダはすごく心配してくれて、卵を入れたコンソメとブランデーをカフェで買ってきてくれた。

「どうして間に合うように来ることができたの?」ダーシーの肩にもたれてわたしは訊いた。

「ハリーと彼の友人に会うためにきみがカフェに行ったとベリンダから聞いたんだ。それで急いで向かったが、きみは店を出たあとだった」

「マッジを駅まで送っていったから、違う道を通って帰ってきたのよ」

「ぼくがここに着いたとき、きみを乗せたエレベーターはちょうどあがっていくところだった」ダーシーが言った。「警察を呼ぶようにあのばあさんに言ったんだが、彼女はためらった。かなり強く言わなきゃならなかったよ。そのせいで数秒遅れた」

「彼は、わたしをエレベーターシャフトに突き落とすつもりだったのよ」わたしは体を震わせた。

「絶望した人間は、絶望的なことをするんだよ。彼は本当はまともな男で、自分がしたことに震えあがっていたんじゃないかと思う。あの戦争はあまりに多くの男を壊してしまった」

「二度と戦争が起きないことを願うわ」

「そう祈ろう」

わたしはすっかりくつろいで、彼にうしろ向きにもたれかかった。

「それで、きみはどうしたい？　ひと晩ここで過ごしたら、明日はいいホテルに移ろうか？　きみにはパリを楽しむ権利があるよ。一緒に観光しようか」

「わたしがどうしたいかわかる？　帰りたいわ。わたしの家に。子犬たちのところに。刺激的なことはもうたくさん」

ダーシーは笑いながら、わたしの髪を撫でた。

「ぼくも時々、そんなふうに感じるよ。家に帰りたいのは山々だが、フラウ・ゴールドバーグから例のものを受け取れなかったのが、本当に残念だ。彼女がどうにかして英国宛てに郵便で送ることができていればいいんだが」

「彼女はずっと見張られていたと思うわ。ミセス・ロッテンバーガーが彼女の席を取ってさえいなければ……」

「過ぎたことを言っても仕方がない。失敗を心に留めて、前に進むほかはないさ。次の大きな目標は、国じゅういたるところに作られている収容所のどこかに姿を消してしまう前に、ふたりをドイツから連れ出すことだ」

わたしは彼の手首をつかんだ。「ダーシー、あなたはその件には関わらないわよね？　ドイツに行って、だれかを助け出そうなんてしないでしょう？」

「それはないと思うよ。それはドイツ語が堪能な人間の仕事だ。それにぼく以上の訓練を受けていないとね」彼は体を起こした。「ぼくと一緒にホテル・サヴィルに戻るかい？　それともここで泊まる？」

「ここにいたいわ。でもあなたにも帰ってほしくない」

ダーシーはベッドの縁に座って、大きさを確かめた。

「ふたりで寝るには小さいな。だがひと晩なら……」

ベリンダがまた助け船を出してくれた。自分のベッドを提供してくれて、彼女は客用寝室で眠った。そういうわけで、わたしたちは平和な夜を過ごし、朝にはダーシーが焼き立てのパン・オ・ショコラを買いに行ってくれた。パリもそれほど捨てたものではないかもしれないとわたしは思い始めていた。

「ぼくはホテル・サヴィルをチェックアウトしてこなきゃいけない」ダーシーが言った。「急げば、今日の臨港列車に乗れるかもしれないな。一等席がまだ残っていればだが」

考えてみた。急いでなにかをするような気分ではない。「その前にお母さまにお別れを言ってこなきゃいけないわ。それに、ベリンダが作っている服を着ているところを見てみたいの」

「わかった。そういうことなら、今夜はリッツに部屋が空いているかどうかを確かめてみるよ。ぼくたちもたまにはぜいたくしてもいいんじゃないかな」

「ダーシー、リッツなんてわたしたちには払えないんじゃない？」

ダーシーはわたしが愛してやまない、あのいたずらっぽい笑みを浮かべた。

「経費にするさ。見張りの仕事のね。ひと晩くらい、だれも詮索はしないよ」

そういうわけでわたしたちはタクシーでセーヌ川を渡り、ヴァンドーム広場を見渡せる豪勢な部屋に移った。ダーシーは列車の切符を手配しに行き、わたしはベリンダと一緒に母の仮縫いに向かった。服はどれも素晴らしいとわたしは思ったし、母もとても満足そうだ。

「全然ありきたりじゃないのね」母は言った。「あの格子縞のシルクのズボンが気に入ったわ。すらりとして優雅に見せてくれる。それにアイボリーのロングドレス。あれで結婚式をあげてもいいかもしれない。純白のウェディングドレスに近いでしょう？　白だと、わたしは顔色が悪く見えるのよ」

わたしはこれまで数えきれないほどの結婚式に出ているけれど、母に白のドレスがふさわしいとは思えなかった。それでもなにも言わずに窓のそばの肘掛け椅子に座り、母と部屋のなかを交互に眺めた。鼻がむずむずしてきて、くしゃみをした。

「風邪をひいたんじゃないでしょうね」母が言った。

「花のせいよ。フラワーアレンジメントが多すぎるんだもの。こんなにたくさん必要なの？」

「マックスは花を贈って、わたしを喜ばせるのが好きなのよ。きれいなミモザがあるでしょう？　彼が南フランスから贈ってくれたの。それに蘭……」母は微笑んだ。「あなたの横のディスプレイは、隣人からよ」

「隣人？」

「あなたが気にしていた、あのドイツの女性よ。フラウなんとか。彼女が帰るときに、客室係が運んできたの。こんなきれいな花を捨てるのはもったいないし、わたしが花を好きなことはわかっているからって言っていたそうよ。親切よね？　もちろん、マックスが贈ってくれたものほどきれいじゃないけれど……」

妙な考えが浮かんだ。「彼女は正確にはなんて言ったのかしら？　客室係が言ったことを覚えている？」

どうでもいいと思ったときにいつもするように、母は肩をすくめた。

「覚えていないわ。それって大事なことなの？」

「大事かもしれないの。お母さま、思い出してみて。どうして彼女はお母さまにお花をあげようと思ったの？　ドイツ人グループのほかの人じゃなくて？」

わたしの畳みかけるような口調に、母はたじろいだ。「わたしが花を好きなことを知っていたからじゃないかしら」

「どうやって知ったの？」

「フラワーアレンジメントが配達されたとき、彼女がちょうど廊下を通りかかったのよ。そう、そうだったわ。ほかの女性たちも一緒で、そのうちのひとりがこう言ったの。〝ずいぶんたくさんの花ね。わたしみたいにアレルギーがなくて、あなたは運がいいわ〟」

「客室係がフラウ・ゴールドバーグの花をお母さまのところに運んできたのは、それが理由？」

母はまた顔をしかめた。「彼女は、すぐにわたしのことを思い浮かべたんだって客室係は言っていたわね。英国人は自分たちの花が好きだし、娘さんにも分けてあげられるからって」

わたしは一瞬たりともためらわなかった。フラワーアレンジメントの台の根本を調べていく。

「なにをしているの？　アレンジメントが台無しになるわ」

「理由があるのよ」わたしの指は、マイクロフィルムが入った冷たくて硬い円筒を探り当てていた。「それじゃあ彼女は、目的を果たしたんだわ」

「それはなに？」母はじっとわたしを見つめている。

「なんでもない。ただの写真よ。ほら、試着に戻って」わたしは言った。

その夜、ダーシーとわたしはセーヌ川沿いを散歩していた。マイクロフィルムは石鹸入れに入れて、わたしの化粧品袋に隠してある。明日ロンドンに帰ったら、届ける予定だ。わたしたちは小さなビストロで食事をしたが、料理は素晴らしかった。レンティルのスープ、子牛のショップ、デザートにはフローティング・アイランド（焼いたメレンゲをカスタードに浮かべたデザート）、締めくくりがチーズの盛り合わせだった。

「フランス人は料理というものをよく知っているね」ダーシーは満足そうに皿を押しやった。「こってりしたクイーニーの料理に戻ったら、これが恋しくなるんだろうな。料理人については、ぼくたちはちゃんと考える必要があるよ、ジョージー」

素晴らしい考えが浮かんだのはそのときだ。「大きな田舎の屋敷で働くことに興味がありそうな料理人を知っていると思うわ」

「本当かい？　だれだ？」

「いまはウェイターをしているの。料理人としての仕事がないから」

「料理はできるの？」

「クイーニーよりひどいはずがないわ。それに彼は、フランス料理がわかっているもの」

「それなら、彼に会いに行こう」

ピエールを説得する必要はそれほどなかった。わたしたちのところで、試しに働いてみると言ってくれた。カフェの友人たちは、おいしいものがわからない人間が住むところに行くのかと言って彼をからかったが、履歴書に〝王家の人間と関わりがある〟と書けると彼は言い返した。五月一日から始めることになった。わたしはマッジとの約束どおり、気まずいことにならないように、おじさんが来たときには一緒にいた。彼女はしばらくパリにとどまるが、そのうち英国にわたしたちを訪ねてくるかもしれない。そしてダーシーとわたしは……帰国の途に着いた。ベリンダはたくさんわたしにハグをして、近いうちに訪ねると約束した。母もまたハグをしてくれて、赤ちゃんが生まれたら会いにくると言った。

臨港列車がヴィクトリア駅に着くと、わたしが駅のカフェで待っているあいだに、ダーシーがどこかのオフィスに石鹸入れを届けた。それからわたしたちは列車でヘイワーズ・ヒースに向かい、ついにアインスレーに戻ってきた。ここがこれほど魅力的に見えたことはなかった。リンゴの木の花は満開で、隣地との境には春の花が咲き乱れ、泉が湧き出ている。玄関を開けてなかに入ったときには、満ち足りた思いがため息となってあふれ出た。

それ以上奥へと進む間もなく、二匹の大きな子犬が狂ったように尻尾を振りつつ現れ、吠えながら飛びついてきた。

「まあ、帰っていらしたんですね、マイ・レディ」ミセス・ホルブルックが姿を見せた。

「なんてうれしいこと。静かにしなさい、おまえたち。伏せ」（これは犬に向かって言ったことだ）。「マイ・レディ、この子たちがなにをしでかしたか、とても信じられないと思いますよ。この子たちは、しっかりしたしつけが必要です」

「心配ないわ、ミセス・ホルブルック」わたしは言った。「すぐに取りかかるから」

エピローグ

その月の終わりごろ、ゴールドバーグ夫妻がバイエルンにいる親戚を訪れ、無事に山を越えてスイスに入ったという連絡があった。

訳者あとがき

〈英国王妃の事件ファイル〉第一六巻『貧乏お嬢さま、花の都へ』をお届けします。

結婚してから初めての、そして散々だったクリスマスが終わり、お腹に赤ちゃんがいることがわかったジョージー。辛かったつわりの時期を乗り越え、春が来て、気分も上向いたところで花の都パリへと出かけていきます。もちろん、懐具合に余裕はありませんから、ダーシーの仕事がらみというのは仕方のないところ。ダーシーが仕事（おおっぴらに言えない内容だということは、みなさんご存じですよね？）をしているあいだ、ジョージーはベリンダのマンションに滞在することになりました。ベリンダはココ・シャネルのもとでデザインの勉強をしていて、いまはまさに秋のコレクションを披露するファッションショーの準備中だとのこと。以前からパリに憧れていたジョージーの期待はますます膨らむのでした。

このシリーズをお読みくださっている方々は、ジョージーとシャネルに面識があることをご記憶でしょうか。第五巻『貧乏お嬢さまと王妃の首飾り』で出会ったのでしたね。盗まれた嗅ぎ煙草入れを取り戻してほしい（平たく言うと、盗み返してきてほしい）という無茶な依頼をメアリ王妃から受け、もちろん断ることなどできずにジョージーはニースに向かいます。その道中、豪華寝台列車のなかで亡くなった父の知り合いだという女性に声をかけられ、その女性と同行していたのがシャネルだったのでした。シャネルはジョージーのスタイルを気に入り、リヴィエラで行うファッションショーでモデルをしてほしいと言い出します。強引なシャネルに押し切られてショーに出ることを了承したジョージーでしたが、ランウェイで転んでしまい、気づいたときにはシャネルの友人女性がメアリ王妃から借りていた高価な首飾りがなくなっていました。嗅ぎ煙草入れを取り戻すだけでなく、首飾りまで探す羽目になったジョージー。そしてお約束のように殺人事件に巻き込まれ、あらぬ疑いをかけられて逮捕までされてしまいます。本書でも貴族というだけで反感を露わにする警察官に追及されますし、どうもジョージーはフランスの警察とは相性が悪いようですね。

わたしも久しぶりにこの巻を読み直してみました。二〇一五年刊行ですが、物語のなかでは一九三三年。一六巻の舞台が一九三六年ですから、ジョージーがリヴィエラに行ってから三年がたっていることになります。五巻のジョージーがなんて若いことか！　まだまだ世間知らずで、怖いもの知らずで、走っている車から飛び降りるという大胆なことまでやってのけています。いまもまだバルコニーを乗り越えたりはしているものの、三年のあいだにずいぶんと大人になったのだなあとしみじみ思いました。ラノク城からロンドンに出てきて、メイドの真似事をしていたのが遠い昔のように思えます。

一九三六年と言えば、デイヴィッド王子が即位してエドワード八世となり、事情を知る人たちがシンプソン夫人との関係について頭を悩ませていたころです。英国国内の新聞社は協定を結んでいたのでふたりの関係を報道することはありませんでしたが、シンプソン夫人は国王の賓客として多くの公式行事に出席していたようです。本書ではシンプソン夫人が堂々と国王の婚約者だと宣言していますね。離婚歴のある女性が国王との結婚なんてありえないと思いながらも、彼女が自分の意思を通す人間だと知っているジョージーは不安にかられます。彼女にはいい印象を抱いてはいませんでしたが、フランス警察に逮捕されたときには、意外にも優しい一面を見せてくれたのでした。

ドイツではヒトラーの存在がますます大きくなっていき、ナチスの所業について、好ましくない噂も漏れ聞こえ始めます。ドイツ人の恋人を持つジョージーの母クレアもなにやら思うところがある様子。ジョージーたちは無事にアインスレーに戻り、悩みの種だった料理人の問題も解決したようですが、さて次巻ではどんな事件に巻き込まれることになるのでしょうか。今後の展開をお楽しみに。

コージーブックス

英国王妃の事件ファイル⑯

貧乏お嬢さま、花の都へ

著者　リース・ボウエン
訳者　田辺千幸

2023年11月20日　初版第1刷発行

発行人　成瀬雅人
発行所　株式会社　原書房
〒160-0022 東京都新宿区新宿1-25-13
電話・代表　03-3354-0685
振替・00150-6-151594
http://www.harashobo.co.jp
ブックデザイン　atmosphere ltd.
印刷所　中央精版印刷株式会社

落丁・乱丁本はお取り替えいたします。
定価は、カバーに表示してあります。
 ISBN978-4-562-06134-1 Printed in Japan